O ELO DO SÉCULO

MARCELO W. AMARAL

O ELO DO SÉCULO

A ERA DOS LEÕES

LIVRO 1

SÃO PAULO, 2023

O elo do século – A era dos leões
Copyright © 2023 by Marcelo W. Amaral
Copyright © 2023 by Novo Século Editora Ltda.

Editor: Luiz Vasconcelos
Gerente editorial: Letícia Teófilo
Coordenação editorial: Driciele Souza
Produção editorial: Érica Borges Correa
Preparação: Eliana Moura Mattos
Revisão: Angélica Mendonça
Capa: Ian Laurindo
Ilustrações de miolo: Francesco Lobo
Ilustração de verso: André Martuscelli
Projeto gráfico e diagramação: Manoela Dourado

Texto de acordo com as normas do Novo Acordo Ortográfico da Língua Portuguesa (1990), em vigor desde 1º de janeiro de 2009.

Dados Internacionais de Catalogação na Publicação (CIP)
Angélica Ilacqua CRB-8/7057

Amaral, Marcelo W.
  O elo do século : a era dos leões / Marcelo W. Amaral ; ilustrações de Francesco Lobo. -- Barueri, SP : Novo Século Editora, 2023.
  256 p. : il.

ISBN 978-65-5561-511-1

1. Literatura infantojuvenil brasileira 2. Literatura fantástica I. Título II. Lobo, Francesco

23-3917   CDD 028.5

Índice para catálogo sistemático:
1. Literatura infantojuvenil brasileira

GRUPO NOVO SÉCULO
Alameda Araguaia, 2190 – Bloco A – 11º andar – Conjunto 1111
CEP 06455-000 – Alphaville Industrial, Barueri – SP – Brasil
Tel.: (11) 3699-7107 | E-mail: atendimento@gruponovoseculo.com.br
www.gruponovoseculo.com.br

*Para minha mãe,
Alcinda Amaral.
Atribuo todas as minhas
conquistas nesta vida aos
ensinamentos que recebo dela.
Mulher forte e guerreira.*

Mais uma vez aquela estrela se colocará no mais alto degrau do céu.

Prólogo, 9

Parte um
Resgatando crianças
1. Lua?, **18**
2. Tum, tum, tum!, **24**
3. Floresta Baixa, **33**

Parte dois
Leoa de Sácrapa
4. O livro, **42**
5. Sala de estudo dos astros, **50**
6. Qual deles é o elo do século?, **56**

Parte três
Reunião dos clãs
7. Lobos e rochas, **70**
8. Um forte clarão, **81**
9. Sula, a primeira de doze, **92**

Parte quatro
O garoto perdido
10. Sem rumo, **104**
11. Cochichos sobre reinos distantes, **115**
12. Uma ponte muda tudo, **122**

Sumário

Parte cinco
Cavaleiros do Reino Dourado
13. Treinos com espada, **138**
14. Algo totalmente novo, **148**
15. Arriscadas situações, **154**

Parte seis
Ritual da morte
16. O Incapaz, **170**
17. Um silêncio se fez no salão, **180**
18. Brincadeira de mau gosto?, **190**

Parte sete
Ataques e surpresas
19. Preparativos para a Dança dos Corpos, **206**
20. O presente tão esperado por Laura, **215**
21. Uma batalha, três forças, **226**
22. Rumo às brisas distantes, **236**

Parte oito
Luto na jornada que se inicia
23. Laura não se contém, **242**
24. Golpe de espada fatal, **252**

Prólogo

A história sobre a criação para quem pudesse falar ou ouvir era a mesma. *No princípio, era o nada, então alguém resolveu contar a origem de tudo.*

Na semente da infância, a Terra Brava já era farta, igualmente rica, igualmente bela, com sua fauna, mares, reinos e povos. Nessas terras habitavam todos os tipos de seres vivos: homens, faunos, animais, elfos, fadas, florestas encantadas e tantos outros; mas, fossem eles mágicos ou não, todos faziam parte de um equilíbrio conjunto.

Havia um sol que iluminava e aquecia os corpos pela manhã até o entardecer. Era tão magnífico e belo que parecia ser a fonte de energia primordial para todos. Ao cair do sol, emergia a sublime lua, que iluminava os picos de montanhas e bosques com seu brilho prateado e, em suas fases, transformava o ritmo da noite.

Tudo corria conforme os princípios deixados pelo Criador, aquele de quem nunca se viu a face, mas se podia sentir a presença em tudo, até mesmo naquilo que não era possível tocar. O eterno, o Criador, o sopro de vida, o primeiro pensamento.

Bem antes de tudo, cansado de vagar sozinho e de nunca encontrar algo diferente, decidiu alegremente se partilhar: em cada pedaço, criou vidas e diferenças entre elas, para que nunca se sentissem sozinhas. Recém-criados, todos os seres viventes só tinham dois sentimentos: a bondade e a generosidade. O mal ainda era algo desconhecido no coração dos seres que ali viviam; não penetrara nem no mais tolo pensamento do mais tolo ser.

De todos os seres viventes daquela terra, havia um que não parecia ter nenhum grande dom especial ou mágico, mas era o único encarregado, de acordo com as leis do Criador, fincadas na história e auxiliada pelos mágicos, de governar para todos e por todos, o homem! Um filho de homem nascia para trazer união entre os povos e governaria a Terra Brava até o dia de sua morte.

Ao brilho da Estrela do Renascimento, nascia esse filho de homem escolhido para tal. Esse mesmo nascido se sentaria no trono que fora forjado em rocha rubra na alvorada da existência por raios e relâmpagos que desceram dos céus e, uma vez nele, tornaria seu nome e seu reinado evidentes em toda a Terra Brava. Esse mesmo filho de homem nascia com um dom que o diferenciava de todos: era o único capaz de falar com os animais dentre todos os seres que habitavam aquelas terras. Esse mesmo ser escolhido governaria ao lado dos seus animais, seguindo a ordem cronológica da criação.

Logo nos primeiros dias de vida, os animais eram consagrados por seu elo de raça não humana em um cerimonial chamado *Amamentação*. Recebiam desse elo sua primeira alimentação, logo depois do leite materno, consagrando, assim, a união. Eram alimentados com frutas por aqueles não mamíferos e com leite por aqueles que podiam fornecê-lo.

O elo entre homem e animal, que ocorre cem anos após a morte do antecessor, teve início logo após a criação de tudo. A estrela anunciara e o primeiro elo nascera, era o elo das corujas. Durante seu reinado, a sabedoria e o conhecimento eram o alimento para os povos e trouxeram reflexão, raciocínio e intuição. Fora um bom governo; eram os primeiros passos de uma terra ainda jovem que precisava caminhar para o futuro. O mandamento era: *Saibas alimentar a tua mente, para que teu corpo não adoeça por ela.*

O segundo elo entre homem e animal havia sido o elo dos touros, trazendo aos povos perseverança e bravura. Com respeito pela terra, dominaram o ferro e o aço. Fora um magnífico reinado. O mandamento era: *Cuidarás da terra como se ela fosse um membro ligado ao teu corpo, porque dela te alimentas e nela descansarás.*

Logo foi o elo do colibri. Um reinado de alegria, delicadeza e renascimento, um dos melhores e mais belos governos. A magia ficara ainda mais aflorada, os campos ainda mais verdes, as árvores davam ainda mais frutos. Havia cura, harmonia e encanto em tudo e em todos. O mandamento era: *Porque a cura da alma é alegria, porque a cura do corpo é harmonia.*

E assim seguiram-se as eras. Os tempos foram passando, os ventos soprando. As terras enchiam-se de povos; os mares recebiam navegadores; as montanhas, moradas; os campos e bosques, pequenos e grandes povoados. E tudo seguia a ordem do Criador, o eterno, o sopro de vida, o primeiro pensamento.

Século após século, novos elos nasciam para herdar o trono. Mas, após muitos governos e muitas estações, algo estava prestes a mudar; era algo que não seguia as ordens do Criador e nem os ensinamentos deixados pelos elos passados. Cem anos após a morte do elo das formigas – essas pequenas criaturas, ou nem sempre tão pequenas assim –, no céu brilhou a Estrela do Renascimento: um novo elo, filho de homem, nasceu. Era o elo das serpentes.

Os povos festejaram ao receber a notícia de que ele havia nascido; os animais curvaram-se, reverenciando o seu novo legatário, onde quer que estivesse, sob o brilho majestoso da Estrela do Renascimento, que emergia e se colocava no mais alto degrau do céu. O que esperar do novo herdeiro? O que aprender com o reinado das serpentes? Esperava-se sempre em júbilo a boa nova.

E assim seguiu-se o destino. Os ensinamentos deixados pelos elos anteriores eram repassados ao novo pelos magos conforme este fosse se tornando um homem adulto antes de se assentar no trono, a fim de então governar para todos e por todos.

O elo das serpentes, elo do século, conhecido em toda terra e nos mares como Haradáf, não era tão bem-visto como os elos anteriores haviam sido. Não se sabe ao certo quando, como ou onde o coração dos homens se corrompeu, mas aos poucos já não era tão puro. Haradáf era pura maldade e rancor, sentimentos que nunca haviam herdado o trono. O mandamento era: *Pagarás com a mesma medida aquilo que receberes; pegues o que for teu, devolvas o que não queres.*

Seu governo se tornara malevolente, escuro e incerto. O trono forjado em rocha rubra, que antes era um símbolo de união e rosas, fora oculto por grandes muralhas que se ergueram ao comando do elo das serpentes, construindo uma grande fortaleza que incitava o medo e causava horror. Tornara o seu governo fechado e com escasso acesso exterior. Com o passar dos anos, pouco se via o agora denominado por muitos *Rei Oculto*, uma vez que começara a usar uma máscara de ferro escura, moldada ao rosto, escondendo para sempre suas expressões.

A Terra Brava já não tinha mais o encanto e a beleza deixados pela era do colibri. O inverno e a noite pareciam durar mais que o normal; os povos pareciam não se entender mais; a harmonia aos poucos dava lugar ao conflito; a alegria, à tristeza; o amor, ao ódio. O Criador e seus mandamentos, aos poucos esquecidos. E, com isso, Haradáf, o rei das serpentes, começou a acumular riquezas. Terras passaram a ser conquistadas, muitas vezes à força, em seu nome. Bosques, montanhas, mares: tudo que se colocava à sua frente, mesmo que não intencionalmente, era desbravado; mais riquezas e mais ganância. Seu reino sem dúvida ganhara força e era o maior de todos que já haviam passado.

Mas o tempo passou para o rei das serpentes, assim como para todos os outros. Haradáf, o Rei Oculto, já não tinha a mesma energia e vitalidade de quando jovem, porém uma ideia surgira em sua mente, um pensamento jamais ouvido antes naquelas terras; e tal pensamento fez com que o rei ficasse ainda mais sombrio aos olhos até mesmo dos seus seguidores. O rei das serpentes ordenou que seus exércitos apanhassem todos – até o mais perigoso e, de preferência, o mais poderoso – os magos ou feiticeiros dos quatro cantos da terra, e os trouxessem aos seus domínios. Aquele que se opusesse de alguma forma deveria receber o seu castigo: pagaria com a vida a subversão. O Rei Oculto queria aquilo que o ouro não poderia comprar: a vida eterna.

Quando soube que um mago ou feiticeiro era capaz de viver por mais de mil anos, o rei das serpentes desejou o poder e a magia deles. Retardar a morte era uma nova terra a ser desbravada, e ele pagaria qualquer custo por isso. Infeliz seria aquele que se colocasse diante do seu nome e do seu exército.

A caçada começou. Muitos magos e feiticeiros foram mortos, até que o rumor pelo qual estavam morrendo chegasse aos ouvidos dos quase últimos portadores da magia. Sabendo da sua sede insana pela vida eterna, os últimos três magos e dois feiticeiros prepararam um golpe contra o rei e todo o seu exército. Após serem capturados e levados até o reino do elo das serpentes, os cinco mágicos juntaram-se em um falso ritual para tornar o Rei Oculto imortal. No grande salão do seu suntuoso – porém muito tenebroso – castelo, Haradáf deitou-se sobre uma mesa de ouro com o peito nu para cima, como fora pedido pelos mágicos, que o rodearam, dando as mãos para iniciar o tal ritual. Não havia mais nada no salão, exceto o rei, os mágicos, o trono rubro do herdeiro e as serpentes que se arrastavam por toda parte.

O ritual, que era uma farsa planejada pelos cinco mágicos a fim de tirar a vida do maléfico rei, infelizmente foi malsucedido. Ao empunharem cada um uma espada, que num piscar de olhos surgiram no momento exato em que elevaram as mãos ao céu, na esperança de em um único golpe rápido alcançar o coração do perverso rei, cada um dos mágicos foi surpreendido pelos golpes das serpentes que ali rodeavam.

O plano parecia ter falhado. A tentativa de atravessar o coração do rei com as cinco espadas dissipou-se, mas, antes mesmo que o rei das serpentes pudesse se levantar da grande mesa dourada, foi apunhalado diretamente nas costas: uma das espadas ressurgira quando um mago estendeu a mão em um último ato, antes de ser completamente sufocado e morto por uma serpente.

Um estalo estrondoso desceu do céu abrindo caminho e rasgando tudo o que se colocava à sua frente, até encontrar o cabo da espada que estava atravessada nas costas do rei, agora morto e debruçado sobre a mesa. A mesma mesa de ouro puro agora se desfazia feito uma pedra de gelo sob o sol do deserto, abrindo um caminho no chão que começou a devorar tudo e todos ao redor. O mal estava sucumbindo, estava sendo engolido para as profundezas e para a escuridão. Seu exército, seu tesouro, as serpentes e até os magos estavam sendo puxados por aquela faminta sepultura, gerando trevas. Estendeu-se até restar somente um trono de mármore vermelho em meio às ruínas daquilo que fora uma fortaleza.

Enfim a Terra Brava parecia estar livre de um reinado nefasto, da ganância e do medo. Porém, isso não evitou que milhões de centenas de espíritos de raças dissemelhantes mergulhassem nas renitências das trevas e da perversidade, desvirtuando-se dos princípios sagrados deixados pelo Criador. A espada que matara a carne não foi poderosa o suficiente para suprimir o espírito, nem capaz de dizimar o mal que já havia sido plantado. Os frutos desse reinado ainda seriam degustados por muitos. Seu espírito agora era sombra: andava na escuridão à procura do coração do ímpio, alimentava-se de ganância, de inveja e de maldade. O coração dos perversos era seu refúgio.

O tempo passou, a terra novamente ficou ainda mais dividida. Novos reinos, novos exércitos, novos homens se denominavam reis e já não eram bem-vistos por outros povos, como elfos, centauros, duendes, anões, seres místicos dos mares e florestas que também tinham seus próprios reis. Medo de um novo elo nascido que poderia ser ainda mais nocivo. E, com o passar dos anos, aprisionados pelas terríveis lembranças, a soberba e o medo ocultaram a verdade, levando os povos a descrer das narrativas da criação. Falsamente livres, os seres, já endurecidos, recusavam-se a acreditar que o início indicava um criador. Temeram reavê-lo. Descobrir o Criador os levava a obedecê-lo; negar e criar seus próprios deuses foi mais fácil. Então, o tratado entre as raças foi um só: que a raça dos homens matasse toda e qualquer criança, descendente dos seus, nascida no dia em que a Estrela do Renascimento voltasse à brilhar.

A raça dos homens decidiu também anuir ao tratado feito, a fim de evitar indubitáveis conflitos. Criaram uma massa encarregada de executar o acordo, que só cresceu com o passar dos séculos, até se tornar a Ordem: cavaleiros de armaduras negras, elmos e capas vermelhas, com a insígnia de um punhal no peito. Não usavam espadas ou escudos; era apenas com o instrumento retratado na armadura que executavam sua tarefa. Toda criança nascida naquele dia deveria ser entregue sem relutâncias por parte dos seus genitores, caso contrário estes receberiam o mesmo fim que o protegido.

A estrela, que simbolizava nova vida e esperança, passou a ser vista como desgraça e medo. A fé no divino Criador estava morta, fora esquecida com o passar dos séculos. Poucos ainda acreditavam em seu celeste nirvana. Adoram os seus próprios deuses, comendo a carne daqueles que um dia foram vistos como irmãos nascidos da mesma semente criadora. Com o passar dos séculos, os animais foram se tornando frequente alimento para a maioria dos povos, até que não foi possível mais voltar atrás. O gosto do sangue e da caça se tornou comum entre a maioria das raças.

Muito sangue inocente foi derramado por séculos e séculos, fosse pela mão da própria raça ou pelas mãos dos que o toleravam. Essa era a ordem, esse era o tratado. E quem se opusesse, fosse quem fosse, tornava-se inimigo dos reinos. A partir desse ponto se inicia esta história.

Parte um

Resgatando crianças

Lua?

1

Era uma noite fria. Ventava e chovia muito sobre o tranquilo vilarejo ao sul, abaixo do Grande Rio Divisor. Esse tranquilo vilarejo de camponeses era conhecido como Vilarejo Rosmarinus Azuis, devido à sua exuberante quantidade botânica, a qual acabou não só dando seu nome, mas também se tornando fonte de trabalho e renda para os moradores desse humilde e aconchegante lugar.

A pequena região nem parecia a mesma naquela noite chuvosa. Os rosmarinus, que brilhavam azuis sob o brilho dourado da luz do sol ou da brilhante lua da primavera, agora pareciam acinzentados e murchos com o peso da água, que não parava de cair. As pequenas ruas que levavam até as casas de madeira e pedra dos camponeses estavam tão lamacentas, que facilmente se perderia um calçado. Não se ouvia nada exceto o som do vento forte, que se chocava contra as árvores, da chuva e do assovio do pequeno moinho que rodava sem parar. Os animais se

amontoavam nos pequenos cercados para se proteger, de algum modo, do temporal; alguns até escaparam dos domínios de seus proprietários, já que a chuva e o vento escancararam até os mais fortes portões. Mas ninguém se habilitava a sair do aconchego quente do interior de sua casa para procurá-los. O melhor a fazer era esperar a tempestade passar e depois reaver os prejuízos.

E era dentro de uma daquelas humildes e aconchegantes casas que estava acontecendo algo que não podia mais esperar. Uma modesta camponesa estava dando à luz o seu segundo filho.

– MAIS PANOS LIMPOS! – gritou a parteira de dentro do quarto para que Albertus ou o filho dele, o pequeno Auriél, de 12 anos, pudessem atender rapidamente.

– Aqui está, pegue! Pegue! – Auriél entregou ao pai os panos limpos que pegou dentro de um armário de madeira na cozinha, apressado.

Auriél, o primogênito, era magricela com cabelos curtos e escuros. De olhos azuis e bochechas rosadas, parecia com o seu pai, Albertus. A diferença era o bigode, os cabelos até o ombro – típicos dos homens adultos naquelas terras – e a altura, é claro.

– São panos de mesa! – exclamou Albertus ao pegá-los, nervoso.

– Mas serve! Entregue-me! – Puxou a parteira com uma mãozada só e logo em seguida fechou a porta do quarto.

Mais gritos abafados foram ouvidos de dentro do quarto. Os dois do lado de fora, nervosos, não paravam quietos. Ora roendo as unhas, ora abanando as mãos.

A chuva que caía forte do lado de fora abafava tudo o que acontecia lá dentro. Até que:

– Nasceu! – ouviu-se de dentro do quarto, seguido de um pequeno choro. Por alguns minutos em silêncio, apenas o pequeno choro se ouvia, e novamente a parteira veio abrir a porta.

– Venha, sr. Albertus... Venha ver que belezura! – chamou.

Dentro do quarto do casal, na cama simples, porém muito aconchegante, estava o recém-nascido no colo de sua mãe, enrolado nos panos de mesa.

– Veja, meu marido, veja que linda nossa pequena Laura! – disse Agnes com o rosto suado e pálido, mas com um olhar apaixonado mirando sua pequena filha. – Ela não é linda?

Agnes, a mãe, era magra e esticada, pele alva, com cabelos e olhos escuros e brilhantes.

– Sim, meu amor! Tem seu nariz, seus olhos e seu cabelinho preto! – disse, sorrindo, com os olhos lacrimejando ao ver a pequena que acabara de nascer. – Venha ver sua irmãzinha, Auriél!

Com ela no colo, Albertus curvou-se com todo o cuidado para que Auriél pudesse ver sua irmãzinha, que já não chorava mais.

– Eu era pequeno assim quando nasci? – perguntou Auriél, tirando sorrisos de todos.

– Era um principezinho – respondeu a mãe. – E hoje é o meu pequeno homem da casa.

Nos tempos em que viviam, era um momento de muita tensão a chegada de uma criança humana, principalmente para os próprios humanos, mas, mesmo assim, não se perdia a alegria e a euforia de receber a graça de um novo herdeiro, mesmo que muitas vezes esses sentimentos fossem mais contidos.

– Minha nossa! – disse a parteira, chamando a atenção de todos no quarto e quebrando o momento em família. – Eu nem tinha percebido que o temporal havia passado! E, olhem, a lua parece ter aparecido! – completou, apontando para a luz azulada que entrava por entre as brechas da janela do quarto.

– É verdade! Ficamos tão abobalhados com essa belezura, que nos esquecemos do tempo lá fora! – alegou o sr. Albertus, ainda encantado com a filha no colo. – Abra a janela, deixe a luz da lua entrar para abençoar a pequena Laura!

– Não sei se é certo, meu marido – contrapôs Agnes de imediato. – A noite está fria e pode deixá-la resfriada. Ela acabou de vir ao mundo, ainda é uma criança frágil!

— Será breve! Ela está quentinha em meus braços! – disse Albertus, fazendo sinal com a cabeça para Auriél.

Auriél deu a volta no quarto para abrir a janela como o pai havia ordenado. Com os passos rápidos, pegou um pequeno banquinho para subir e destrancar o ferrolho mais alto.

— Abra só um lado, meu filho! – pediu o pai.

Auriél curvou-se para abrir apenas uma folha da janela, que passou por cima de suas costas, fazendo entrar aquela luz que chamara a atenção da parteira. Logo em seguida, o garoto se apoiou no parapeito com os olhos no horizonte; sua cabeça girou para um lado e para o outro como se procurasse alguma coisa no céu. Debruçou-se tanto, que quase caiu para o lado de fora, em cima dos pequenos arbustos.

— Meu pai, não há lua nenhuma! – virou-se Auriél ao dizer. – Apenas uma grande estrela; inclusive, nunca vi uma tão grande!

Agnes e Albertus entreolharam-se. Um silêncio se fez presente pela primeira vez desde o nascimento da pequena Laura. Os sorrisos foram dando lugar a uma expressão pasma. Ainda em silêncio, Albertus caminhou até Agnes para entregar-lhe a criança. A mulher a recebeu da mesma forma.

— Saia daí! – exprimiu Albertus em tom baixo e, com uma expressão preocupante ao puxar Auriél de cima do banquinho, colocou-o no chão para que pudesse ver a tal estrela brilhante.

— Albertus? – chamou Agnes, mas não obteve resposta. O homem permaneceu com os olhos no céu, de costas para o interior do quarto, parado e imóvel.

— Deixe-me ver – pediu a parteira, abrindo a outra folha da janela, mas foi impedida por Albertus, que a fechou com rispidez.

Biserka, a parteira, era baixinha e rechonchuda, cabelos grisalhos e sem brilho. Não tinha uma aparência muito amigável, mas era uma boa parteira.

— É... É... Foi um engano, Auriél, você deve estar com sono e não viu direito... Talvez tenha sido a nuvem também... Atrapalhou a sua visão!

– alegou Albertus, porém sem conseguir completar uma frase olhando nos olhos da esposa ou do filho. – A lua está lá no seu lugar de sempre.

Um silêncio tomou conta do quarto novamente. Pensamentos pareciam atormentar Albertus, deixando-o inquieto. Agnes logo percebeu que algo não soava bem. A expressão alegre anterior de Albertus havia mudado nitidamente: agora estava pálido e perdido. A mãe agarrou-se em sua filha como se pressentisse que iriam tentar tirá-la à força.

Auriél notou as expressões no rosto pálido de sua mãe, algo que ele nunca presenciara antes.

– Você está mentindo, Albertus! – quebrou o silêncio a parteira, olhando fixamente para ele. – Você viu a Estrela do Renascimento, não foi?

O silêncio permaneceu. Albertus olhou para Agnes, que o olhou de volta com os olhos cheio de lágrimas. Agnes sabia muito bem que, confirmada a insinuação da parteira, a bênção e a inocência em forma de uma bela menina seria a mais dura condenação.

– Já fazia tempos que não se via.... E você sabe o que fazer, Albertus... Ninguém pode se colocar contra a Ordem! Você conhece o preço! – continuou a parteira.

– Calada, Biserka! Fique calada! – vociferou Albertus para a parteira, que ficou imóvel.

E outra vez um silêncio incômodo se fez presente. Albertus se apoiou com a cabeça baixa no canto da cama; seus olhos percorriam ligeiros o chão como se procurassem algo que havia perdido.

– Estrela do quê? – indagou Auriél para quem quisesse responder.

– A Estrela do Renascimento, Auriél! – voltou a falar a parteira. – A estrela que traz, ao nosso mundo, guerra e morte, e tudo indica que sua irm...

– JÁ MANDEI VOCÊ FICAR CALADA, BISERKA! – vociferou novamente Albertus. – Ou não respondo por mim!

– EU NÃO VOU ARRISCAR A MINHA VIDA! – esbravejou Biserka. – Você conhece a Ordem! Eles sabem de tudo! Vão matar todos nós!

– MATAR? – questionou Auriél, assustado.

E então, como num estalo súbito, tudo mudou.

– Vamos embora! – anunciou Albertus, tomado por uma pressa repentina. – Vamos levar só o que for necessário: comida, algumas roupas. Deixaremos o restante.

– Mas e sua esposa? Vai arriscar a vida dela assim? Ela acabou de dar à luz, está fraca! Precisa de repouso! Você vai matá-la e a Ordem vai matar vocês! – alertou a parteira, não por de fato se preocupar com a vida deles, e, sim, porque sabia que seria caçada por ter participado, mesmo que contra a sua vontade, da fuga.

– Saia da minha casa, Biserka – manifestou-se Agnes, já impaciente com o falatório da parteira. – Seus serviços já terminaram aqui. Algumas moedas estão no vaso ao seu lado. Acredito que sejam suficientes para a sua boca ficar fechada, pelo menos até sairmos do vilarejo.

Com todo aquele falatório, a pequena Laura, que antes dormia tranquila sem ter consciência do que se passava, começou a se irritar e a fazer menção de choro, que logo foi apaziguado por sua mãe. Então, Albertus começou, às pressas, a encher sacos com algumas roupas e comida. Biserka agiu da mesma forma, já que seus argumentos não foram considerados. Ela enchia os bolsos com as moedas que estavam dentro do vaso e resmungava: – Se querem morrer, que morram sozinhos.

Tum, tum, tum!

2

Enquanto Auriél segurava a pequena Laura, que voltara a dormir, sua mãe, mesmo fraca, trocava suas vestes por outras limpas e quentes. O tempo se tornara inimigo. A qualquer momento soldados da Ordem poderiam bater à porta.

– E os nossos animais, papai? – perguntou Auriél ao percebê-los agitados lá fora.

– Deixaremos aqui. Vamos apenas em dois cavalos – respondeu, amarrando a boca dos sacos de pano cheios.

Logo depois de encher e amarrar os sacos com aquilo que achava necessário levar, Albertus foi dar apoio à sua esposa, ajudando-a a terminar de se vestir. Agnes estava pálida e fraca, mas determinada a ir a qualquer lugar que fosse para salvar a sua família. Biserka, agora provavelmente dois quilos mais pesada devido às moedas que carregava, só se importava em não as deixar

cair. A cada passo que dava, ouvia-se o tilintar das moedas se chocando dentro dos bolsos.

– Eu vou sair pela porta de trás – esboçou Biserka antes de deixar o quarto. – Não quero que ninguém saiba que estive aqui. Minha boca permanecerá calada e espero que a de vocês também fique!

A parteira saiu à procura da porta que ficava nos fundos da cozinha e no caminho ainda carregou aquilo que encontrou pelas prateleiras e que achava ter algum valor. No quarto, Agnes se apoiava em Albertus em direção à porta em passos cuidadosos. Logo atrás vinha Auriél com a recém-nascida no colo.

– Vamos! Colocarei vocês em um cavalo e voltarei para pegar as coisas, não podemos perd... – dizia Albertus, quando se ouviu um berro assustado vindo da cozinha.

– Aaaaaaaah! Saia, saia, deixe-me passar!

Assustados com a gritaria, apressaram os passos. Ao chegarem à cozinha para ver o que estava acontecendo, depararam-se com uma perturbada Biserka jogada ao chão. A porta da cozinha, que dava acesso ao quintal da casa, estava escancarada e, parado diante dela, havia um bode amarronzado fazendo menção de ataque.

– Esse bicho não me deixa passar – disse Biserka, amedrontada, mas ao mesmo tempo irritada, sendo ajudada por Albertus a levantar-se, apesar de toda a dificuldade de estar amparando sua esposa. – Está impedindo a minha passagem!

– Saia, Beliscão! – disse Auriél para o bode, que estava irredutível. – Deixe-nos passar!

– Vocês conhecem esse bicho? – desdenhou Biserka.

– Sim, é de nossa criação – respondeu Albertus. – Mas não entendo por que está agindo assim.

TUM, TUM, TUM! Ouviu-se o som vindo da porta da frente. Alguém batera nela com tanta força, que o som ecoou por toda a casa. Albertus e os outros ficaram calados e parados, exceto a pequena Laura, que despertou do sono tranquilo nos braços de Auriél. TUM, TUM, TUM! Novamente bateram à porta.

– Chegaram. Vamos ser pegos. – Biserka tremia.

CABUMMMM!!! Um clarão e um forte estrondo foram ouvidos. A porta da frente agora estava escancarada, mas não se via nada, exceto uma fumaça branca que impedia a visualização de qualquer coisa que pudesse estar entrando por ela. Albertus e os outros forçaram a visão, ainda embaçada devido ao clarão, para tentar identificar alguma coisa.

– Desculpem-me pelo arrombo, mas foi necessário – disse uma voz rouca e envelhecida de homem em meio à fumaça que agora baixava. – Não poderia perder mais tempo batendo, já que vocês não viriam abri-la. Ficar lá fora já não é seguro!

Um velho alto e de cabelos longos e grisalhos, uma barba acinzentada que descia até abaixo do peito, vestindo uma longa capa verde-musgo que combinava com o chapéu pontiagudo na cabeça entrara pela porta apressado. Logo atrás dele surgiu outra figura, uma criatura que parecia gente, só que de uma estatura um pouco menor, chegando a bater na cintura do velho. Tinha orelhas pontiagudas, nariz comprido, dedos longos e finos; usava uma capa de um tom azul-escuro que combinava também com seu chapéu pontudo na cabeça, sob o qual os cabelos ressecados e pretos caíam bagunçados. Nos braços trazia um enrolado de pano cinza.

– Depressa, depressa! – disse o velho. – Não podemos perder mais tempo.

– Quem são vocês? – Esquadrinhou Albertus os dois intrusos.

– São da Ordem! – atropelou Biserka, assustada, protegendo-se atrás de Albertus e Agnes. – Vieram nos matar!

– Não, não somos da Ordem – corrigiu-a a pequena criatura de voz anasalada que acompanhava o velho. – Viemos antes deles para levar a criança recém-nascida. – As últimas palavras ditas pela criatura curiosa soaram como um desaforo.

– NINGUÉM VAI LEVAR NOSSA FILHA! – discordaram Agnes e Albertus de imediato.

– Se não levarmos, vão matá-la, e aí então a esperança poderá estar perdida – disse o velho barbudo com a voz um pouco mais baixa que os dois, como se não quisesse que ninguém ouvisse lá fora. – Vocês já iriam fugir porque entendem que ela está correndo um grande perigo. A Estrela do Renascimento brilhou no dia do seu nascimento e sabem muito bem o que isso significa.

– Quem são vocês? Como sabe que estávamos fugindo? – indagou novamente Albertus. – Acabou de entrar na minha casa sem ser convidado, inclusive destruiu a minha porta! E agora vem dizer, na minha cara, que quer levar a minha filha? Saia daqui agora! Se não sair por bem, vai sair por mal!

O velho de vestes longas e esverdeadas, parecendo irritado, mas segurando-se para não explodir, meteu a mão dentro de um bolso interno e puxou um pedaço de madeira que ia crescendo conforme o tirava para fora, até se tornar um longo bastão em sua mão. Os outros, impressionados com o que acabaram de ver, entreolharam-se, mas ficaram calados. Não ousaram dizer nada, por mais que suspeitassem: aquela engenhosidade se parecia com alguma coisa.

PUFF! Ao movimento do velho, novamente um clarão foi lançado em direção à porta. Ela foi colocada de volta no lugar como se nunca houvesse sido arrombada.

– Magia! – Biserka arregalou o olho certa da suspeita. – Ele é um bruxo!

– Um mago, senhorita – corrigiu o velho. Logo voltou a atenção para Albertus e continuou: – Meu caro Albertus, eu venho vigiando vocês há um bom tempo, assim como venho vigiando toda mulher ou moça grávida. Esperei por este dia tão ansioso quanto sua esposa, Agnes, esperou.

– Como? Pelo que sabemos, magos foram banidos há séculos. Eu nunca o vi antes, nem... Nem mesmo essa coisa com você – falou Albertus, colocando-se agora ainda mais à frente da esposa, dos filhos e da parteira para protegê-los de algum possível ataque ou feitiço que o tal mágico pudesse lançar.

– Não é porque não se vê que não esteja lá. O vento... Por acaso você o vê? Certa criatura vem sendo meus olhos – respondeu o mago, direcionando o olhar para o bode, que ainda estava parado, atento, na porta dos fundos.

– Beliscão? – questionou Auriél, com os olhos arregalados. – Ele está na nossa família há muito tempo!

– Nove meses! – agregou a pequena criatura ao lado do mago.

– Sim, pequeno Auriél, os olhos do bode vêm sendo os meus por muito tempo! – continuou o mago. – E "esta criatura que anda comigo", meu caro Albertus, é minha fiel amiga, Brúhild, a mestiça, a meio-duende e meio-anã!

– Um mago? Uma meio-duende e anã?! – indagaram-se.

A situação parecia ficar ainda pior e confusa.

– Viemos de muito longe para salvar as crianças nascidas – disse o mago.

– Crianças? Outras também nasceram hoje? – perguntou Agnes ao mago. Havia um fio de esperança em sua voz. Talvez sua filha não fosse o elo nascido. Talvez a Ordem tivesse piedade. Oh, mas como desejar isso para outra criança?

– Sim, trouxemos conosco um menino de uma vila aqui perto – respondeu o mago, que fez um sinal com a cabeça para Brúhild, a meio-duende e anã, que, por sua vez, entendeu o gesto.

Brúhild desenrolou calmamente o rolo de pano que estava em seus braços, deixando à mostra a face do pequeno que dormia ainda melado com pequenos grumos brancos deixados pelo parto recente.

– Nós somos a única salvação da pequena neste momento – continuou o mago. – Viemos por ela, por ele e por toda criança nascida hoje. Qualquer uma dessas crianças pode ser o elo do século que salvará e libertará a Terra Brava novamente. Vocês precisam confiar em nós, ou estaremos todos condenados a mais cem anos de escuridão. As trevas se aproximam na mesma velocidade que os falsos reis se levantam.

Albertus e Agnes entreolharam-se, talvez procurando um no outro uma alternativa que não fosse entregar sua filha, a pequena Laura, na mão de dois estranhos, mas estava difícil encontrar. Conheciam o risco que agora estavam correndo e o preço pago se caíssem nas mãos da Ordem.

O silêncio voltou a se fazer presente. Laura dormia tranquila, ainda no colo do irmão, e Biserka continuava escondida atrás de Albertus. De repente, ouviu-se um assovio vindo de fora, mas ninguém disse nada. Novamente, o mesmo assovio, que parecia agora estar mais perto, cantou. Com um movimento do bastão, o mago abriu uma das janelas à sua direita e por ela entrou uma coruja amarronzada com pintas brancas que pousou no ombro esquerdo do velho. A tal que vinha assoviando firmou-se ali e ficou parada.

– Eles estão vindo para cá! – disse o mago, agora com uma feição preocupante. – Façam o que eu disser.

Novamente o mago fez um movimento e a janela fechou. Outro movimento e as luzes dos candeeiros na casa ficaram menos luminosas.

– Volte para o seu quarto, Agnes! Leve-a, Biserka! Albertus, traga para mim o cordeiro que matou para o jantar. Sua refeição desacertada será nossa salvação agora! – disse o mago, inquieto. – Brúhild, tome conta de Auriél e da pequena Laura! Na cozinha, quietos!

Todos, ainda meio duvidosos com a benevolência do mago, mas sem questionar, fizeram o que o tal ordenara. Enquanto Albertus foi buscar pelo que o mago pedira, nos fundos, no exterior da casa, o mágico virou-se para abrir a porta da frente por onde havia passado, colocou somente a cabeça para fora e deu um longo e suave assobio em direção à rua. Parecia chamar alguém.

Por de trás de uma pequena mureta que havia do outro lado, dois equinos que estavam abaixados, um de pelagem branco-porcelana e o outro um alazão ruano, vieram na direção do mago e entraram pela porta, passaram pela sala e foram direto para a cozinha. Ali ficaram apertados juntos a Brúhild, que segurava o pequeno recém-nascido no colo, e com Auriél, que segurava a pequena Laura.

O mago olhou para as pegadas de lama deixadas pelos dois grandalhões dentro e fora da casa, deu mais outro assobio e elas desapareceram. Fechou a porta sem fazer muito barulho.

– Aqui está – disse Albertus, ao voltar com o pequeno cordeiro nos braços, entregando-o para o mago. – O que um pequeno cordeiro morto fará por nós?

— Salvará uma vida e, se tivermos sorte, a de todos nós! – respondeu o mago. – Agora, vá até o quarto onde sua mulher deu à luz e traga-me um lençol que tenha sido usado no parto, um que esteja sujo de sangue.

Albertus correu até o quarto, Agnes estava deitada na cama novamente e não passava bem. As dores de um parto recente e a fraqueza não seriam facilmente ignoradas. Biserka, ao seu lado, fazia o possível para acalmá-la.

— Cuide dela, Biserka. Vai ficar tudo bem, meu amor – disse Albertus ao pegar um dos lençóis sujos na cama.

— Escute! – avisou Biserka, antes que Albertus pudesse sair do quarto. – Estão ouvindo? São cavalos. E parecem ser muitos... Eles estão chegando.

Albertus correu até a fresta da janela do quarto para observar e viu ao longe sombras do que pareciam ser soldados aproximando-se velozes, talvez dez ou doze cavalos vindo em direção ao vilarejo no campo aberto.

— Vá, Albertus! – manifestou-se Agnes, contorcendo-se de dor, mas suportando firme. E acrescentou com ênfase: – Não importa o que aconteça, salve nossos filhos. Confie no mago.

Albertus, após dar um forte abraço em Agnes, correu de volta até a sala, ao encontro do mago, que estava ainda com o mesmo cordeiro em mãos.

— Aqui está o lençol sujo de sangue. E agora? – perguntou Albertus ao mago.

O mágico pegou das mãos de Albertus o pano sujo e enrolou o cordeiro, cobrindo-o totalmente; logo em seguida, elevou as mãos, segurando o que havia feito acima da cabeça.

— A estrela que brilha acima de todos anunciou a boa-nova. Este espírito eu entrego ao primeiro pensamento, o primeiro sopro de vida! Sob o teu fulgor, elevai-nos a ti e perdoai hoje a perversão! Submetido à dor receberá a recompensa na glória! Que o corpo do inocente seja a venda nos olhos do errante – entoou o mago com a voz poderosa em uma língua antiga, fazendo até os candeeiros mudarem para uma cor azulada. – Pegue! Quando eles chegarem, mostre o corpo deste cordeiro, como se fosse a criança sacrificada. Deixe que o levem – continuou o mago, e alarmou: – Tome cuidado. Qualquer passo em falso poderá ser pago com mais vidas.

O som dos galopes se encerrou. Só se ouvia agora o relinchar dos cavalos e o tilintar daquilo que pareciam ser espadas tocando nas armaduras de ferro em frente à casa do camponês. Os vizinhos não ousaram pôr os pés para fora. Haviam percebido a chegada dos cavaleiros montados em cavalos pretos e portando armaduras de metal escuro e enferrujado tão vedadas, que mal podiam identificar seus rostos. Um por um, trancaram-se, fechando suas janelas e portas e apagando qualquer sinal de luz do interior de suas casas.

O mago se encolheu em um pequeno espaço entre a porta de entrada e a parede, deixando o espaço livre para que Albertus pudesse abrir a porta e ir ao encontro dos tais enviados da Ordem. Albertus ficou esperando alguém se manifestar do lado de fora para que ele pudesse sair com o enrolado em mãos e entregá-lo a quem devesse, mas nada se ouviu. Nem um chamado, nem um comando. O mago achou estranho o comportamento e, como não queria correr o risco de que invadissem a casa, fez um sinal com a cabeça para que Albertus saísse e fosse ao encontro deles. Assim o homem fez. Receoso, abriu a porta calmamente. Um vento e um cheiro forte de algo podre entraram pela casa, fazendo até Brúhild e Auriél, na cozinha, torcerem o nariz.

– Entregue – ordenou um dos cavaleiros que estava à frente dos outros, com uma voz baixa e cansada, montado em seu cavalo de pelugem negra.

Então, Albertus se aproximou para entregar o que o homem pedia, tentando não olhar para eles, com medo de entregar a farsa. Os homens pareciam ficar ainda maiores quanto mais ele se aproximava. Para Albertus, o cheiro estava ainda mais forte; ele podia jurar que vira moscas saindo de dentro das armaduras dos cavaleiros quando levantou o olhar e observou mais minuciosamente aquele que estava à sua frente, estendendo a mão direita para apanhar o que viera buscar.

Um clarão e um estalo surgiram atrás de Albertus repentinamente, puxando-o tão rápido para dentro da casa, que pôde ver a espada enferrujada que o cavaleiro empunhava passar riscando o seu nariz em um golpe falho para acertar a sua cabeça. Quando o camponês se deu conta, já estava de volta dentro da casa com a porta fechada, aos pés do mago, que o olhava com os olhos arregalados. Aquela espada pode não ter acertado a sua cabeça, mas outra fora desferida em seu peito.

– Salve... minha família. – Albertus, ao chão e olhando para o mago, mal conseguia falar, e a cada palavra expelia sangue pela boca.

Lá fora se ouvia a agitação dos cavaleiros forçando a entrada, seguida de gritos que vinham do quarto onde Agnes e Biserka estavam.

– Cresça – ordenou o mago à coruja em seu ombro.

Ela saltou de cima dele, obedecendo-lhe, para adquirir um tamanho cem vezes maior. E parecia não parar de crescer. Crescia destruindo móveis e tudo que estivesse ao redor dentro da casa.

O mago correu até o quarto para resgatar Agnes e Biserka quando percebeu que não poderia fazer mais nada por Albertus. Mas infelizmente também não poderia fazer mais nada pelas duas: estavam em meio a um derramamento de sangue por toda parte, cercadas por cavaleiros iguais aos da entrada, que haviam invadido o quarto pela janela, e continuavam a invadir. Em um novo movimento com seu bastão, ele afastou aqueles que tentaram o atacar. Um clarão tomou conta do quarto, lançando os inimigos contra os móveis.

– FUJAM! – gritou o mago para Brúhild e Auriél enquanto corria ainda pelo pequeno corredor que o levaria até eles.

A coruja lutava com bico e garras impedindo que os cavaleiros entrassem na casa. Com dificuldade, mas com muita habilidade, Auriél subia em um dos cavalos e Brúhild no outro. Nesse ínterim, o mago chegou a tempo de subir no mesmo cavalo de Auriél para que pudessem sair em disparada. Foram apressados, sem olhar para trás pela porta dos fundos onde o bode anteriormente impedira a fuga.

3 Floresta Baixa

Em meio à escuridão da noite, iluminados apenas pelo brilho azulado da Estrela do Renascimento, estavam eles, montados nos dois fortes equinos que corriam velozmente pelo campo aberto. Às suas costas, o vilarejo se distanciava. Auriél pôde ver, ao dar uma olhada para trás, a imensa coruja rasgando o teto do que antes era sua casa e voando bem alto – tão alto, que mal conseguiu acompanhar. Voltou o olhar de novo para sua casa, que se distanciava ainda mais, e pôde ver uns cavalos vindo em sua direção.

– Meus pais estão em algum daqueles cavalos? – perguntou Auriél ao mago, que não respondeu, mas olhou para trás para ver ao que ele se referia.

– Depressa – disse o mago a Brúhild, que o acompanhava ao lado. – Os malditos estão nos seguindo.

– Para a Floresta Baixa? – perguntou a mestiça.

– Sim. Despistaremos no caminho.

Com aquela conversa, Auriél pôde deduzir que os tais cavalos que vinham em sua direção não traziam seus pais, senão os cavaleiros que invadiram sua casa.

Em nenhum momento os cavalos diminuíram os passos; corriam velozes rumo à tal Floresta Baixa à sua frente, que aos poucos ficava ainda mais próxima. Próximos também ficavam os cavaleiros: seus cavalos escuros pareciam ser mais velozes e não fadigavam.

– Eles estão nos alcançando – alertou Brúhild.

Com todos aqueles sacolejos causados pelos fortes galopes, as duas crianças começaram a se incomodar e chorar. Auriél fazia o possível para acalmar Laura em seus braços, e Brúhild tentava fazer a mesma coisa, sempre com um olho no pequeno e o outro em direção à floresta.

– Entregue a criança – disse um dos cavaleiros com a voz esmarrida, já tão próximo que se podia ouvir.

Novamente se escutou um assovio, só que agora mais forte e poderoso. Auriél olhou para cima ao perceber que o ruído partira das alturas e, aguçando a vista, pôde ver a imensa coruja que destruíra sua casa rasgando as poucas nuvens que havia no céu. Ela descia velozmente em sua direção: passou por cima deles com as asas abertas; por um momento, cobriu-os da luz azulada da Estrela do Renascimento. Apanhou um dos cavaleiros com as fortes garras e subiu de volta, deixando o cavalo do inimigo cavalgando sozinho, desgovernado.

– INFLANDEIA – conjurou Brúhild, ao puxar com dificuldade uma vareta comprida que guardava na manga e, logo em seguida, apontou na direção do cavaleiro que se aproximava.

Um estalido avermelhado saiu da ponta da vareta dela e atingiu o cavaleiro, que ficara para trás, perdendo velocidade com o corpo em chamas.

Já eram poucos cavaleiros na perseguição. A cada assovio da grande coruja, um a um se perdia nas alturas, deixados lá à própria sorte.

Caíam de tão alto, que se ouvia uma grande pancada quando encontravam o chão.

Enfim conseguiram entrar na floresta, já com poucos cavaleiros às suas costas, mas que não desistiam do seu propósito. A floresta era tão grande e asselvajada, que não se via o outro lado ou qualquer saída; suas árvores eram tão cheias de folhas nos topos, que pouca luz da noite penetrava.

– Despertem, árvores! E expulsem o espírito da morte de seus domínios – disse o mago em alto e bom tom, elevando o seu cajado, que agora emitia uma luz âmbar tão forte, que fez Auriél fechar os olhos e tampar com as mãos os da pequena Laura.

A floresta, que antes estava se movendo lentamente com o vento que soprava ora ou outra, agora parecia ser gente: adquirira movimentos grandiosos e grosseiros, impedindo a passagem dos cavaleiros, que eram arremessados e esmagados por ela sem nenhum compadecimento, deixando apenas o mago e seus companheiros passarem.

Então se livraram dos últimos cavaleiros de armadura enferrujada e seus cavalos. As árvores foram de grande ajuda. Após fazerem o que o mago havia pedido, voltaram ao seu comportamento natural.

Auriél não tinha ideia de para onde estava sendo levado com a irmã, mas sabia que provavelmente a caminhada seria longa. Mesmo após terem se evadido dos cavaleiros, continuaram cavalgando sem perder o ritmo.

E assim seguiram, floresta adentro, por uma trilha estreita que havia ali. Era tão silencioso, que às vezes se ouviam os galopes dos cavalos e de alguns bichos noturnos. A coruja do mago, de volta ao seu tamanho anterior, dava um assovio planando por cima deles. Auriél sustentava os olhos para não dormir; estava cansado e com fome, mas segurava a pequena Laura firmemente.

Ainda era madrugada quando enfim pararam em um ponto da floresta. Todos desceram dos cavalos, que estavam exaustos de tanto cavalgar e foram deixados em um pequeno córrego que corria próximo de onde estavam. Era preciso beber água.

– Chegamos – anunciou o mago.

– Chegamos? Onde? Vamos passar a noite aqui na floresta? – perguntou Auriél, olhando ao redor e não vendo nem sequer um sinal de cabana, tenda ou algo que pudesse abrigá-los.

– Olhe com atenção, pequenino – indicou Brúhild com a cabeça, para que Auriél olhasse para cima.

Ao levantar a cabeça e direcionar os olhos para onde Brúhild apontara, no topo de uma árvore ele pôde ver uma figura daquilo que parecia ser uma casa. Lá debaixo não teve certeza do que seus olhos estavam vendo, mas poderia apostar que realmente era uma casa integrada ao caule e às folhas da grande árvore de tronco grosso que estava à sua frente.

– Libere a passagem, Árvore-Mãe – disse o mago, tocando com uma das mãos no tronco da grande árvore.

Um pequeno ruído se ouviu e, diante dos seus olhos, Auriél pôde ver uma fresta surgindo nos cascos do tronco da tal Árvore-Mãe, aos poucos abrindo até formar aquilo que lhe pareceu uma pequena porta para embarcar.

– Eu sigo vocês logo, logo – falou o mago. – Vou abrigar os cavalos.

Assim fizeram. Auriél seguiu Brúhild, que iluminou o caminho com flocos de luz que saíam da ponta de sua vareta. Subiram por dentro do tronco da árvore em uma escada em caracol feita de madeira e galhos fincados no próprio tronco, levando-os até uma pequena porta arredondada. Parecia que estavam saindo de um alçapão. Enfim emergiram em um ambiente totalmente diferente aos olhos do pequeno Auriél. Apesar de escuro ainda, iluminado apenas pelos pequenos flocos luminosos, ele percebeu logo a peculiaridade do lugar, mas não imaginou que uma casa de mágicos seria tão diferente das demais nas quais já havia entrado no pequeno vilarejo Rosmarinus Azuis, onde morava. Com um movimento da sua vareta, Brúhild novamente fez o ambiente se iluminar. Velas grandes e algumas já pequenas e desgastadas espalhadas por ali acenderam de imediato.

Auriél ficou parado, correu os olhos por todos os lados. Ali onde estavam parecia ser a sala – ou algo que fizesse lembrar uma. Era um ambiente arredondado cheio de prateleiras recheadas de livros de todos os tamanhos e grossuras. Havia também potes de vidro de diversas formas e cores, com itens dentro, disputando um lugar. Os curiosos assentos, altos e baixos, também chamaram a sua atenção. Um grande caldeirão próximo de uma janela redonda também disputava espaço naquela grande e bagunçada sala.

— Leve Auriél para a sala de estudo dos astros, Brúhild — disse o mago, saindo pela mesma abertura redonda no chão de onde Auriél e a meio-duende haviam saído. — Prepare um lugar lá para ele dormir por hoje. Amanhã providenciaremos mais um quarto extra.

— Venha, Auriél — chamou Brúhild, que logo foi seguida por ele com a irmã no colo, deixando o velho mago na sala.

Passaram por um curto corredor e subiram uma pequena escada desnivelada que os levou até um pequeno quarto com algo que parecia camas para bebês ou para meios-duendes; independentemente de para quem fossem, pareciam bem confortáveis e quentinhas.

— Vamos deixar os pequenos aqui dormindo e preparar um lugar para você dormir — disse Brúhild, colocando os bebês nas caminhas.

— É seguro ficar aqui? — perguntou Auriél, preocupado com a irmã.

— Estamos bem distantes do chão. A única entrada é essa janela redonda à sua frente, mas está fechada, não se preocupe.

Auriél deu uma olhada para a janela arredondada que havia no quarto, bem parecida com a que vira na sala, e, pela cara que fez, não depositou tanta confiança nela. Mas, como ali tudo era estranhamente mágico, confiou a segurança da sua irmã às palavras da meio-duende e anã.

— Se você quiser passar a noite aqui, a gente pode juntar essas duas camas que sobraram, fazendo uma só para você — disse Brúhild com um sorriso amigável ao pequeno Auriél ao perceber que ele se sentiria mais cômodo próximo de sua irmã. — Vamos, ajude-me. Amanhã arrumamos a sala de estudos dos astros, aqui ao lado.

E assim fizeram: juntaram as pequenas camas. Auriél, sem nenhuma cerimônia, deitou-se nelas como se fossem uma só, e coube direitinho.

– Senhora meio-duende... Senhora Brúhild? E os nossos pais? Vamos encontrá-los de novo, não é? – perguntou Auriél, antes que ela saísse pela porta.

Brúhild olhou para o garoto por cima dos ombros, mas não disse nada – ou porque não quis, ou por de fato não ter uma resposta. Apenas saiu deixando a porta entreaberta. Ele, que estava tão esgotado e com sono, não insistiu na pergunta. Tomado pelo cansaço, virou-se para dormir.

Brúhild voltou para a sala onde o velho mago estava e o encontrou remexendo um amontoado de livros empoeirados.

– O que procura?

– Você lembra por onde guardei aquele velho mapa das passagens entre as encostas acinzentadas rumo ao nordeste? – disse o mago, com outra pergunta.

– Eu o vi em alguma parte entre esses livros aí – respondeu ela, indo ajudá-lo na busca. – Porém. faz tanto tempo, que não me recordo em que parte. Está uma bagunça. Você mexe e remexe, mas não coloca no lugar!

– Devo encontrá-lo. Tenho que partir ainda hoje para Sácrapa – disse o mago. – Preciso de uma rota rápida que me leve em segurança e sem ser percebido. Se é que isso é possível agora.

– Encontrei! Aqui está! – avisou Brúhild, entregando o mapa ao velho. – Mas por que essa pressa? As crianças já estão a salvo.

Ele o abriu sobre uma pequena mesa e, com a ajuda de uma vela em mãos, começou a percorrê-lo.

– Esta rota é a melhor, pois aquela que sempre usei foi interrompida depois do desmoronamento causado pela tempestade há sete dias – apontou o mago. – Não vou nem dormir. O sol já está quase se levantando. Não posso perder tempo.

– Por que está nervoso? Estamos em segurança agora! – exclamou Brúhild, que não recebeu nenhuma afirmação vinda do mago. E tornou a perguntar: – Abraminir? Estamos em segurança, não é?

O mágico suspirou e finalmente respondeu:

— Brúhild! Aqueles cavaleiros que nos atacaram não são cavaleiros comuns, não vieram a mando de um rei comum ou de um reinado comum. Eu já os vi no passado. Eles carregavam sombra dentro de si; existia morte em suas carnes e espadas; uma semente que foi plantada está germinando e tem sede e fome de poder.

Brúhild ficou em silêncio. Pela primeira vez podia-se notar aflição em seu rosto. Observava o mago já apressado preparando algumas coisas para partir e isso a deixava preocupada. Conhecia as narrativas a respeito das batalhas, dos elos e dos piores de todos dentre eles, mas, agora que estava revivendo essas terríveis lembranças, não parecia tão agradável e empolgante como fora quando conheceu as histórias que seu amigo, o mago, viveu no passado.

— E quanto a Auriél? — Brúhild quebrou o silêncio. — Ele perguntou sobre os pais. O que aconteceu na casa quando a deixamos para trás, fugindo daqueles cavaleiros fedidos, além de ter ficado destruída?

Outro suspiro, mas agora com um peso horrível.

— Nós seremos a família dele agora — disse o mago, olhando nos olhos de Brúhild ao abaixar-se para ficar na altura da mestiça. — Infelizmente, eu não pude fazer nada para salvar a vida deles. Foi tudo muito rápido, mas Albertus me pediu, antes de morrer, que eu salvasse sua família. Corri para o quarto, porém sua esposa e a parteira também já estavam sem vida. Não sei como vou contar para ele e, futuramente, para a pequena Laura. Eles vão precisar ser fortes.

A cada palavra dita pelo mago, as imagens das mortes pareciam entrar na cabeça da meio-duende e anã; assim como o mago, ela também não saberia como contar para uma criança de 12 anos a respeito da morte inesperada e cruel dos pais. O peso, sem dúvidas, poderia ser ainda maior para a pequena Laura: se não tivesse nascido no dia em que a Estrela do Renascimento voltou a brilhar, cresceria linda na pequena vila de camponeses onde a única preocupação era contar os dias certos para a colheita mais rica dos rosmarinus, para assim vendê-la para os grandes salões de reis próximos ou trocá-la por sacas de arroz e trigo.

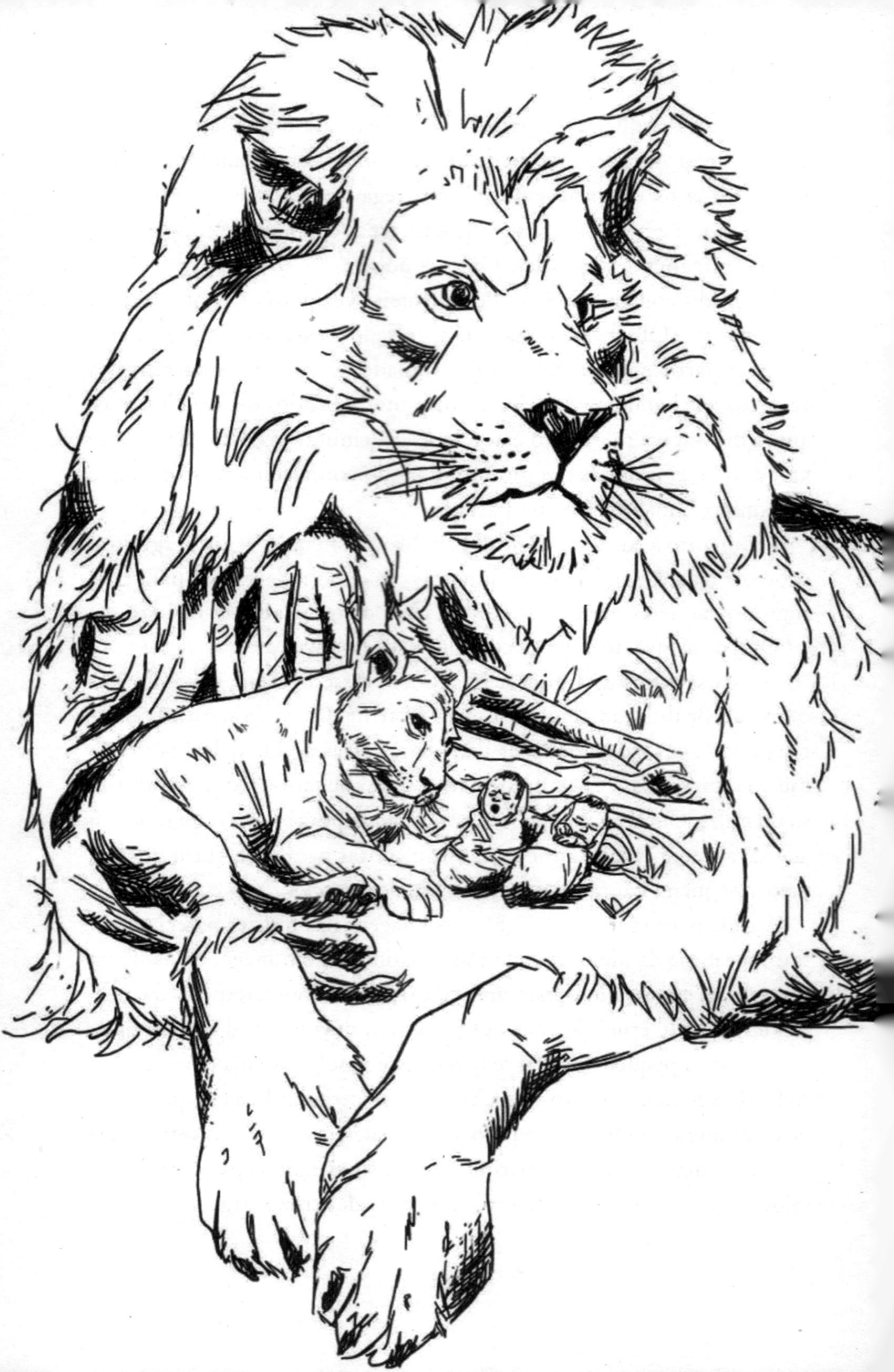

Leoa de Sácrapa Leoa de Sácrapa Leoa de Sácrapa Leoa de Sácrapa Leoa de Sácrapa Leoa de Sácrapa Leoa de Sácrapa Leoa de Sácrapa

Parte dois

O livro

4

O amanhecer começara a dar o seu sinal. A estrela que antes brilhava imponente começava a perder espaço para os raios de sol, e a essa hora os primeiros comentários a respeito dela provavelmente já eram ouvidos em todos os quatro cantos da Terra Brava. Apressado, o mago partira no crepúsculo rumo a Sácrapa em um de seus cavalos. Deixou Brúhild encarregada da segurança dos pequenos e orientou que, a qualquer sinal de ameaça, ela deveria fugir com eles por uma passagem escondida que ficava às margens da escada em caracol, rumo às antigas minas de ferro abandonadas. Partiu veloz, sem olhar para trás, com a promessa de voltar antes do anoitecer.

A meio-duende e anã não pregou os olhos. Tinha muita coisa para fazer, e a primeira delas era alimentar os novos moradores da casa na árvore quando acordassem. Desceu para apanhar algumas frutas em uma pequena horta que pertencia a eles às margens da grande árvore; levou também leite fresco que ordenhara de uma vaca que pastava por ali, sempre respeitando o bichinho. Isso era o máximo que consumiam de origem animal, além de ovos e mel. Tinham uma alimentação regada, em sua maioria, por frutas, legumes, nozes e cereais. Bem diferente dos vilarejos e reinos distantes que criavam e matavam outros bichos para consumo. "Os animais fazem parte da união da criação: não estão à frente nem atrás, estão ao lado", sempre dizia o mago, a mestiça e aqueles que compartilhavam desse mesmo e antigo pensamento.

Ali nas encostas da Grande Árvore-Mãe, eles criavam e cultivavam tudo aquilo que julgavam necessário, longe de tudo e de todos. Para Brúhild, cuidar da horta era mais um prazer que um dever. Já, para o mago, a alquimia e os astros eram o seu regalo; talvez por esse motivo fizera sua morada no topo da árvore mais alta e antiga de todas.

Brúhild subiu com o que apanhara e preparou uma boa mesa para o pequeno Auriél, que ainda dormia. E, para os dois bebês, um bom recipiente munido de uma chupeta de folhas trançadas que fizera para colocar o leite recém-tirado. O sol agora já brilhava forte, invadindo a casa pelas janelas arredondadas. Pássaros que também compartilhavam alguns galhos do pico da Grande Árvore-Mãe cantavam anunciado o novo dia. Auriél acordou num sobressalto e com o sol que entrava pela janela batendo em seu rosto; talvez tenha se esquecido da noite passada, mas logo voltou a lembrar. Levantou-se e foi até as camas onde dormiam sua irmã e o outro bebê, que já estavam acordados, mas em silêncio.

Como será que esse bebê se chama?, pensou ao trocar olhares com o pequenino, que lhe sorrira. *Por que estamos passando por isso, irmã?* Auriél olhava, buscando uma resposta no rosto inocente da pequena Laura, que, assim como o outro bebê, apenas sorria para ele. *Sorte de vocês não terem consciência do que se passa*, concluiu em pensamentos.

— Acordou! — disse Brúhild ao entrar no quarto. — Venha, fiz uma mesa de desjejum para você. Não sei o que homens pequenos do vilarejo de onde você veio comem, mas acho que vai gostar. Temos frutas, batata-doce, ovos e um suco de couve que acabei de fazer, do jeito que uma antiga amiga feiticeira da floresta me ensinou.

– Obrigado, mas estou sem fome.

– Mas você precisa se alimentar. Está tudo fresquinho. O suco eu fiz com as próprias mãos! Espremi tanto, que quase fiquei com calos – insistiu Brúhild.

Auriél então foi ter o seu desjejum feito pela mestiça enquanto ela ficou no quarto alimentando os pequenos com o leite que havia ordenhado mais cedo. Brúhild parecia ter muita intimidade com crianças, e elas não a estranhavam nem um pouco. Apesar de sua aparência e estatura bem diferentes das dos humanos, isso não causava nenhuma estranheza, uma vez que se acostumaram com sua presença. Suas orelhas pontiagudas, seu nariz comprido e os dedos longos e finos podiam causar estranheza nos homens adultos, mas não nas crianças.

Assim que terminou seu desjejum – comendo boa parte do que Brúhild havia preparado, exceto o suco de couve, cujo gosto não lhe agradou –, foi até as prateleiras de livros para dar uma xeretada. Os objetos estranhos e incomuns chamaram sua atenção, mas nenhum deles parecia tão interessante quanto um livro intitulado *Filhos da Estrela do Renascimento: os elos dos séculos de acordo com a ordem cronológica da criação*. Era um livro rústico feito à mão e envolto por algo que parecia casca de árvore prensada, com muitas palavras e gravuras estranhas. "O elo das corujas", leu ao abrir o livro e continuou, "O primeiro filho de homem nascido para herdar o trono, polido em mármore vermelho pelos lampejos que desceram do céu... Durante seu reinado, a sabedoria e o conhecimento eram o alimento para os povos...", folheou mais um pouco. "O elo do colibri... Alegria, delicadeza e renascimento... A magia ficara ainda mais aflorada... Havia cura, harmonia e encanto em tudo e em todos...". E continuou folheando. "O elo dos ursos marrons, o elo dos cervos, o elo dos falcões". Folheava o livro e ficava ainda mais curioso com o que encontrava dentro dele, histórias sobre as quais nunca ouvira falar antes. Até que chegou a um certo ponto que lhe chamou atenção: "O elo das serpentes". De todos, era o que mais consumia páginas e que tinha mais gravuras estranhas: "O rei que se rebelara... Haradáf, o Rei Oculto que plantou guerras, ganância e poder... A caçada desenfreada pela vida eterna... Um golpe contra o rei e todo o seu exército... O ritual que era uma farsa planejada pelos cinco mágicos... O mal sucumbira, fora engolido pelas profundezas... Uma ordem se levantou... O tratado selado entre os povos: morte à criança, filha de homem, nascida no dia em que a Estrela do Renascimento voltasse a brilhar!". Nesse momento, as perguntas e dúvidas que ainda não haviam sido respondidas começaram a se abrir na cabeça do pequeno Auriél. Mas, à medida que se abriam, novas surgiam.

Seria sua irmã ou o outro pequeno um desses elos de fato? Seria possível estarem passando por uma coisa tão incomum assim? Se isso fazia sentido ou se era verdadeiramente possível, o garoto ainda não seria capaz de assegurar com firmeza. Mas duas coisas ele não podia negar que eram reais: o brilho que vira descer dos céus emanado pela estrela justamente no dia em que os dois pequenos nasceram e o perigo que correram quando fugiram dos cavaleiros de armaduras enferrujadas que queriam levá-los. Tudo havia sido bem assustador e real.

– Brúhild? Eles são um desses elos? Esses tais filhos da Estrela do Renascimento? – indagou Auriél, entrando no quarto com o livro em mãos. – É por isso que estamos nos escondendo, não é? Querem nos matar agora. A Ordem. Eu lembro de a parteira mencionar algo do tipo, embora meu pai nunca a deixasse terminar.

Brúhild, que estava acabando de alimentar os pequenos, tomou um susto com a entrada inesperada do jovem com o livro nas mãos e a boca cheia de perguntas.

– Nossos pais estão mortos, não estão? – continuou, mas agora com os olhos enchendo de lágrimas. – A Ordem os matou, não foi?

Com um olhar lamentoso, deixou a atenção que dava aos bebês, direcionou-se ao garoto e respondeu:

– Para as suas perguntas, meu jovem Auriél, você já encontrou as respostas... Seus pais deram a vida para salvar a sua e a de sua irmã. Não sabemos ainda se sua irmã é o elo do século que nasceu para nos tirar dessa escuridão, mas ela está salva por causa da bravura de seu pai e sua mãe, e pela sua! Onde quer que seus pais estejam agora, terão muito orgulho de você.

Auriél, que sentia a morte dos pais em um choro amargo, foi abraçado pela mestiça, sensibilizada com o sentimento do pequeno. Abraçou o menino e deixou-o chorar em seu ombro. Aquele sentimento lhe tocou, porém preferiu esconder e dar o apoio do qual Auriél estava precisando.

Depois de um longo momento de luto com o pequeno, Brúhild o deixou no quarto enquanto foi preparar o almoço, mas com a promessa de que, quando terminassem de almoçar, iriam preparar o mais belo quarto para ele na sala de estudos dos astros.

Já era um pouco mais que meio-dia. O sol brilhava forte, fazendo sua luz refletir nas folhas esverdeadas das árvores na Floresta Baixa, e um dos cavalos se refrescava à beira do pequeno córrego ali próximo. Brúhild, que fazia uma espécie de torta de legumes, não percebera o silêncio enquanto trabalhava; não ouvia mais o choro reprimido de Auriél nem os gemidinhos dos pequenos; haviam caído no sono novamente. Brúhild tinha aprendido muitas coisas sobre filhos de homens antes de entrar nessa jornada: o que comiam, o que vestiam, o que faziam; porém, dormir tanto assim, talvez isso tivesse lhe escapado.

O sono de Auriél, na verdade, era aquele sono pós-choro, para pôr os sentimentos no lugar. E, enquanto dormia, Auriél sonhou com o que havia vivido na noite anterior: a estrela no céu, o rosto dos pais, a fuga até a floresta. Pôde até sentir o cheiro podre que os cavaleiros exalavam. Acordou assustado e vomitando o que havia comido no café da manhã. O cheiro parecia tão real, que lhe embrulhara o estômago. Limpou a sujeira que fizera – ou tentou – com um pedaço de pano entre aqueles nos quais estava deitado. Logo Brúhild notou o cheiro: seu nariz comprido não deixava nada escapar; cheirou até a torta duas vezes para se certificar de que o odor não vinha dela.

— Você está bem? — Entrou no quarto. — Está passando mal?

— Estou bem, só senti enjoo.

— Deixa que eu limpo, não se preocupe — disse Brúhild, já com um trapo na mão para eliminar a sujeira.

— Obrigado. Você é diferente, mas tem o jeito da minha mãe. Ela era muito carinhosa... Me colocava para dormir também e cozinhava nossas refeições.

— Estou fazendo uma torta de legumes! Espero que fique tão gostosa quanto a que a sua mãe fazia.

Quando terminou de limpar a sujeira, ela voltou para a cozinha acompanhada do pequeno Auriél, que se ofereceu para ajudá-la a fazer o almoço, o que deixou Brúhild muito contente, já que era a primeira vez que estava fazendo uma torta de legumes do jeito que camponeses gostavam, com suas massas e temperos picados.

Era um corta, corta e descasca, descasca de legumes de todos os tipos. Os dois começaram a se entrosar ainda mais: já pareciam bons e velhos amigos. Às vezes Brúhild usava sua vareta para adiantar algo, arrancando sorrisos tímidos do garoto.

— Esta é uma varinha feita do miolo intocado do cedro rosa que não queimou na tempestade de fogo, causada por dragões de guerra. Há muito tempo.

Brúhild fazia o que podia para distraí-lo dos pensamentos tristes que naturalmente insistiam em surgir.

— Por que você é metade duende e metade anã? — perguntou Auriél enquanto cortava algumas batatas. — Você parece humana, mas diferente. Essas orelhas pontudas são engraçadas.

— Eu nasci em um bosque bem longe daqui, acima do Grande Rio Divisor, em um lugar onde só havia duendes. Minha mãe era uma duende de sangue puro, filha dos líderes de seu povo. Meu pai era um anão, o menor entre todos. Ele não atingiu a estatura normal de sua raça e era pobre, um simples minerador. Eles se conheceram por acaso à beira do Grande Rio há muito tempo. Acabaram apaixonando-se e, mesmo contra a vontade dos seus familiares, decidiram viver esse amor. Fugiram para longe de tudo e de todos, certos de que queriam viver um amor proibido. Estavam felizes de verdade e não demorou muito para que tivessem o primeiro filho – ou, no caso, filha: eu! Cansados de fugir de bosque em bosque, optaram por criar raízes num lugar em que julgaram que não seriam encontrados. No entanto, quando eu já tinha um pouco mais que um mês de nascida, meus pais sofreram uma emboscada. Anões que caçavam meu pai o encontraram e o mataram. Então, minha mãe, sozinha, voltou para o bosque dos duendes comigo, mas não foi aceita de imediato. Só concordaram em aceitá-la de volta se me abandonasse: não aceitariam uma *coisa* como eu, uma mistura de raças. Minha mãe, abandonada e perdida em seus sentimentos, encontrou um jovem aprendiz de feitiçaria que prometeu cuidar de mim. Ela entregou-me a ele e partiu. Nunca mais a vi! Eu tenho sangue de duende e de anões correndo dentro de mim, mesmo que eles não aceitem. Hoje eu não pertenço a nenhum grupo, não tenho tios ou tias, primos e primas... Minha família é esse velho teimoso que você conheceu.

– Sinto muito, não imaginei tudo isso – lastimou Auriél. – O destino foi ruim com você.

– O destino me tirou lembranças de família? Sim, ele tirou. Mas me deu um grande amigo, que me ensinou tudo o que sei! E, se hoje eu pudesse escolher entre ele e os que não me aceitaram, eu escolheria sem hesitar esse velho! Ele me recebeu do jeito que eu sou!

– Por que os anões estavam caçando seu pai? E por que o mataram?

– Quando ele fugiu com a minha mãe para viverem juntos, meu pai precisava ter alguma reserva de tesouros. Como não tinha nada, ele roubou algumas gemas da antiga mina onde trabalhava. O dono da mina, um antigo anão, soube dos furtos e o caçou por meses, até o encontrar e fazê-lo pagar com a vida pelo crime cometido – respondeu Brúhild.

– O jovem aprendiz de feitiçaria ao qual você se referiu é o mago que nos trouxe para cá?

– Sim, é ele mesmo. Abraminir, o mago da Floresta Baixa do Leste.

– Abraminir? Então é esse o nome dele? – Auriél parou de cortar as batatas. – Existem outros como ele por aí?

– Poucos... Escondidos... Mas, como ele, não!

A conversa foi longa: estendeu-se até terminarem o almoço, a tal torta de legumes, que ficou muito boa. Auriél chegou a repetir um generoso segundo pedaço. Logo depois, Brúhild, com a ajuda da criança, alimentou os bebês pela segunda vez naquele dia. Em seguida eles voltaram a dormir.

Então, Auriél perguntou por onde andava a curiosa coruja que mudava de tamanho.

– Ela está acompanhando Abraminir em sua viagem. É os olhos dele no céu – respondeu a mestiça.

5 Sala de estudo dos astros

Partiram, então, para a tal sala de estudo dos astros, na missão de transformá-la em um quarto para o garoto. A sala era meio oval ou redonda, Auriél não sabia dizer, mas parecida com qualquer outro ambiente ali em seu formato. Estava cheia de objetos e anotações curiosas. As janelas eram bem maiores que as que ele tinha visto em outros cômodos, com vidros esverdeados, lilases ou transparentes. Tudo bem rústico, porém muito bem-feito e bem-encaixado.

– O que é isso? – perguntou, curioso, referindo-se ao objeto com o dobro de seu tamanho, moldado em madeira e cobre, que ficava no centro do quarto.

Parecia um cilindro apoiado em um tripé que apontava para uma pequena abertura na janela, direcionada ao céu.

– Isso se chama... se chama... O extensor ocular. Ou será o extensor modular? – dizia Brúhild, incerta, tentando lembrar que nome Abraminir dava para aquele "treco", que era como ela o chamava. – Uma coisa assim. Só sei que serve para você ver as estrelas que estão lááááá loooonge. Coisa que não me interessa nem um pouco, meu olho que o diga! O que me interessa é saber o que está debaixo dos meus pés! Isso, sim, é bom saber!

– Que curioso, posso dar uma olhada? – perguntou, apoiando-se no tal extensor ocular e já prestes a encaixar um dos olhos em uma pequena abertura com o formato de um olho.

– NÃOOO! – gritou Brúhild do outro canto da sala, levando Auriél a dar um pulo para trás. Seus olhos arregalados fazendo o púrpura dentro deles saltar. – Tire seu olho curioso daí! Só se usa durante a noite! A luz do sol pode cegar seus olhos. Não vai querer ficar cegueta de um lado igual a esta mestiça curiosa aqui, não é?

– Desculpe – disse ele, recuando. – Só queria dar uma olhadinha.

– Eu fiquei cega de um olho por querer dar uma olhadinha! Mas, também, como eu ia saber, não é mesmo? – escarneceu de si mesma. E logo disse: – Agora, venha me ajudar aqui com esses entulhos e papéis. Temos muito a fazer!

Eles levaram horas arrumando tudo, preparando uma boa cama e um lugar para Auriél colocar as roupas que receberia de Brúhild assim que ela tivesse um tempo para costurar para ele, já que fugira só com a roupa do corpo.

Não era um dormitório igual ao que tinha em sua casa, ou como um dormitório de qualquer menino da sua idade no vilarejo onde morava, mas lhe agradou. Só o fato de ter ficado com o tal extensor ou modulador ocular ainda no recém-formado quarto, fora os outros "trecos", que com certeza iria bisbilhotar assim que tivesse uma chance, despertou-lhe animação. Auriél era muito engenhoso.

Já era quase noite quando eles fizeram a terceira refeição. Auriél ajudou Brúhild a dar banho nos pequeninos no córrego que corria ali próximo; também tomou o seu com a promessa de que receberia uma roupa limpa para dormir, só não esperava que fosse uma camisola de Brúhild, cheia de cores e detalhes florais. Um dos equinos, o branco-porcelana, pastava tranquilamente até seguir para a cocheira. As galinhas já iam para o poleiro. Tudo indicava que a noite estava se aproximando e, em meio às árvores, tudo ficava escuro ainda mais rapidamente.

A escuridão enfim se fez presente. No interior da casa da árvore, as velas e luminárias começavam a acender. Lá fora, ouvia-se o murmurar de corujas e animais noturnos, mas nada parecido com o da coruja que repousava nos ombros do mago da Floresta Baixa do Leste. Brúhild estava inquieta com a demora de Abraminir, já que ele tinha dito que voltaria antes do anoitecer.

Por mais que estivesse nervosa com a ausência do mago, Brúhild não deixava transparecer essa preocupação ao pequeno Auriél quando o menino surgia inesperadamente na sala onde ela estava, de quando em quando, para perguntar algo. "Que objeto é este?". "Para que serve este?".

– Já está ficando tarde, rapazinho! Vá para o seu aposento. Amanhã temos muitas coisas a fazer – por exemplo, roupas que caibam em você. Não vai querer sair por aí usando as minhas camisolas.

Auriél sorriu. Havia algo no comportamento de Brúhild que lhe trazia certa alegria.

O garoto seguiu definitivamente para o seu novo aposento, na sala de estudos dos astros, mas sem que antes fosse dar um beijo de boa noite em sua irmã, que já dormia. Fez o mesmo com o outro bebê enquanto se perguntava: *Como será que você se chama? Será que seus pais estão mortos também?*. Até pensou em voltar para a sala e fazer essas perguntas para Brúhild, mas achou melhor deixar para o dia seguinte. Seus olhos já estavam pesados e o sono acabou falando mais alto que a curiosidade repentina.

No dia seguinte, com o nascer do sol, as tarefas se repetiram. Auriél desceu com Brúhild para colher frutas e legumes, ajudou bastante e levava jeito para tal; fazia isso com o pai ou a mãe desde muito novinho. Ele se ofereceu até para ordenhar a vaca, e assim o fez. Inesperado era o comportamento Brúhild, que vira e mexe surgia repentinamente para tirar uma medida aqui e outra ali, enquanto ele ordenhava.

— Não me olhe dessa maneira, rapazinho – dizia ela. – Sei que deve estar pensando que podemos fazer isso em outro momento, mas não consigo me conter quando o motivo é costura.

Auriél apenas sorria e voltava sua atenção para o trabalho, deixando Brúhild tirar as medidas.

Tarefas feitas lá embaixo, voltaram para a casa no topo da árvore.

— Com este tecido vai dar para fazer um bom conjunto para você!

Depois de alimentarem novamente os bebês, os dois partiram para uma sala na qual Auriél não tinha entrado antes: ficava acima dos seus aposentos e, pelo tamanho e pelos objetos singulares, tinha absoluta certeza de que se tratava dos aposentos da mestiça. Chapéus curiosos emolduravam uma parede, juntamente com mesinhas, cadeirinhas e uma caminha. Tudo bem arrumado e em seu devido lugar. A iluminação era boa, dava para ver todos os detalhes e as cores.

— Este tecido aqui também é muito bom. – Mostrou ao pequeno o tecido acinzentado que tirou de dentro de um pequeno armário com um balançar de sua varinha. – É de uma tece-teia das cavernas de Crulon, aracnídeos perigosos, mas com um bumbum de ouro. – Deu uma risada logo em seguida, deixando à mostra seus dentinhos. – É forte e macio, não rasga com facilidade.

— Cavernas de Crulon? – indagou Auriél ao receber o tecido.

— Sim! – respondeu ela. – Nunca ouviu falar?

— Não!

– É um lugar sinistro, onde nem a luz do sol consegue penetrar. Dizem que é o aposento da morte. Nada cresce lá. Só quem consegue viver e sair vivo são seus gigantes e horrendos moradores – acrescentou. – Criaturas do submundo, famintas por sangue fresco e quente.

– E como você conseguiu pegar? – perguntou ele, ainda com o tecido em suas mãos.

– Comprei de um mercador. Ele me disse ter comprado de outro, que trocou com um cavaleiro errante que, em um golpe de sorte, encontrou a imensa criatura desfalecida nas encostas das cavernas, envolta em suas teias! Talvez tenha caído de muito alto e acabou perdendo as patas e não conseguiu mais subir as paredes de rocha.

– E onde fica? É longe daqui?

– Sim, além do Toco do Formigueiro, pântanos e florestas!

– Toco do Formigueiro? Pântanos?

– Exato! Mas isso é conversa para outro momento. Venha, ajude-me logo com essa costura, temos muito o que fazer!

O dia foi passando sem sinal de Abraminir, o mago. Brúhild e Auriél se divertiram bastante fazendo as peças de roupas. Corta daqui e costura dali, ora na mão, ora com um toque de varinha. Brúhild ainda estava inquieta com a demora do mago. *A essa hora ele já devia ter chegado*, pensava. Auriél, agora com um conjunto amarronzado novo, estava sentindo-se bem melhor e enfim tirou a camisola cheia de flores da mestiça. Se houvesse garotos da idade dele por aquelas bandas que o vissem usando aqueles trajes, com toda a certeza teriam feito chacota dele.

Novamente, o dia fez-se noite. Brúhild e Auriél estavam preparando o jantar quando foram surpreendidos pela coruja, a que descansa nos ombros do mago, que entrou voando por uma das janelas e repousou próximo a eles com uma espécie de ameixa entre o bico: sem nenhuma cerimônia, engoliu-a em uma só bocada, lançando apenas o caroço. *Uma coruja que se alimenta de frutas não era nada comum*, pensava o garoto; no entanto, nada surpreendentemente estranho, já que era assim que eles viviam ali, à base de cereais, frutas, legumes, leite, mel e ovos. Às vezes sentia falta da comida do vilarejo, dos peixes e das carnes, mas guardava esse desejo consigo para não causar algum tipo de incômodo. O leite e os ovos já ajudavam bastante.

– Graças ao Eterno, ele chegou! – exclamou Brúhild, aliviada, largando o que fazia e correndo até a passagem redonda.

– Posso descer com você? – perguntou Auriél.

– Fique aqui e termine o jantar, eu não demoro – respondeu ela.

Em passos ligeiros, ela desceu a escadaria em caracol por dentro do tronco da árvore, com a varinha sempre em mão – não sabia o que poderia encontrar lá embaixo durante a noite. Agora todo cuidado era pouco. Ao chegar ao final da escada, abriu a fresta no tronco da árvore com cuidado: queria certificar-se de que o mago estava de fato lá. Pôde observar o alazão ruano no qual o mago montava, mas ainda não conseguira observar o homem.

– Venha, ajude-me aqui! – disse o mago ao sair de trás de outra árvore tão apressado, que acabou dando um susto na mestiça, e ela recuou.

– Quase que você me mata de susto! – reclamou. – Por onde andou, seu velho maluco? Fiquei preocupada.

– Venha, ajude-me aqui! Depressa! Antes que ela acorde.

– Ela? O que você andou aprontando?

– Pegue aquela corrente na cocheira, a mais grossa – pediu o mago antes que a mestiça pudesse retornar à pergunta.

Ela correu até a cocheira para pegar a corrente enquanto ouvia marteladas vindo da direção de onde partira. Provavelmente o mago estava fincando algum tipo de estaca de ferro no chão, o som era inconfundível. Ao olhar para trás, o movimento que ele fazia o acusava. Apanhou rapidamente o que o mago pedira e correu de volta. Entregou para ele, que prendeu uma das pontas na devida estaca, agora segura no chão.

6 Qual deles é o elo do século?

Enquanto o mago desenrolava a corrente de ferro para encontrar a outra ponta, Brúhild tentava achar a tal coisa à qual ele se referia. Olhava para todos os lados, e nada.

— Espero que seja forte o suficiente para segurá-la – disse o mago, terminando de desenrolar a corrente.

— Segurá-la? – indagou mais uma vez Brúhild, forçando o único olho bom para tentar encontrar a tal coisa. – Segurar o quê?

— A leoa! – respondeu o mago, indicando com o olhar algo que planava sobre suas cabeças.

— PELO SOPRO DE VIDA, O QUE VOCÊ TROUXE PARA CÁ?

A mestiça ficou boquiaberta quando olhou para cima e viu a figura de uma leoa branca e pesada planando no ar, adormecida. Com toda certeza não era algo muito comum de se ver por aí planando sobre cabeças, até mesmo para uma meio-duende e anã que já vira de quase tudo e usava magia para diversos fins.

– É... É uma leoa branca de Sácrapa? – perguntou Brúhild ainda boquiaberta, embaixo da leoa que tinha quase o dobro do tamanho de um leão comum, sem falar da força que possuía e da pelugem que a diferenciava de todas as outras espécies. Não era muito comum; sua espécie era rara.

– Sim! Puro sangue! – respondeu o mago. – Agora me ajude a descê-la com cuidado.

– Espero que você saiba o que está fazendo. Esse bicho pode me engolir em uma só bocada! – Comprimia os lábios, aflita.

– É só termos cuidado! Não podemos fazer movimentos rápidos quando a colocarmos no chão.

Ali nas encostas da Grande Árvore-Mãe, eles a deitaram com toda cautela, prendendo uma de suas patas à corrente.

Com um movimento de seu cajado, o mago providenciou rapidamente uma coberta de galhos e folhas que se amontoaram sob a leoa como um pequeno estábulo. Proveram também uma pequena fonte de luz e água.

– E agora? – perguntou Brúhild ao mago.

– Vamos esperar que ela desperte. Assim que acordar, desceremos para realizar a Amamentação!

– A AMAMENTAÇÃO? – espantou-se a mestiça.

– Shhhhhhh! Fale baixo, ela não pode acordar assustada! Vamos subir.

Abraminir pegou Brúhild pelos braços e subiu para a casa na árvore enquanto ela resmungava no caminho, questionando e opondo-se à tal da Amamentação colocada pelo mago.

– Você não acha que está cedo demais para isso, seu velho maluco? – contrapôs a mestiça. – Pode ser perigoso não só para um bebê, quanto para o outro.

– Eles já estão em perigo, Brúhild. Precisamos saber o quanto antes qual daquelas crianças é o elo dos leões. Não podemos esperar até que a criança cresça e comece a falar para saber qual delas é o escolhido. Devemos prepará-la e protegê-la desde cedo! Não estamos mais no passado, quando um elo era visto com bons olhos. Estamos no presente, e o presente é cruel para o escolhido – disse o mago, ainda nos degraus da escada em caracol, com Brúhild logo atrás. – Eu escolhi bem. Ela acabou de ser mãe; está no seu sangue cuidar de uma daquelas crianças!

– Não estamos mais no passado. Os animais ficaram selvagens e perigosos! E nem temos certeza de uma dessas crianças ser o elo do século. Ainda não recebemos notícias dos demais – disse a mestiça.

– De alguma forma eu sinto, Brúhild! Uma daquelas crianças será o herdeiro do trono, imperador ou imperatriz desta terra e de toda a sua espécie. Essa leoa não vai fazer nada que ponha em risco a vida daquele que nasceu para libertar o povo! Está no seu sangue! – disse o mago.

– Mas estamos falando de um animal! – resistiu Brúhild.

– Que, ainda assim, poderá libertar toda a Terra Brava da escuridão que se aproxima! E não pense que o inimigo esperará até que ele, ou ela, esteja grande para matá-lo! – Parou em um dos degraus. – O mal não dorme e ele está furioso. Não temos tempo a perder!

Enfim, após a pequena discussão, os dois emergiram em meio à sala, onde Auriél já estava sentado a uma pequena mesa comendo o que preparara para o jantar. Parou com a colher entre o prato de barro e a boca quando os viu surgir – não pela presença inesperada dos dois, mas pelo estado de Abraminir, sujo e descabelado. Nem parecia o mesmo que arrombara sua casa no pequeno vilarejo abaixo do Grande Rio Divisor quase três dias antes.

– O que aconteceu com a suas roupas? – perguntou Auriél ao mago.

– Lobos das estradas de rocha estavam famintos. Tive que lutar para não ser a refeição deles – respondeu o mago, passando apressado por ele. Em passos largos, seguiu para seus aposentos, dizendo: – Vou me trocar! Brúhild, prepare as crianças!

– Vamos fugir outra vez? – questionou Auriél, dando um pulo da cadeira.

– Não, não, não, querido – respondeu Brúhild, que ainda estava na sala. – Fique tranquilo, só vamos levar as crianças para um... para um... Passeio noturno! Isso! Um passeio! Pode continuar a comer e depois pode se deitar, rapazinho.

Brúhild evitou falar o que iriam fazer, por achar que acabaria assustando o garoto, afinal de contas seria sua irmã o objeto de prova.

Auriél coçou a cabeça, varreu o teto com os olhos. Estava imaginando se de fato era isso que pretendiam fazer, mas acabou deixando para lá. Confiava nas palavras de Brúhild, que, durante esses dias conturbados, demonstrou ser uma confiável amiga.

Brúhild ressurgiu na sala com as duas crianças logo depois, uma em cada braço, enroladas em um pano limpo e quentinho. Auriél se ofereceu para carregar uma delas, mas logo foi censurado por Abraminir, que voltou para a sala, agora com vestes limpas, cabelos e barba alinhados.

– Assim que você terminar de jantar, pode se deitar, Auriél – falou o mago, antes de descer mais uma vez pela escada em caracol junto dos três. – Ah, sim! Hoje está fazendo uma noite limpa! Talvez se interesse em admirar algumas estrelas usando o ampliador ocular. Só não durma tarde. Boa noite.

– Boa noite! – disse Auriél.

Outra vez coçou a cabeça como quem queria entender o comportamento não tão natural de alguém. Mas acabou novamente deixando para lá e voltou a comer. E enfim descobriu o verdadeiro nome do objeto usado para admirar os astros.

Abraminir, Brúhild e os dois pequenos chegaram ao seu destino, as encostas da Grande Árvore-Mãe, onde a leoa de pelugem branca ainda dormia acorrentada embaixo do pequeno e improvisado estábulo.

– Como vamos colocar as duas crianças lá? – cochichou Brúhild. – Tem certeza de que é seguro? Olhe o tamanho dela! Olhe as patas enormes que ela tem!

– Não estamos seguros até que ela entenda que estamos operando ao seu lado – cochichou em resposta. – Vamos nos afastar e nos esconder detrás daqueles arbustos. Deixaremos somente as crianças se aproximarem.

– E se ela atacar as crianças, Abraminir? – perguntava Brúhild, ainda preocupada.

– Então, sangue será derramado. E esperamos que não seja das crianças! Empunhe sua varinha e fique de olho bem atento – o bom, é claro!

Como costumava fazer, Abraminir, com um movimento gentil de seu cajado, suspendeu as crianças no ar como algodão; logo em seguida elas flutuaram calmamente em direção ao estábulo. Brúhild, atenta com a varinha, acompanhava tudo, piscando o mínimo possível; suas mãos estavam levemente trêmulas e os lábios novamente comprimidos, tamanha a aflição. Quando enfim os dois bebês repousaram entre as patas da leoa, os dois mágicos prenderam a respiração e seus corações dispararam, mas, para a surpresa dos dois, nenhum movimento foi feito pela leoa, que continuou adormecida.

– Acho que coloquei muita valeriana com raiz de preguiceira na flecha! – cochichou novamente o mago. – Talvez demore mais do que eu ima... Espere, olhe, ela está acordando. Fique atenta a qualquer sinal de agressividade.

A leoa, ainda sonolenta, começou a dar os primeiros sinais de ânimo. Estava confusa, ainda não havia começado a se situar. Nem a presença das crianças ela tinha percebido. Quando, por fim, foi fazer um movimento mais brusco, ouviu o som das correntes, que provavelmente ecoou por sua cabeça. Logo, ela levantou-se em um salto, mas não pôde ir longe: a corrente foi presa em uma de suas patas, impossibilitando a fuga. Em outro salto na tentativa de escapar, ela acabou esbarrando em uma das crianças, que começou a chorar. Brúhild e Abraminir não sabiam dizer qual dos dois bebês abrira o berreiro, já que estavam a uma distância considerável para identificá-los – apesar de atentos a qualquer sinal de ameaça. A leoa, no entanto, demorou um pouco para perceber o que estava acontecendo ao seu redor, mostrando-se mais preocupada com a corrente presa em sua pata. Mas, quando enfim pareceu ter identificado o choro que vinha do enrolado de pano próximo de suas patas, mudou o comportamento: parou com os saltos e foi xeretar com cuidado as duas figuras enroladas que estavam próximas a ela. Novamente, os dois mágicos por detrás dos arbustos prenderam a respiração e seus corações dispararam.

A leoa, no entanto, não demostrou nenhum tipo de comportamento agressivo – pelo contrário, agora estava mais calma. Curiosa, cheirou os dois embrulhos, com os olhos ora neles, ora nos arredores. Por fim, puxou um a um para perto de si. Uma das crianças cessou o choro assim que ganhou uma pincelada de língua na testa. O gesto de carinho não fora percebido pelos mágicos, devido à pouca luminosidade, já que a única luz ali na cocheira fora arremessada longe num dos saltos da leoa.

– Acho que deu certo – cochichou Brúhild.

A leoa, agora, confortava os dois entre suas patas, como uma mãe protege os filhos de alguma ameaça.

O tempo passava e ficar ali já não era tão seguro. No outro ponto, os dois observavam de longe. Provavelmente, uma hora dessas, a criança escolhida já estava sendo amamentada. Mas como poderiam saber qual dos dois seria alimentado pela leoa? *Está muito escuro para distinguir,* pensavam.

– E agora? O que faremos? – murmurou Brúhild, sem receber resposta de volta.

O tempo mudou. A noite limpa de céu estrelado dava espaço para as nuvens de chuva repentina que começavam a surgir. Auriél, que permanecia lá em cima observando os astros, provavelmente deve ter se sentido amuado com as nuvens acinzentadas que aos montes ficaram entre ele, que usava o ampliador ocular, e as estrelas mais distantes que podia admirar.

– Vou adormecê-la novamente. Quando ela cair no sono, pegaremos as crianças. Os lábios do escolhido ainda estarão com leite de leoa. Então saberemos. – O mago já estava preocupado com os chuviscos que começavam a cair.

– Trouxe o arco e a flecha? – perguntou a mestiça.

– Sim.

A leoa pareceu também preocupar-se com a chuva que começara a cair. Em dois saltos e abocanhadas, ela rebaixou o pequeno estábulo, a fim de se proteger da chuva com os pequenos, o que impossibilitou a visão não só do mago, mas também da mestiça, que já não via tão bem assim. Galhos e folhas cobriram os dois como uma manta. Só se ouvia o tilintar das correntes que vinha de lá.

A chuva engrossou e relâmpagos começaram a rasgar o céu. Talvez não fosse somente uma chuva passageira. Abraminir, que desistira de disparar a flecha, já que o alvo tinha se escondido, agora murmurava alguma coisa para cessar aquela chuva ou ao menos amenizá-la.

Algum tempo depois, tantos murmúrios pareceram surtir efeito; a chuva começou a ficar mais fina; nem relâmpagos se ouviam mais. Brúhild, toda ensopada, preocupava-se com a saúde das crianças.

– Levante aquele troço e dispare essa flecha logo! Ou faço eu mesma isso – disse a mestiça, já impaciente. – Os bebês podem pegar um resfriado.

Abraminir, sem hesitar, com um movimento gentil do seu cajado, tomando cuidado para não sair de trás do arbusto, fez o que a sua parceira ordenara. E, como da primeira vez, o improvisado estábulo começou a subir, colocando-se em seu estado anterior.

– Vai! Dispare a flecha... Espere aí! – ordenou Brúhild.

Abraminir preparava a flecha no arco outra vez, mas parou para dar atenção a ela.

– A LEOA FUGIU! – Não conseguiu segurar o espanto, ao forçar bem o único olho bom e perceber que a leoa já não estava ali.

– A CRIANÇA! – O mago levantou-se ligeiro ao notar que não era somente a leoa que havia desaparecido. Só havia um dos dois embrulhos sob o estábulo.

Os dois saíram em disparada, atropelando todo tipo de planta ou coisa que estivesse à frente. Abraminir, que tinha um pouco mais que o dobro da altura da mestiça, e as pernas bem mais compridas, foi o primeiro a chegar. Com um movimento rápido do cajado, desfez o estábulo, que voou para longe, já que não se enquadraria ali embaixo para recolher a criança que restara. Quando chegou até ela, pegou-a do chão rapidamente. Ainda estava embrulhada, suja, porém intocada. Como se a leoa não tivesse lhe dado a menor atenção. Logo em seguida virou-se para Brúhild, que por fim chegara, mais ofegante que o mago, como se tivesse corrido o dobro da distância que ele.

– A menina! – Foi a primeira coisa a sair da boca do mágico.

– É a menina? Então ela levou o menino? – indagou Brúhild aos ofegos, sem conseguir identificar ainda qual bebê estava nos braços do mago.

– Não! – Parou, como se digerisse ainda algum tipo de informação que corria por sua cabeça. – É a menina o elo dos leões.

Naquele momento, Brúhild foi quem ficou quieta para digerir a informação. Ficou tão absorta, que nem percebeu quando o mago colocou em seus braços o menino.

– Olhe... Ela cavou pelos lados até conseguir tirar a estaca de ferro do chão – disse o mago, chamando atenção da mestiça. – E fugiu por trás dessas raízes, por isso não percebemos. Talvez até já tivesse nos visto, mas fingiu que não, para escapar quando houvesse uma oportunidade. Esperta.

– Então, se ela fugiu por ter cavado e retirado a estaca, ela ainda está com a corrente presa em sua pata! – disse a meio-duende e meio-anã.

– Isso não é bom – disse o mago em um tom preocupante.

– E agora? O que fa...?

– Shhhhh! – interrompeu o mago de imediato. – Tente ouvir o som das correntes.

Os dois distenderam os ouvidos. Brúhild até fechou os olhos para se concentrar melhor em qualquer som de ferro rastejando floresta afora. Para dificultar ainda mais, a chuva, que havia dado uma leve trégua depois dos murmúrios do mago, voltava a ficar cada vez mais forte, e as gotas de água batendo na copa das árvores ecoavam como pequenos tambores de uma orquestra bagunçada.

Plim... plim... plim, repercutiu o barulho tão esperado pelos dois, um som inconfundível de metal chocando-se com algum tipo de rocha que a leoa devia ter encontrado pelo caminho, saltando por cima dela velozmente.

– AO NORTE! – disseram os dois se entreolhando.

– Vá, suba para casa e leve o menino! – disse o mago, acelerado, a Brúhild. – Eu vou trazer de volta a menina!

– Vá! Rápido! Antes que ela se distancie o suficiente para colocar a vida da criança em perigo – alarmou, aflita.

Logo seguiu para a fresta que surgira novamente nos cascos do tronco da Árvore-Mãe, sumindo dentro dela.

O mago deu um assovio tão alto, que até Auriél, que já estava dormindo, acordou. De imediato, o alazão ruano, que dormia na cocheira, despertou e correu em disparada ao encontro do seu mestre, atento e altivo como um soldado pronto para entrar em batalha. Mais outro assovio, parecido com o primeiro no volume, porém um pouco mais melódico, chamava agora sua coruja.

Auriél, que já estava na sala, também escutou esse assovio e, sem entender nada, viu a coruja, que descansava em meio aos livros de um pequeno armário, dar um voo rasante por entre os peculiares objetos até encontrar uma janela aberta e sumir noite adentro. O garoto correu até a janela arredondada por onde ela passara, a fim de ver alguma coisa que explicasse aqueles dois assovios altos e intrigantes. No entanto, não conseguiu ver nada, nem para que lado ela havia voado, sumindo na chuva.

A coruja encontrou os ombros do mago, que se abaixou para procurar alguma coisa entre as folhas onde antes a leoa e os bebês haviam estado. Percorreu tudo com as mãos, sem nenhuma cerimônia, até encontrar algo. Agora esfregava entre os dedos um pequeno chumaço de pelos brancos, que, depois de limpar rapidamente para tirar a terra, ofereceu para coruja; esta, também sem nenhuma etiqueta, engoliu o chumaço de uma vez só e levantou voo rumo ao Norte. Logo em seguida, o mago subiu nas costas do alazão ruano e partiu.

Na casa da árvore, Brúhild surgia na sala entrando pela pequena porta arredondada. Auriél – que ainda estava lá e não esperava a aparição-surpresa da mestiça – levou um susto. Com o menino nos braços, ela passou direto para levá-lo ao quarto, tão apressada que nem percebeu a presença do garoto.

Auriél, apesar da pouca idade, era muito esperto. Já vinha desconfiando de que alguma coisa estava estranha desde a chegada do velho mago, que descera com a mestiça e as crianças com aquele papo furado de "passeio noturno". Alguma coisa pairava no ar e ele precisava saber o que era.

Assim como Brúhild não percebera a presença dele na sala, ele também, talvez pelo susto, não percebeu que a meio-duende e anã voltou somente com um único bebê envolto em panos nos braços.

– E o passeio? – Surgiu Auriél na porta do quarto dos pequenos, fazendo Brúhild levar um susto enquanto colocava o embrulho na pequena caminha.

– Pelo Criador! – exclamou Brúhild ao virar-se. – Você ainda está acordado?

Com a aquela agitação repentina, o bebê, que antes dormia, abriu o berreiro. Por mais que tivessem passado por muitas coisas juntos, e nascido no mesmo dia, os dois bebês tinham comportamentos e choros diferentes; Auriél, que passou boa parte do tempo com os dois, diferenciava muito bem o choro de cada um e sabia que, quando um chorava, geralmente o outro gostava de acompanhar essa agremiação musical.

– Espere... Onde está a minha irmã? – indagou Auriél.

Brúhild ficou sem reação. Apenas desviou os olhos dos do garoto a fim de encontrar uma resposta, mas Auriél se aproximava ainda mais, com um misto de fúria e preocupação.

– Onde ela está? – insistiu ele.

– E... Ela... Ela ficou lá embaixo ainda, passeando com Abraminir – gaguejou Brúhild, sem ao menos encarar o menino.

– Passeando na chuva? Que passeio é esse? Você está mentindo, Brúhild, e você não sabe mentir! Vamos, conte-me a verdade! Onde está minha irmã? – insistiu ele, já impaciente.

Mas a mestiça não lhe entregava uma resposta firme, e isso o deixava irritado. Tomado pela emoção, partiu em disparada. Saiu do quarto correndo em direção à sala. Não queria mais perguntar, queria agir. Alguma coisa estava acontecendo e ele precisava saber o que era. Correu em direção à passagem redonda, deixando a mestiça para trás, levando na mão apenas uma luminária para clarear sua descida. Abriu a porta arredondada e, assim que desceu, imediatamente a trancou pelo lado de fora, com a intenção de atrasar a mestiça, que vinha seguindo seu rastro e chamando seu nome desesperadamente.

Em passos ligeiros, ora de dois em dois, ele descia com a luminária as escadas em caracol. Com toda aquela pressa, acabou se desequilibrando e rolando os últimos degraus. Caiu sobre uma pequena portinha de madeira que se escondia às margens da escada. Já a notara antes, mas nunca havia lhe dado importância como agora. Depois de varrer o lugar com os olhos tentando encontrar a fresta entre os cascos da árvore por onde sempre passara, agora com a intenção de poder escapar, mas sem sucesso, decidiu forçar a pequena portinha até conseguir abri-la.

Ela estava com os ferrolhos enferrujados, o que dificultou a abertura total da passagem.

CABUMMMM!!! Um clarão púrpuro e um estampido que partira lá de cima invadiram o tronco da Árvore-Mãe. Bem provável que Brúhild, com um balançar de sua varinha, arremessara longe a porta arredondada que havia sido trancada por Auriél.

– AURIÉL? AURIÉL? – Os gritos de Brúhild ecoavam pela passagem.

Auriél, que descera pela passagem em uma escada de madeira mal-acabada e vertical com a luminária na mão, chegou a ouvir os gritos da mestiça chamando por ele apressadamente, descendo as escadas, mas não deu a mínima para esses berros desesperados. O garoto seguiu para o desconhecido por um corredor de rochas escuras talhadas de forma grosseira, com a luminária estendida à sua frente e sem olhar para trás.

Quando chegou ao final da escada, Brúhild nem percebeu a passagem entreaberta que dava acesso à antiga mina. Seus olhos encontram de imediato uma fresta entre os cascos da árvore, imaginando que o pequeno Auriél havia passado por lá.

– AURIÉL? AURIÉL? – chamou aos berros às margens da Árvore-Mãe, lançando flocos velozes de luz por todos os lados a fim de encontrar o vulto do pequeno correndo entre as árvores. – Volte aqui! Você vai se perder! Auriél? Auriél?

Com toda aquela agitação, os animais que dormiam em seus poleiros e cocheiras também começaram a se agitar. A chuva ainda caía forte, o que preocupava ainda mais Brúhild ao pensar que Auriél estivesse lá fora. Depois de tanto chamar e lançar flocos de luzes para todos os lados, desistiu e resolveu subir de volta para a casa na árvore, pois ainda tinha uma criança lá em cima aos choros precisando de seus cuidados. Passou próximo à passagem que dava acesso à antiga mina entreaberta novamente e, outra vez, nem lhe ocorreu que talvez o garoto magricela tivesse fugido por ali.

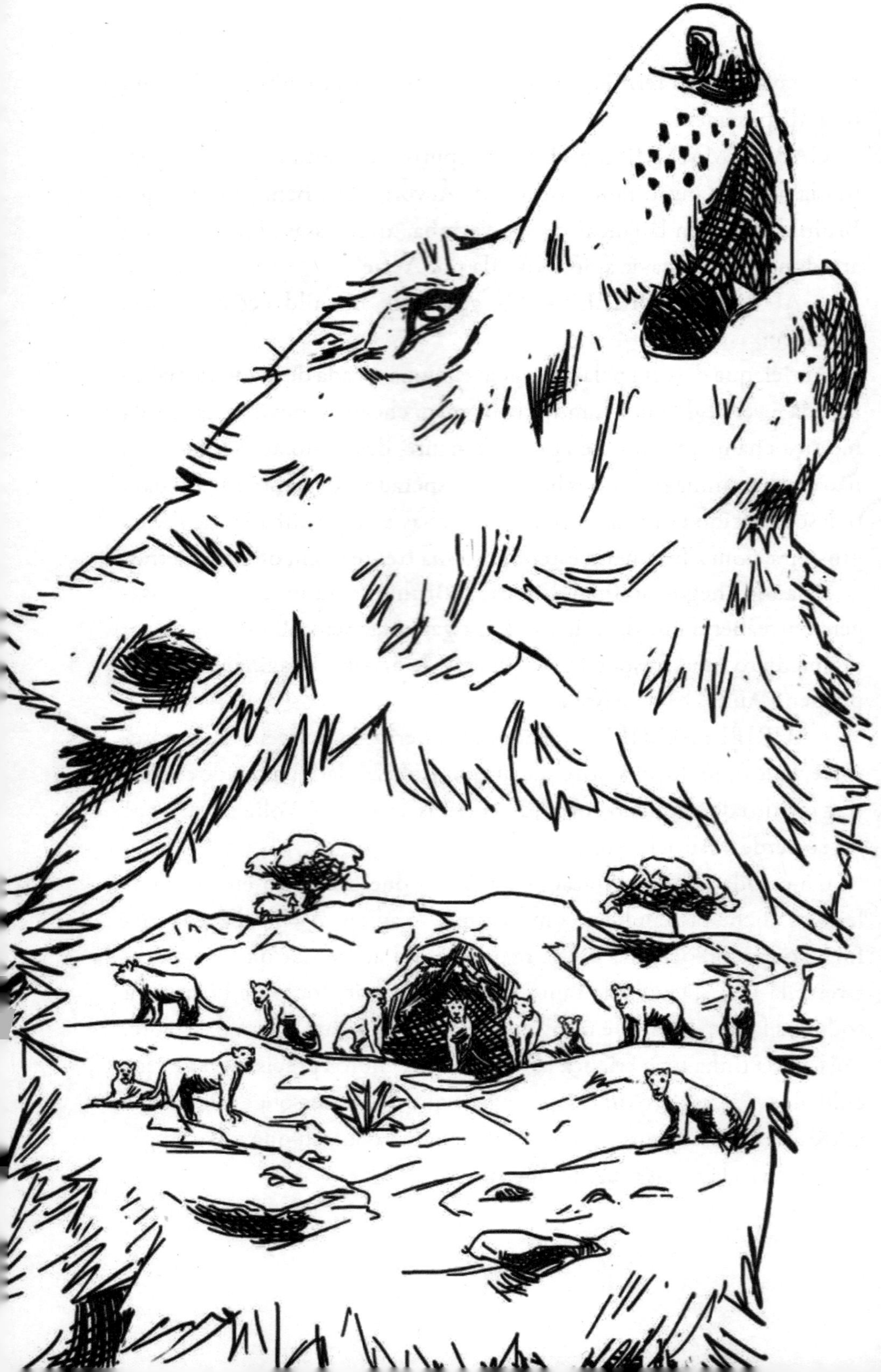

Parte três

7
Lobos e rochas

Um vulto branco e apressado corria por entre as árvores debaixo de chuva, com uma corrente presa na pata traseira e um embrulho de pano atado à boca. Depois de tanto correr sem olhar para trás e com a visão focada nos caminhos que se abriam à sua frente, fez uma parada rápida, somente para abocanhar de forma mais segura o embrulho, que, com o sacolejo, quase ficara para trás. Deu uma conferida na pequena, que não chorava, mas estava bem acordada. E novamente partiu, ágil debaixo da chuva forte.

Ainda faltava muito para o nascer do sol. A noite se arrastaria por muitas horas, mas, por mais que ela se alastrasse, a leoa não parecia estar nem um pouco interessada em parar para dormir ou descansar. Tinha um propósito: levar para bem longe aquela menina consigo.

Enfim os campos se abriram. A floresta foi ficando para trás, e a leoa agora corria em um campo aberto que, devido à chuva, fez a terra seca criar pequenas poças de lama mais densas que as encontradas na floresta, chegando até a escorregar em algumas e afundar em outras. A corrente presa em sua pata dificultava ainda mais o trajeto quando vez ou outra prendia-se em algum tipo de rocha ou raiz de árvore seca que encontrava pelo caminho.

O temporal em campo aberto era ainda mais violento. Os ventos fortes que sopravam contra a leoa dificultavam sua corrida. Os olhos semicerrados por conta do vento dificultavam a visão. Decidiu parar quando um raio estrondoso caiu sobre uma árvore seca e morta, bem próxima de onde estava. Atingida, de imediatamente a árvore se partiu, espalhando restos para todos os lados.

Agora, procurava por ali mesmo um lugar onde pudesse se abrigar. E o encontrou debaixo de uma pequena formação de rochas, que parecia um grande prato fincado no chão na diagonal. Ali embaixo ela se encaixou; acomodou a criança na parte em que julgou ser mais segura e, logo em seguida, puxou a corrente com a boca para perto de si, de modo que não ficasse exposta.

– Você está toda ensopada. Espero que não pegue uma gripe – disse a leoa à menina, com voz grave e ao mesmo tempo doce.

Recebeu como resposta da neném de cabelinhos escuros e pele alva apenas uma cutucada no nariz.

– Ainda temos muita terra para correr, mas você ficará segura!

Outro trovão anunciou-se – tão forte que por alguns milésimos de segundos fez a noite parecer dia. A leoa cuidadosa cobriu os olhos da menina com uma parte do pano, deixando apenas seu pequeno nariz e boca para respirar.

Às vezes tentava, com os fortes caninos, livrar-se das correntes. Em uma dessas tentativas, chegou até a ferir a boca e a perder um dos dentes e, com a dor, exprimiu um som dolorido e indesejado, já que não queria de maneira alguma acusar sua localização para qualquer tipo de ameaça que pudesse estar vagando pelas redondezas. Se foi notado ou não por terceiros, ela não sabia ainda, mas, pela pequena Laura, sim. O som emitido pela leoa acabou assustando a menina e fazendo-a chorar.

– Acalme-se, acalme-se! – sussurrava a leoa. – Está tudo bem. Desculpe-me.

A leoa e a pequena agora pareciam ter uma ligação. De imediato a menina encerrou o choro, mas não tirou do rosto sua expressão lacrimosa quando ouviu os sussurros da grande felina de rosto forte e olhos amarelos. A leoa sabia muito bem quem era aquela criança.

– Não volte a chorar, não foi minha intenção assustar você. Gosta do meu focinho, não é? – cochichou. – E de cânticos? Você gosta? Talvez goste deste canto antigo dos leões.

Tirou novamente o pano da vista da pequena para olhar em seus olhos magoados e começou a cantar suavemente uma espécie de música de ninar, com a intenção de acalmar um pouco mais a menina. Cantou assim:

Os ventos estão soprando
E trazendo consigo nova esperança...
Espalhando sementes nos campos
E guiando as árvores com sua dança!
Nova vida está por vir, nova era já vai chegar!
Seja firme para viver, seja forte para lutar!
Se o medo a fizer cair
Ou se a fizer chorar
Peça força e coragem
E com um urro faça o inimigo tremular.
Não fuja do seu caminho!
Se pensas que é mais fácil assim, fique firme,
Esse é seu destino, ele a guiará até o fim.

Voltou a ficar serena e a cutucar o nariz da leoa de pelos brancos, agora não tão brancos assim devido à lama e à chuva. A cantoria foi boa, tão boa que não fez somente a pequena Laura dormir logo em seguida, mas também a leoa se esquecer da chuva lá fora, que passou diante dos seus olhos e ela nem percebeu. Ficou tão encantada com os olhinhos sonolentos da pequena que se fecharam para cair em um sono profundo, que, por um momento, esqueceu-se até do que havia passado.

Mas essa tranquilidade não se prolongou por muito tempo. Ela voltou a ficar alerta quando ouviu, lá longe, um uivo que atravessou a noite, ecoando por entre as rochas e chegando até os seus ouvidos aguçados. O céu estava ficando limpo, com uma lua ainda tímida saindo por entre as nuvens.

– Está na hora de partir – sussurrou a leoa, novamente acomodando o pequeno embrulho em sua boca.

E assim fizeram. Saíram de debaixo da pequena formação de rocha onde se encaixaram e partiram novamente, só que dessa vez a leoa não corria tanto. Queria fazer o menor barulho possível. Cortava caminhos por entre as formações de rocha ainda molhadas, com cuidado para não escorregar e acabar machucando-se ou machucando a criança, que provavelmente abriria o berreiro e chamaria muita atenção, o que não era o pretendido.

Auuuuuuu! Novamente se ouviu, muito parecido com o primeiro uivo, só que dessa vez parecia estar mais próximo; no entanto, a leoa não saberia dizer se o emissor do uivo estaria aproximando-se ou quem estaria aproximando-se seria ela. Decidiu, então, dar meia-volta e cortar por outro caminho que julgou ser o sentido oposto dos sons. Por entre as rochas que se elevavam ao seu redor, começou a apressar o passo. *Maldita corda de ferro, está chamando atenção,* pensou ela, com aquele fardo preso à pata traseira.

Um vulto veloz passou a uns quatro ou cinco metros à sua frente – tão veloz, que não conseguiu identificar de onde saiu e para onde foi. Rapidamente, a leoa contraiu-se entre uma formação de rocha a fim de se esconder. Outro vulto passou, tão veloz quanto o outro, dessa vez na direção oposta. *Será o mesmo?,* pensou ainda na espreita. Mais outro em outra direção, e outro, e mais outro, e outro novamente. *Auuuuuuu*! Um coral de uivos se ouviu, próximos e de todos os lados. A leoa ficou imóvel. Não conseguia avistar nenhuma rota de fuga naquele momento.

– Ora, ora, ora... O que temos aqui?

A fala veio de uma voz áspera, surgindo da escuridão. O vulto, que não fora identificado pela leoa, agora caminhava em passos lentos e soberbos em sua direção, até mostrar a sua face sob a luz pálida da lua. Um grande lobo de pelos escuros, olhos grandes e acinzentados surgia diante dela.

— Não se esconda, apresente-se! — disse o lobo. — Eu e minha prole queremos apenas conversar.

Foi possível ouvir risadas e ver suas formas. Eram lobos e lobas parecidos com o primeiro, sete ou oito talvez, que agora estavam em todas as partes, olhando na mesma direção: alguns no topo das rochas, outros impedindo qualquer brecha que pudesse ser uma possível rota de fuga.

— Venha, não seja tímida. Nós adoramos fazer novas amizades — continuou o lobo.

Sem alternativa, a leoa decidiu sair, mostrando-se para os lobos que a cercavam.

Houve um espanto coletivo ao verem de quem se tratava — exceto o lobo alfa, que não manifestou reação.

— Uma leoa branca de Sácrapa — retomou o lobo alfa enquanto a rodeava. — Suja, ferida e com uma linda joia presa à pata! Incomum, não é mesmo? — falou, arrancando risadas zombeteiras de sua prole. — O que faz tão longe do seu clã? Foi exilada?

— Fui raptada — respondeu secamente, depois de colocar no chão o pequeno embrulho que trazia na boca, com cuidado, entre as patas dianteiras.

O lobo percebeu o embrulho que ela colocara entre as patas, mas não deu muita atenção, por enquanto.

— Raptada? Quem raptaria uma leoa de Sácrapa? Um fazendeiro solitário que procurava companhia, será? — novamente em tom de zombaria.

— Talvez sua casa estivesse cheia de ratos! — disse uma loba às gargalhadas.

Todos novamente se agitaram em um coral de zombarias. Até o lobo alfa não se conteve e embarcou junto.

— Fale a verdade, leoa — retomou, já demonstrando um tom impaciente. — Você está em meus domínios, invadindo as minhas terras com o seu fedor e os barulhos irritantes dessa corda de ferro que me fazem ranger os dentes. É melhor que demonstre respeito enquanto estiver aqui. Responda quando eu mandar e não tente me enrolar. Quem é você e o que faz se esgueirando por minhas terras?

Diante daquele inesperado interrogatório – do qual não conseguiria fugir sem se diminuir –, a leoa resolveu responder às perguntas do lobo de forma menos seca – ao menos tentou.

– Eu sou Sula, a primeira de doze fêmeas do clã Dalibor de Sácrapa – disse a leoa, encarando os olhos do lobo que a fitava. – Não sou exilada, fui raptada. Agora fujo do meu raptor. Seguia de volta para as minhas terras, de volta ao meu clã.

– Eu sou Sula, a primeira de doze fêmeas! – debochou o lobo. – Besteiras e chatices – contrafez o lobo, fazendo a leoa se sentir acuada diante de sua presença.

Sula era uma leoa brava e justa, não costumava recuar diante do inimigo, mas a situação pedia cautela. O frágil e pequeno embrulho aos seus pés a forçava a isso.

– Você acha que tem algum domínio nas minhas terras, não é mesmo? Pensa que pode passar por aqui quando bem entender trazendo essa arrogância, não é? – perguntou o lobo, chegando bem próximo do rosto dela, como se quisesse intimidá-la ainda mais. – Pois saiba de uma coisa, leoa, ou Sula, a primeira de doze, do clã Dalibor! Aqui a sua arrogância ou a sua posição não valem nada! Eu e minha prole vivemos neste lugar inóspito de poucos recursos há gerações. Presença diária aqui, somente a das rochas e da fome! – Nesse momento, o lobo chegou tão perto, que quase esbarrou no embrulho entre as patas da felina, fazendo-a ficar inerte. – Nós temos fome, sabia?

– Eu não sou caça, se é isso que está insinuando! – disse Sula.

– Mas nós não estamos caçando – respondeu o lobo, saboreando cada palavra. – Nós vivemos e morremos aqui, à espreita. Todos os dias esperando e esperando por um cavaleiro errante... Quem sabe? Ou um ano perdido, um animal ferido... Quem sabe? Ficamos na expectativa de qualquer pobre azarado que possa nos servir de alimento. Dê uma olhada ao seu redor, veja quantas bocas para alimentar. Para muitas bocas assim, o banquete tem que ser farto.

– Eu quero a cabeça dela! – bradou a mesma loba que havia se manifestado antes.

As emoções ficavam afloradas. Os lobos aos arredores, acostumados a intimidar quem passasse por ali, começavam a assumir suas posições de ataque.

– Eu não sou refeição noturna. Mande os seus se afastarem – disse Sula.

– Quem vai decidir isso serão os nossos dentes e estômagos – declarou outro lobo, aproximando-se.

– Está vendo? A minha prole tem fo... Que som é esse? – O lobo foi interrompido por um sonzinho diferente que partira de algum lugar, mas não conseguiu identificar de onde.

– Também estou ouvindo – disseram outros lobos.

O sonzinho, que parecia um gemido, continuou. Sula sabia muito bem de onde vinha. Pedia aos céus que parasse a tempo de não ser identificado.

– Esse som... Esse som! Eu conheço esse som! – O lobo esquadrinhava os arredores. – E esse cheiro? Eu acho que conheço esse cheiro!

Todos os lobos o imitavam, a fim de encontrar a coisa que emitia aquele som e aquele cheiro. Depois de um curto tempo sondando o local, o lobo alfa parou e passou a examinar de longe o embrulho entre as patas da leoa.

– O que você carrega consigo? O que tem entre suas patas, leoa? – perguntou, sem desviar o olhar.

Sula permaneceu calada e trouxe ainda mais perto de si o pequeno embrulho. Fincou as garras no chão. Estava preparada para qualquer tipo de ataque.

– Mostre-me o que você guarda – pediu o lobo, irritado. – Mostre-me agora!

– Mostre! Mostre! Mostre agora! – diziam os outros lobos, inquietos.

A leoa pensou em fugir, mas não tinha para onde. Pensou em atacar, mas eles eram muitos. Sentindo-se encurralada e pressionada pelos gritos dos lobos que vinham de todas as partes, decidiu ceder. Com um movimento lento, porém sem dar nem um passo ou tirar os olhos do lobo alfa, removeu com os dentes uma parte de pano que cobria o rosto da menina.

– Aaaaah! – Todos os lobos espantaram-se, dando um passo para trás ao verem o rosto da criança revelado.

– O que uma leoa faz com um filho de homem? – perguntaram-se.

– Um filho de homem?! – o lobo alfa, surpreso, exclamou mais alto que todos. – O que você faz com um filho de homem, leoa?

– Não é um simples filho de homem, lobo! Esta criança é o elo nascido! O elo do século! Neste filhote corre sangue de leão! – respondeu Sula.

– Aaaaah! – Todos os lobos espantaram-se novamente, dando outro passo para trás.

– O elo do século? – perguntou novamente o lobo, como se não tivesse escutado direito ou tivesse ouvido errado. – Esta criança com você é o elo do século? Você está debochando de mim? – Irritou-se. – Não pode ser! Não pode ser! Eles não vivem mais nestas terras! São a escória da raça dos homens! Como isso é possível? Está querendo se livrar de nós contando mentiras?

O lobo caminhava em círculos, como se estivesse martelando alguma coisa em sua cabeça. Cochichava consigo mesmo como que tentando lembrar ou encontrar alguma resposta para uma pergunta difícil.

– Espere um momento! Espere, espere... Agora eu estou lembrando – o lobo voltou a falar para todos ouvirem, cheio de empolgação. – Nós vimos o brilho azul e forte no céu, aquele brilho inconfundível, há uns dois ou três pores do sol. Sim, eu a vi brilhar, agora eu me lembro!

Os outros lobos se agitaram, pois também se lembravam do brilho da estrela.

– Mas isso não prova nada! Esse filhote de homem pode ser um filhote qualquer – disse o lobo. – Está mentido, não é mesmo? Levando refeição fresca para as suas crias! Deve estar fugindo com o filhote do homem que a capturou. Um lanche gordinho para a viagem de fuga, eu aposto.

– Pois eu lhe digo, diante desta lua que se eleva sob nossas cabeças, que esta criança é quem eu digo ser. Nasceu para nos salvar! Nasceu para sal... – dizia Sula, mas logo foi interrompida pelo lobo.

– Para nos salvar? Um filhote de homem salvando lobos? – zombou ele. E novamente levou o rosto próximo ao de Sula, mostrando ainda mais os dentes. – Esta criança deveria estar morta, se ela for quem você diz que é! Deveria estar morta assim como todos vêm morrendo, assim como o elo dos lobos foi morto! Então não me venha com essa conversa de nos salvar!

Sula agora percebera que talvez não tivesse sido uma boa ideia identificar aquela criança, já que aqueles lobos pareciam guardar uma mágoa antiga.

– Eu sinto muito pelo que aconteceu com o elo dos lobos, mas agora poderemos escrever uma nova era. É tempo de juntarmos forças. Além do mais, é apenas um bebê. Eu não faria mal a nenhum filhote, humano ou não – lamentou e sugestionou Sula. – Este filhote não tem culpa dos rastros deixados por seus antepassados!

– E onde você estava quando o elo dos lobos foi morto? Também era só um filhote inocente – desdenhou o lobo, voltando a olhar nos olhos da leoa. – Onde estava o seu clã? Onde estavam as outras onze? Não tem resposta, não é?

Sula não esboçou reação, ficou calada. O lobo, então, novamente começou a andar em círculos, como se martelassem outras ideias em sua cabeça. A lua brilhava ainda com mais intensidade e no céu já não se viam tantas nuvens. O sol provavelmente demoraria mais um bocado para aparecer.

– Sabe de uma coisa, Sula? – retomou o lobo. – Nós, os lobos, nunca tivemos o nosso mandamento. Foi-nos roubado. Foi tirado de nós. Os poderosos criaram regras e não nos incluíram. Vivemos à margem por gerações. Não nos lembramos mais do significado da palavra *honra*. Comendo para viver, matando para não morrer. Fomos empurrados para uma vala da qual não conseguimos mais sair. E, uma vez dentro dela, por mais que você saia, ficará sujo, marcado. Você sabe como é viver assim? Claro que não!

Sula permanecia calada. Apenas acompanhava com os olhos atentos o lobo que a cercava, fazendo seu desabafo.

– Então, se esse filhote de homem for quem você diz ser, o destino trouxe a mudança até nós – disse o lobo. – Está na hora de recebermos a nossa grandeza. Chega de viver à margem! Chega de vivermos escondidos entre essas rochas! Se essa criança for de fato o elo nascido, então a partir de hoje será o elo dos lobos.

– Um nevoeiro atrapalha seus pensamentos e os confunde, lobo? Esta criança é o elo dos leões. O sangue dela é ligado ao nosso, nasceu para reinar em nosso nome! – respondeu a leoa, encarando o lobo. – A ordem cronológica da criação deve ser cumprida. A sua era já passou. Nossa ligação não pode ser desfeita.

– Mas a ordem pode mudar. Assim como eu mando aqui em cada lobo que a cerca, poderei mandar em um pequeno e frágil filhote de homem – disse o lobo. – Veja você mesma! Ainda é um filhote, ainda tem muito o que aprender. Claro, se você deixar... E se quiser sair viva daqui.

Então, os lobos que cercavam Sula por todos os lados voltaram a se agitar.

– Deixe o filhote e vá embora! Deixe conosco o filho de homem – disseram.

– Não seja tolo, lobo! – disse a leoa, irredutível. – Eu não saio daqui sem este filhote, ele pertence a mim!

O lobo zombou outra vez, escarnecendo da leoa com sua risada.

– Você é grande, mas nós também somos. Você é forte, mas nós também somos. – Em passos firmes, o lobo caminhava novamente na direção de Sula, encarando-a. – Você é uma e nós somos muitos! Já que não aceita as minhas condições, aceite meus dentes perfurando você.

Com sua enorme boca aberta e cheia de dentes, o lobo deu um salto na direção da leoa. Sula fez o mesmo movimento. Os dois se chocaram no ar e, com a força do encontro, acabou cada um caindo para um lado. O lobo foi mais rápido: levantou-se e partiu novamente na direção de Sula. A leoa, com aquela corrente presa à pata, ficava mais lenta, dificultando o seu contra-ataque. Novamente voltaram a se encontrar, mas dessa vez nenhum dos dois caiu. Brigavam de igual para igual no ringue formado de rochas e lobos, iluminados sob o brilho pálido da lua. Entre golpes e golpes eles se enfrentavam. Os outros lobos só observavam, empolgados, esperando ser chamados para entrar na briga.

– Pegue o filhote! – disse um lobo para outro que não estava na briga.

Sula ouviu o que o lobo dissera e, mais preocupada com a criança do que com ganhar a batalha, acabou abaixando a guarda. Recebeu então uma forte mordida no pescoço que a fez emitir um som alto e doloroso quando caiu no chão.

– Eu vou ficar com o filhote de homem! – disse o lobo com a boca melada de sangue de leoa, ao deixá-la jogada. – E não se preocupe: não será somente o seu sangue que ela terá... A sua carne será um bom alimento também.

Sula, jogada ao chão, cansada e sangrando, tentava arrancar forças de algum lugar para impedir que um dos lobos levasse a criança. Arrastou-se como pôde, na lama e nas rochas, até que não conseguiu mais. O lobo alfa colocava todo o seu peso sobre a corrente presa à pata da adversária, impedindo-a de chegar até o lobo que apanhara a criança.

– Rastejando na lama como um verme! Que desonra... Prove um pouco da lama e se acostume! – gozou o lobo, outra vez tirando risadas dos seus iguais. – Desista, leoa. Esta batalha você já perdeu.

– Vamos comê-la agora! – disseram os lobos, aproximando-se dos dois. – Eu nunca comi carne de leoa, será que é doce?

– Se é doce, eu não sei, mas se arrastou tanto, que a carne já deve estar macia – comentou outro lobo.

Um forte clarão

8

Com as bocas cheias d'água, os lobos se aproximavam ainda mais – tão próximos, que Sula podia sentir o cheiro da saliva que escorria de suas bocas. Mas não esboçou nem um movimento; apenas olhou para o lobo que segurava o embrulho de pano entre os dentes, como ela fizera antes. As vozes e risadas dos lobos ao seu redor já ecoavam longe, apesar da proximidade, como se ela estivesse mergulhando em um mar profundo. Mas um som forte, poderoso e inesperado ecoou por cima deles. Tão vibrante, que fez Sula emergir do lugar escuro onde estava caindo.

A luz pálida da lua iluminava uma nova figura de porte altivo, pelos brancos e juba espessa que brilhavam sob o luar. E, ao lado dessa mesma figura, mais dois iguais, de jubas menores, mas com o mesmo brilho. Entre os três leões brancos de feições ferozes, o maior estava no meio, sobre as formações de rochas.

Os lobos, por mais que tentassem não demonstrar, ficaram acuados e recuaram com a presença inesperada. O lobo alfa grasnou à sua prole, indicando que deveriam se preparar para lutar.

Os que receberam a ordem, mesmo tremebundos com a presença dos leões, partiram como foram ordenados, prontos para uma batalha sangrenta. O lobo que segurava a criança a deixou de lado e também partiu para a luta, já que toda a ajuda para enfrentar os grandes leões furiosos seria válida.

O trio desceu das formações de rocha em saltos velozes ao encontro dos lobos. Como se tudo em volta desacelerasse sob a luz da lua pálida, eles deram seus saltos certeiros em direção aos oponentes de pelugens escuras. Seus corpos se encontraram, levando os lobos ao chão. Entre dentadas e arranhões, enfrentavam-se. Os lobos, por mais que estivessem em vantagem numérica, estavam em desvantagem na luta: os leões eram bem mais fortes.

O lobo alfa, vendo sua prole perder a batalha, decidiu se juntar aos seus para enfrentar os leões, deixando de lado a leoa ensanguentada ao chão.

– ESTAS SÃO AS MINHAS TERRAS! – bradou o lobo alfa em um pique veloz de encontro ao maior leão.

Os dois se chocaram, mas nenhum caiu. Eram fortes e ferozes em seus movimentos; enfrentavam-se de igual para igual, e nenhum dos outros leões ou lobos ousava intrometer-se na luta.

Sula voltara a se arrastar em direção à criança enquanto a batalha ocorria atrás dela. Mesmo ferida, sentia, sem nenhuma hesitação, que a proteção do filhote era mais importante que a sua. Ela tinha que ter certeza de que os leões, que ainda não sabiam do filhote de homem, levariam-no junto, mesmo que Sula não pudesse sobreviver a tempo de falar a eles.

BUUMMMM! Um forte clarão invadiu o ringue de rochas, leões e lobos. Tão forte que iluminou até a mais escura rachadura. Os olhos dos bichos se fecharam instantaneamente e um zumbido ecoou nos ouvidos. Os animais forçavam a vista e olhavam os arredores, procurando o que ou quem estava por trás daquele feito. Uma nova figura surgiu em meio ao clarão. Uma figura de um homem montado em seu alazão, com uma espécie de bastão na mão, elevado acima de sua cabeça. Estava ali parado, a uns seis ou sete metros à frente.

Com um movimento do cajado, suspendeu a criança, que chorava largada ao chão – cujo choro ninguém conseguira ouvir devido ao zumbido que ainda persistia –, fazendo-a repousar como uma pluma em seu colo.

Os lobos se entreolharam assustados e, sem nenhuma objeção ou incredulidade, fugiram do local por toda ou qualquer passagem entre as rochas que puderam encontrar. Saíram sem hesitar, como se já conhecessem a tal figura, o que era verdade. Era Abraminir, o mago da Floresta Baixa do Leste, o mesmo velho alto de cabelos longos e grisalhos e barba acinzentada que descia até abaixo do peito; aquele que os lobos haviam tentado fazer de almoço em uma emboscada quando o mago passara por suas rotas, rumo a Sácrapa, para capturar a leoa. O mago havia até contado o ocorrido para Auriél quando fora questionado sobre suas roupas sujas.

O clarão se dissipou. Apenas os três leões ficaram no local aos arredores de Sula, protegendo-a de qualquer outra ameaça. Com toda a certeza, não arredariam dali sem lutar bastante. O mago desceu de seu alazão, com a criança a salvo no braço direito e o cajado na mão esquerda. Uma coruja, que antes planava, agora repousava na cela vaga. O mago não andou na direção dos leões; deu uns dois ou três passos e se ajoelhou, deixando o cajado ao lado, elevando com as duas mãos a criança, que já não chorava, como em um ritual de respeito e reverência.

– Ele está do nosso lado? – perguntaram-se os leões. – O que isso significa?

– Sim, ele está – disse Sula, respondendo com a voz fraca às perguntas dos leões, ainda no chão, olhando para o mago e a criança à sua frente.

– Sula! Você está muito ferida! – Virou-se o leão com a juba mais espessa e olhos azul-celeste, analisando de perto o ferimento no pescoço da leoa.

– O filhote é mais importante – declarou ela. – O filho de homem que se eleva nas mãos do mágico é o elo dos leões, Dalibor.

Os leões ficaram atônitos com o que Sula acabara de dizer. Dalibor, o maior deles, voltou a perguntar e parecia não acreditar no que acabara de ouvir, mas preferiu que Sula não respondesse, já que estava gravemente ferida. O mago permanecia parado na mesma posição, com a criança elevada e com a cabeça baixa. Os leões não planejavam nenhuma reação; permaneciam parados também, sem saber o que fazer – ou por espanto pelo que tinham acabado de ouvir ou pelo simples fato de não conseguirem se comunicar com o mágico.

– Pegue o filhote, Dalibor. E saberás que esse filhote de homem é a união entre a raças dos leões e a dos homens – falou Sula, influenciando o maior dos leões.

Dalibor, por mais que estivesse receoso em se aproximar do mágico, não hesitou quando ouviu as palavras de Sula. Ele confiava demais nela para sobrar espaço a qualquer dúvida. Caminhou lentamente até o mago e, quanto mais se aproximava, maior o leão ficava e menor ficava o mágico. Ainda de joelhos, com a cabeça baixa e a criança elevada, Abraminir pôde ouvir os passos firmes do leão em sua direção. A luz da lua sumia de pouco em pouco, dando espaço à sombra grandiosa do felídeo, que aumentava a cada passo na direção do mago. As mãos do homem ficaram vazias; o embrulho de pano já não estava com ele, mas com o leão, que deu meia-volta, retornando à Sula e levando o embrulho consigo entre os dentes.

Dalibor colocou a criança novamente entre as patas de Sula e descobriu o rosto do bebê, revelando pela primeira vez sua face alva e os cabelos escuros. Ela estava serena, embora suja e faminta, e, por mais que estivesse sendo observada tão de perto por enormes focinhos e olhos azuis e âmbares, não se assustou.

– É a primeira vez que eu vejo um filhote de homem; é a primeira vez que eu posso sentir o cheiro de um – expressou um dos leões menores que também olhava a criança de perto, maravilhado. – Se todos são assim, eu não sei! Mas esta criança parece que faz parte de mim agora.

– Sim! – concordou o outro. E acrescentou: – Sinto que devo protegê-la de alguma coisa.

– Este filhote de raça humana de fato é quem Sula diz ser! Eu também sinto. Não sei explicar o que é, mas sinto – disse Dalibor. – O elo dos leões vive e está diante de nós!

Um tilintar de correntes se ouviu, quebrando a breve reunião dos leões. As correntes que aprisionaram Sula e foram um fardo por muitos quilômetros agora se desenrolavam como uma serpente, soltando-se de sua pata traseira.

– É o mágico! Veja, ele está desatando as cordas de ferro – disse um dos leões ao virar-se e ver o mago balançando o seu cajado com os mesmos movimentos rastejantes da corrente.

– Talvez ele possa curá-la! – comentou o outro leão.

Os leões se entreolharam. Não era comum um leão receber auxílio de cura de um homem, elfo, anão ou de outra criatura que não fosse um deles. Mas era a única alternativa que eles tinham no momento. Não poderiam arriscar a vida de Sula.

Decidiram se afastar, deixando Sula exposta, esperando que o mágico entendesse o recado. E entendeu muito bem: ele aproximou-se da leoa e logo lavou seu ferimento com a aguardente de cedro que sempre levava consigo dentro de um odre pendurado na cintura. A leoa fez uma careta. Ardeu, e não foi pouco. Logo em seguida, o mago rasgou um pedaço de suas vestes, o que julgou estar mais limpo, e amarrou-o cuidadosamente no pescoço grosso da leoa para estancar o sangue e proteger o ferimento. Logo em seguida, com outro movimento do seu cajado, elevou a leoa acima de sua cabeça, e ela planou como fizera antes, quando o mago a levou para as encostas da Grande Árvore-Mãe. O mágico voltou a subir em seu alazão ruano e disse:

– Vamos para Sácrapa!

Partiu em disparada. Os leões trazendo a criança vinham logo atrás e, por mais que não entendessem nada do que o velho mágico havia dito, sabiam muito bem que era para seus domínios que ele pretendia levar a leoa.

As cores da alvorada já começavam a surgir e o brilho pálido da lua aos poucos perdia seu espaço. Em seu alazão, Abraminir galopava por um campo aberto de vegetação rasteira e dourada com o leão maior à sua frente e os dois menores ao seu lado. Sula seguia sempre acima do mago, flutuando no encalço. A pressa agora era para salvar a vida da leoa, que estava muito mal, deixando um rastro de pingos de sangue no caminho. Abraminir, sempre que via uma planta ou arbusto à sua frente chamando-lhe atenção, apanhava de mão cheia um bom bocado, sem descer do cavalo. Apenas se inclinava de modo a colher as amostras durante a corrida e logo as guardava dentro de um pequeno saco de pano amarrado na cintura.

O sol já estava todo à mostra e bem-posicionado quando um dos leões disse:

– Enfim chegamos.

Sácrapa era bem diferente da Floresta Baixa do Leste, onde viviam o mago e a mestiça. Parecia um grande vale, bem transitável, com árvores de diversos tamanhos de troncos e galhos retorcidos, arbustos e outras diversas plantas menores. Também havia formações rochosas de tons amarelados e acinzentados que subiam e desciam, formando superfícies e permitindo o desenvolvimento de grandes ou pequenas cavernas. Viam-se cursos de água cristalina de diversas formas e tamanhos, uns com centímetros de profundidade, outros com metros – tão profundos que mal se via o fundo. E era perto dessas cavernas nas rochas que Abraminir ao longe pôde ver formas brancas que se moviam lentamente, caminhando em sua direção. Decidiu parar, deixando apenas os leões seguirem ao encontro dos vultos brancos à frente.

Retornaram para o restante do clã Dalibor e, entre carícias e rugidos, leões e leoas se cumprimentaram. As formas brancas eram as outras onze leoas, das doze do clã do qual Sula fazia parte.

As perguntas vinham de todas: "Encontraram?"; "Onde ela está?"; "Quem é aquele que trouxeram com vocês?".

– Responderei tudo em breve, mas primeiro temos a vida de Sula para nos preocupar e este filhote de raça humana para proteger – disse Dalibor, arranjando o pequeno embrulho entre as leoas, para que vissem o que trazia.

– UM FILHOTE DE HOMEM? – O espanto foi geral.

– Não é só um filhote de homem, é o elo dos homens conosco! – respondeu Dalibor. – Olhem em seus olhos e sentirão o que eu senti.

Uma a uma as leoas se aproximaram e, ao encarar a pequena, face a face, compartilharam do mesmo sentimento de Dalibor e dos outros dois leões. Era algo inexplicável; um sentimento que só sentiam quando viam o rosto dos próprios filhotes.

– Como é possível? – indagou a última leoa ao encarar a pequena. Era uma leoa do mesmo porte de Sula, porém com olhos de cor esmeralda. – Eu sinto algo grandioso por essa criança!

– Nessa criança habitam as ordens do Criador, Gália – complementou Dalibor. – A era dos leões chegou!

Enquanto as questões sobre tudo o que havia acontecido – as lutas com os lobos, a criança e a aparição do velho mágico – eram respondidas, Abraminir tomava conta de outra responsabilidade: a vida de Sula.

Colocou-a em contato com o chão novamente próximo a uma fina corrente de água; limpou outra vez sua ferida com a mesma aguardente. A leoa sentiu o ardor, porém não abriu os olhos. Estava fraca. Logo em seguida, o mago retirou do pequeno saco de pano as folhas e flores que apanhara no caminho. Selecionou algumas e, com um pouco da água da fina corrente, amassou-as em suas mãos, fazendo uma espécie de pasta.

Com cuidado, cobriu o ferimento com a pasta esverdeada que havia feito, retirou um novo pedaço de pano de suas vestes e fez outro curativo. As folhas e flores que selecionara e que acabaram não virando pasta foram colocadas com gentileza em sua boca – porém, com receio, ao ver os enormes dentes da grande leoa branca –, de modo que ela pudesse engolir o que lhe dera.

Abraminir estava tão focado em seu dever, que não percebeu o que acontecia à sua volta, mas bastou voltar o olhar para alguma coisa que não fosse Sula para notar que o local onde estava com a leoa, o alazão e a coruja agora estava rodeado de leoas e leões. O clã Dalibor os cercava, observando com cuidado o que ele fazia por um deles. *Espero que agora não me devorem*, pensou.

Dalibor, o dominante do clã, deu seu rugido. O círculo de leões que cercava o mago se abriu, formando uma espécie de corredor que apontava como destino final a grande caverna onde antes as leoas estavam. Não era preciso falar a língua dos leões para entender o recado dado.

Abraminir seguiu em direção à caverna, levando consigo Sula flutuando no ar. Entrou na caverna, que parecia um grande salão de rochas, bem iluminada por um foco de luz que entrava não só pela grande cavidade por onde o mago passara, mas também por uma abertura no topo acima de suas cabeças, fazendo a luz entrar como um imenso holofote. Então, ali dentro acomodou Sula no lugar onde considerou ser o melhor para ela. Certificado de que ela estaria bem, retirou-se. Ao dar uns passos para trás, pisou em alguma coisinha que emitiu um sonzinho esbravejante. Era um filhote de leão branco que cruzou seu caminho.

– Desculpe-me, desculpe-me – disse o mago, desconcertado. – Melhor eu ficar lá fora!

E assim o fez. Voltou ao encontro dos seus amigos, o alazão ruano e a coruja que descansa em seus ombros. Procuraram por ali mesmo uma árvore que pudessem usar como hospedaria, já que ele não poderia partir sem levar a pequena Laura consigo. Por mais que ela fosse o elo dos leões, ainda assim era uma criança e precisaria de cuidados humanos; ele esperava que os leões entendessem isso o quanto antes.

Já era um pouco mais do meio-dia quando os leões do clã Dalibor se reuniam dentro da caverna. Discutiram a respeito da menina e do que fazer com ela.

– O mágico está do nosso lado – disse Dalibor. – Sula nos disse para confiar nele.

– Mas como saber de fato se ele é confiável? – questionou Gália, não por duvidar das palavras do dominante, mas porque sentia um amor tão grande pela criança que tinha medo de perdê-la.

– Este filhote de homem deveria estar morto, pelas mãos da Ordem que se levantou ou pelos lobos que o queriam – respondeu Dalibor. – O mágico se juntou a nós, espantou os lobos e manteve Sula viva até aqui, está provando ser de confiança! Além do mais, a criança precisa crescer com os cuidados da própria raça e o único que conheço está lá fora.

– Não sabemos nada sobre os homens, Gália – disse uma das leoas. – Porém, só os homens podem cuidar de suas crias. Essa filha de homem precisará crescer forte, junto de sua raça, para então herdar o trono de acordo com as leis do Criador. Se crescer fraca, não terá valido a pena.

– É isso que o elo nascido no dia em que a Estrela do Renascimento brilha significa: a união – comentou outra leoa. – Esse filhote de homem vai unir novamente as raças, vai herdar o trono e teremos o nosso mandamento. Mas, para isso, terá de ser uma valente, forte e sábia herdeira!

– E será! – complementou Gália, cedendo aos argumentos.

Depois da breve discussão que tiveram sobre o futuro do elo nascido, Dalibor ordenou que seus dois filhos, Hiran e Hamo, os que o acompanharam na busca por Sula, levassem a boa nova para os outros clãs de leões de Sácrapa, para uma urgente assembleia que deveria acontecer ainda diante daquele sol. Partiram velozes com o pedido do pai, cada um para um lado.

– Meu pai os convoca para uma reunião urgente! Encontramos Sula, a primeira! E com ela o herdeiro que nasce sob o brilho da Estrela do Renascimento! – diziam aos clãs, como foram ordenados.

O dia foi passando. Abraminir ainda esperava lá fora por alguma reação dos leões, que de preferência fosse a entrega da criança. Voltar para sua casa na árvore, para o encontro de Brúhild e do irmão de Laura, sem ela seria uma sentença anunciada, já que havia sido por conta de sua atitude que a pequena Laura estava nessa situação. Não que fosse ruim; o encontro dos leões com o seu elo entre os homens pareceu bastante esperançoso. Mas, enquanto qualquer outra atitude dos leões não surgia, o mago pitava embaixo da árvore que fez de abrigo, para acalmar os nervos. Fez um fumo das cascas da árvore onde estava escorado. Era típico do mago fazer fumos de qualquer espécie de planta, raiz ou casca que julgasse ter um bom e relaxante trago. Vez ou outra, com um golpe de cajado, retirava da própria árvore um fruto para enganar a sua fome e a de seu alazão. A coruja se escondia em uma parte escura dos troncos para tentar dormir. Ali permaneceram, à base de fumos, frutas e leves cochilos.

Dentro da caverna, embaixo do estábulo improvisado, Gália alimentava pela primeira vez um filhote de homem, como Sula fizera anteriormente nas encostas da Grande Árvore-Mãe; mas, dessa vez, a criança disputava espaço com mais três filhotes de leões que também se alimentavam do leite da leoa. Gália dava mais atenção para a criança; julgava-a mais frágil que os outros filhotes, já que não tinha garras nem dentes afiados – na verdade, nem dentes tinha, detalhe que ela reparou. Outras leoas se revezavam nos cuidados de Sula, dando-lhe água para beber quando sussurrava pedindo ou espantando pequenos roedores que se aproximavam por conta do cheiro da pasta verde de plantas feita pelo mágico.

✦

Já se passara um bom tempo e não se via um movimento sequer, exceto dos ventos nos galhos das árvores, dos pássaros que revoavam por ali e do barulho das águas que corriam pelos córregos e se chocavam entre as pedras. Quem olhasse a posição do sol saberia que o fim do dia já se aproximava, o que acabou deixando Abraminir ainda mais inquieto. "Será que já se alimentou? Será que está limpa? Será que é uma boa ideia passar a noite aqui?", perguntava-se o mágico. Pensara até em sorrateiramente descer pelo buraco que havia no teto da caverna, raptar a criança e fugir com ela. Mas essas ideias só ficavam na cabeça. Optou por esperar; não queria causar mais confusões e chamar atenção de mais indivíduos, já não bastasse a confusão pela qual passara com os lobos e aqueles cavaleiros fedidos de armadura enferrujada que carregavam morte em suas carnes e espadas, dos quais sem dúvidas Abraminir achava melhor esquivar-se. Quanto menos confusões, melhor seria para a própria proteção da criança.

Por fim, antes que o sol se ocultasse no horizonte, novas figuras começaram a surgir. Vinham em bando de todos os lados, brancos e majestosos, todos caminhando para um ponto fixo: a caverna para onde o elo nascido havia sido levado. Eram leões e leoas e, junto deles, Hiran e Hamo, filhos de Dalibor. Abraminir ficou em pé onde estava, observando tudo. Ficou impressionado com tantos leões e leoas andando juntos rumo à caverna para aquilo que ele julgou ser uma possível assembleia. Ficou tão impressionado que até deixou o cachimbo cair da boca, mas logo sentiu quando as cinzas ainda vivas ultrapassaram seu calçado e queimaram a ponta dos dedos do pé.

Como não foi chamado e não recebeu nenhum comunicado através de um rugido, decidiu voltar a sentar-se na encosta da árvore e esperar novamente. O mago, em sua natureza intuitiva, sentiu que decisões importantes sairiam dali.

9
Sula, a primeira de doze

Dentro da caverna, em um círculo de leões e leoas, com a filha de homem posta ao centro – ainda enrolada em seus panos, agora bem sujos –, e sob a luz fraca e alaranjada do ocaso, um pipocar de opiniões tomava conta do lugar. As vozes ecoavam forte por todos os lados, chegando a incomodar a pequena que estava no centro daquele falatório.

– Silêncio! Silêncio! – Dalibor surgiu, fazendo-se ouvir.

O silêncio por fim foi conquistado, mas não por Dalibor, e, sim, pela pequena Laura, que começou a chorar. Leões e leoas recém-chegados, que nunca haviam ouvido o choro de um filhote humano, pararam para observar. Era curioso e bem diferente dos seus filhotes, julgaram eles.

Gália, cuidadosa como uma mãe, acariciou a menina com boas lambidas, com o intuito de voltar a acalmá-la, e conseguiu. Laura voltou a ficar amena. Arregalava os pequenos olhos observando os felinos ao seu redor. Com toda certeza não fazia ideia do que se passava ali. Inocente, encarava-os nos olhos e observava aquelas imensas garras e dentes.

— Sejam bem-vindos, meus irmãos desta terra que nos acolhe — retomou Dalibor. — Sejam bem-vindos, Grigori e seu clã! Sejam bem-vindos, Onfroi e seu clã! Sejam bem-vindos, Hadovan e seu clã! E sejam bem-vindos, meu irmão de sangue, Lavomir, e seu clã! — Dalibor deu as boas-vindas cumprimentado os chefes de cada clã com um contato de testas que era típico dos dominantes. Assim que terminaram, retornou ao centro do círculo e continuou: — Como já sabem, estamos diante daquela que nasceu sob o brilho da Estrela do Renascimento e que, de acordo com a as leis do Criador fincadas na história, por direito governaria para todos e por todos. E sobreviveu! A filha de homem nascida para herdar o trono ao lado de seus irmãos e irmãs da raça não humana vive! E é sangue do nosso sangue, irmãos!

Os leões se entreolhavam ainda espantados e, ao mesmo tempo, observavam a criança no centro do círculo sob a luz alaranjada do ocaso enquanto ouviam o que Dalibor dizia. Havia naquele grande salão de rochas uma mistura de sentimentos: euforia por parte de uns, aflição por parte de outros; de uns, reação alguma, apenas o silêncio.

— A era dos leões chegou — continuou Dalibor. — Mas eu pergunto a você, irmãos: teremos o nosso reinado? Teremos o nosso mandamento? O destino colocou este filhote diante de nós de forma misteriosa. Um filhote de homem que tem sangue de leão.

— Acho que você está maluco, Dalibor — interrompeu Hadovan, um leão branco de olhos âmbares com uma cicatriz profunda do lado esquerdo do focinho. — Você se esqueceu do que os homens são capazes de fazer? Você esqueceu por que somos tão poucos? E por que estamos sobrevivendo presos neste vale sem muralhas?

– Sei que fomos caçados pela raça dos homens, mas agora é diferente! A estr... – dizia Dalibor quando novamente foi interrompido por Hadovan.

– Não, Dalibor! Fomos e somos caçados! – disse Hadovan. – Essa raça caçou e nos caça até hoje! Matou os nossos antepassados e quase me matou. Para quê? Para usar nossas peles para cobrir as deles do frio. Sem nenhuma piedade. Não somos mais nada nestas terras e, se hoje estamos vivos, inclusive você, é porque fugimos. Mas muito sangue foi derramado, sangue exclusivamente nosso.

– Hadovan, eu entendo seus argumentos e aonde você quer chegar com eles, mas essas heranças do passado não devem ser a chave para se opor a um novo recomeço – manifestou-se outro leão branco, Lavomir, de olhos turquesa, com o mesmo porte grande e juba espessa de Dalibor. – Essa criança tem a força para abrir as portas para uma nova era, sendo a ponte de encontro entre a nossa raça e a dos homens. Nossos medos não podem ser maiores que os propósitos do Eterno.

– Eu carrego a marca que eles me deixaram abaixo dos olhos. Vejam! Vejam! Ou já esqueceram? – disse Hadovan, seco, olhando profundamente nos olhos de Lavomir, como se quisesse que ele visse toda a atrocidade que ele próprio testemunhou os homens praticarem. – Eu não vou arriscar a sobrevivência do meu clã por acoitar um filhote de homem! É isso que você quer fazer, Dalibor? Quer acoitar um herdeiro que só traz morte por onde passa?

Por mais que nem todas as leoas ou leões menores do clã de Hadovan discordassem do seu posicionamento, acabaram acatando as diretrizes e não se opondo, já que ele era o dominante.

– Hoje essa criaturinha é um filhote, amanhã estará maior, até que usará suas ferramentas que ferem para nos matar – continuou Hadovan. – Esqueçam as leis do Criador, esqueçam os mandamentos. Os homens já têm as suas próprias leis, seus próprios reis e deuses.

Alguns leões e leoas indecisos começavam a inclinar-se para os argumentos de Hadovan. Talvez ele estivesse certo; os homens se provaram traiçoeiros e gananciosos por muito tempo. Talvez fosse mais prudente deixar as coisas como estavam. Levantar-se contra o tratado e a Ordem de homens, e seus denominados reis, ou anões, elfos, duendes e seres místicos dos mares e da floresta, que também já tinham seus próprios reis, seria perigoso demais. Por séculos vinha sendo assim. Essa era a ordem, esse era o tratado, e quem se manifestasse contrariamente, fosse quem fosse, tornava-se inimigo dos reinos.

– A lei dos homens, ou de qualquer outra raça, não é soberana! – disse Dalibor. – A única verdadeira lei, aquela que trouxe a alvorada da existência, à qual eu e meu clã nos curvaremos, será a do Criador!

– A troco de que, Dalibor? – indagou Hadovan.

– Daquilo que é certo! Daquilo que se espera de um leão de verdade! – respondeu Dalibor.

– Então faça isso e veja os seus morrerem – falou Hadovan, irredutível. – Ou você acha que, quando a notícia de um elo vivo estar sendo protegido se espalhar, você e seu clã vão receber regalos? O homem lá fora, nas suas terras, por acaso está esperando para entrar aqui e presentear você?

– Quem é aquele homem? O que ele faz nas nossas terras? Por que Hiran e Hamo pediram para não o expulsarmos? – Alguns leões e leoas começaram a perguntar.

– Ele é um mágico! – respondeu Dalibor.

– OOOH! – Espantaram-se os leões. – Um mágico? Como? Pensei que nem existissem mais! Se a Ordem souber, vai matar todos nós!

– Acalmem-se, acalmem-se.

– Como vamos nos acalmar? Você nos trouxe para uma emboscada! – disse Hadovan. – Primeiro o elo escondido em nossas terras. Agora, um mágico.

– O mágico está do nosso lado! – falou Dalibor. – Ele salvou a vida de Sula e espantou os lobos que queriam a criança.

— OOOH! — Espantaram-se novamente alguns leões e leoas. — Os lobos também sabem? Seremos mortos. Os lobos nos odeiam e não são de confiança. Seremos acusados de perfídia!

Um alvoroço tomou conta do grande salão de rochas: medo misturado com raiva. Todos os leões sabiam que se levantar contra a Ordem, contra o tratado, seria suicídio. Se uma guerra começasse naquele exato momento, com toda certeza os leões brancos de Sácrapa seriam mortos e extintos. Seus números diminuíram muito com as caçadas por conta de suas peles brancas, que não só aqueciam as peles de outros, mas também eram vistas como um belo artigo de decoração para o salão ou dormitório de um rei.

— SILÊNCIO! — manifestou-se Onfroi, o leão dominante mais velho de todos ali reunidos. Um leão de olhos cinza-claro, juba espessa e crespa.

Todos ficaram em silêncio, obedecendo ao veterano. No passado, ainda jovem, foi ele quem havia guiado os leões fracos e perdidos, cuidando deles e admitindo-os.

— Depois que os denominados reis se levantaram, por muito tempo nossos antepassados e nós mesmos vivemos dessa maneira. Escondidos, com medo e sem esperança – disse Onfroi, encarando-os. — Eu pergunto a vocês, meus irmãos: é dessa forma que querem que seus herdeiros vivam no futuro? É essa narrativa que querem contar para os seus filhos no futuro? De que nossa raça preferiu se esconder em vez de lutar por aquilo que é nosso de direito? Rejeitando a água dada pelo Criador, essa água que matará a nossa sede e lavará a vergonha desta terra?

Os leões se entreolharam, mas não manifestaram opinião. Estavam bem divididos quanto aos argumentos apresentados.

— Eu concordo com você, Hadovan. E compreendo o seu medo. Nós fomos e somos caçados por gerações, mas você não acha que está na hora de caçarmos também? — continuou Onfroi. — Nossos antepassados foram mortos. Será que não é a hora de vingar a morte deles? Fazer com a pele do inimigo o mesmo que eles gostam de fazer com as nossas?

— Nós somos poucos. Não temos chance alguma — manifestaram alguns leões e leoas.

— Então está na hora de nos preparar — disse Onfroi. — Este filhote de raça humana vai crescer forte e valente, como a maioria dos leões aqui presentes. Temos a chance de fazer por nossos antepassados o que eles não puderam. Vamos herdar aquilo que é nosso por direito!

Um silêncio se fez. Por mais que alguém tivesse alguma objeção, era difícil conseguir falar e se opor logo em seguida. Quando Onfroi falava, era como um trovão ecoando estrondoso pelo céu.

— Eu sei o que está acontecendo aqui! — retomou Hadovan. — O mágico está influenciando vocês. Está confundindo o pensamento de vocês. É isso que ele faz! E ainda é um homem! Vai trair, vai mentir e, no futuro, vai matar todos nós!

— Você está enganado, Hadovan — Sula surgiu tão radiante e saudável em meio ao círculo de leões, que parecia nunca ter sofrido o ataque dos lobos.

— Oh! Ela está curada. Onde está seu ferimento? Hiran e Hamo haviam dito que ela estava muito mal! — manifestaram-se os leões.

Dalibor não acreditava no que via. O ferimento desaparecera; havia apenas as marcas deixadas pelos dentes afiados do chefe dos lobos. Nenhum sinal de sangue ou pasta verde.

— Se o mágico fosse um traidor e assassino, não teria salvado a minha vida. Teria deixado meu corpo como alimento para aqueles lobos — disse Sula no centro do círculo, disputando espaço com Onfroi, Dalibor e o elo nascido.

— Nós ficamos sabendo do seu desaparecimento. Hiran me contou que haviam encontrado você e que estava com uma corda de ferro presa ao seu corpo. Corda de ferro usada por homens que aprisionam aquilo que eles não conseguem controlar — falou Hadovan. — Com qual propósito? Você está com sorte de ainda ter a pele colada ao corpo!

– Eu fui levada com um propósito. Propósito que só pude entender quando fui posta diante deste filhote de homem – falou Sula. – De alguma forma, o mágico queria me testar. Fui levada para uma floresta gigantesca e posta diante de dois filhotes.

– Dois? Dois filhotes de homem? – espantaram-se alguns leões.

– Sim. No princípio, eu não entendi – continuou Sula. – Pensei que haviam colocado diante de mim aqueles filhotes para que eu fizesse o trabalho sujo que vem sendo feito por séculos com os filhos de homens nascidos sob o brilho da estrela. Achei que queriam me usar como carrasco, mas não era isso. Agora eu entendo que era a Amamentação o propósito! Então, quando olhei nos olhos deste pequeno humano, senti algo inexpiável, como se esse filhote de homem fizesse parte de mim de certa maneira que não sei explicar. Fiquei assustada quando eu ouvi os sussurros do mágico e da criatura que estava com ele. Observavam a mim, mas não me atacavam. Então, ainda confusa com tudo que estava acontecendo, decidi fugir dali, trazendo-a comigo, achando que o mágico lá fora fosse um inimigo. Provou que não era quando chegou e nos salvou do covil dos lobos e me trouxe até aqui, com Dalibor e meus filhos, Hiran e Hamo. E, vejam vocês com seus próprios olhos, ele curou o meu ferimento e salvou a minha vida.

Os leões e leoas ouviam atentos os argumentos de Sula. Sua voz forte e ao mesmo tempo doce era capaz de acalmar a mais terrível tempestade. Ouvir o que ela tinha a dizer era de extrema importância, já que foi ela a primeira leoa raptada por um humano a conseguir voltar viva para contar a história.

– Sula, a primeira de doze, do clã Dalibor – manifestou-se pela primeira vez Grigori, outro leão branco dominante de olhos amarronzados e escuros. – Eu a respeito muito, mas devo concordar com Hadovan, pelo bem de todos nós, é claro. É um perigo muito grande o que estamos fazendo; perigo que pode colocar a nossa raça em extinção de uma vez por todas. Tenho medo pelos meus filhos, tenho medo por nossos clãs.

– Pois eu lhe digo, Grigori: por mais que o vento frio do medo sopre, a chama da coragem nunca se apagará – disse Sula. – Esta criança nasceu com um propósito e veio até nós concebida e guiada por Ele! Devemos seguir para libertarmos de fato toda a nossa raça do medo que a assola. Olhem para o que temos, olhem para o que herdamos. Onde está a honra nisso?

– O que devemos fazer então? Confiar naquele que lhe aprisionou? Confiar em um ser de raça humana novamente? – perguntaram alguns leões e leoas.

– Não – retomou Sula. – Vamos confiar no ser que me salvou. Seja ele de raça humana ou não. Vamos confiar nele porque, de alguma forma, ele confiou em mim.

E então anoiteceu.

A lua reapareceu, colocando-se no suprassumo do céu entre poucas nuvens acinzentadas e estrelas que reluziam no alto. A caverna, antes iluminada pelos raios de sol, agora o era pela luz prateada que a lua lançava.

Fora da caverna, Abraminir já havia feito uma fogueira com galhos e troncos secos que apanhara por ali mesmo. Sentou-se próximo às chamas com os olhos fixos em direção à caverna onde acontecia a assembleia de leões brancos.

– Depressa! Depressa! As noites já não são seguras! Por que essa demora? – resmungou o mago.

Vez ou outra, quando ouvia algum barulho que lhe causava algum pressentimento ruim, balançava rapidamente o seu cajado em direção ao fogo, que de imediato diminuía de tamanho, a fim de não chamar atenção de algo ou alguém que pudesse estar passando pelas redondezas, da raça que fosse.

– Que seja feita então uma votação! – sugeriu Onfroi.

Os leões se entreolharam e acharam justo. Sempre havia sido feito dessa forma ao reunir os clãs para tratar de algum assunto que envolvesse todos: no caso de não haver comum acordo, optavam por uma votação na qual os dominantes, reunidos com os seus, davam a decisão final.

– Quem está de acordo quanto a entregar o filhote de homem para o velho mágico sob a incumbência compartilhada entre nossa raça e a raça dos homens e, assim, no futuro, ao comando dela, reivindicar aquilo que é nosso, de acordo com as antigas leis do Criador? – perguntou Onfroi.

– Eu e meu clã estamos de acordo – declarou Dalibor.

– Eu e meu clã estamos de acordo – repetiu Lavomir.

Ninguém mais se manifestou. Os únicos que concordaram foram os irmãos.

– Quem está de acordo em entregar o filhote de homem para o velho mágico e esquecer que um dia essa criança nasceu e foi trazida para cá com o propósito de libertar toda a Terra Brava dos falsos reis e, assim, continuarmos nossas vidas neste vale até o nosso fim ou o fim dos tempos? – perguntou Onfroi.

– Eu e meu clã estamos de acordo – declarou Hadovan.

– Eu e meu clã estamos de acordo – repetiu Grigori.

Os outros dois leões dominantes se manifestaram contrários aos irmãos.

– E eu, Onfroi, o mais velho entre vocês, digo que nesta noite o medo e a desesperança caem por terra. A era dos leões se inicia e eu digo "sim" para este filhote de raça humana. Eu digo "sim" para a nova era que desperta. E que a força do Eterno esteja conosco para nos guiar de maneira valente e astuta.

Onfroi deu a sua sentença, concordando com a decisão de manter a criança aos cuidados do velho mágico e no futuro reivindicar aquilo que era deles por direito. Os leões que tinham discordado não podiam fazer mais nada. A votação deveria ser respeitada como sempre. Os leões derrotados partiram, voltaram para seus recantos vale adentro, noite afora.

– Vá, Sula – disse Onfroi. – Leve a criatura para o mágico. Entregue-a para ele. Essa responsabilidade é sua, pois você o conhece melhor que qualquer um aqui.

E assim foi. Logo que as leoas se despediram da criança com lambidas gentis e carinhosas na testa, Sula saiu ao encontro do velho mágico com a recém-nascida envolta naqueles mesmos panos em que chegara, enrolada como um embrulho, pendurada entre os dentes firmes da felina.

Abraminir, ao perceber que a leoa se aproximava, levantou-se depressa para recebê-la de forma apresentável.

– Pelos mantos cintilantes do Criador! Lá vem ela! – sussurrou Abraminir.

Sula, ao se aproximar lentamente, iluminada pela flama dourada da fogueira, colocou aos pés do mágico, com todo o cuidado, o embrulho de pano. Os leões, que ficaram observando lá do alto, na entrada da caverna, deram seu rugido, como quem dizia: "Vá, mágico, proteja o elo dos leões".

Abraminir, por mais que não tivesse o dom de falar com os animais, que Laura teria ao crescer, pôde entender muito bem que aqueles rugidos não eram de ameaça, mas o reconhecimento de que um acordo acabara de ser feito, um acordo que traria a mudança que o velho mágico tanto esperava. A Terra Brava, a partir daquele momento, recebia sua imperatriz batizada e aceita por sua raça não humana.

O mago subiu em seu alazão ruano com a criança nos braços e partiu rumo à Floresta Baixa do Leste.

Com a coruja que descansa em seus ombros voando sobre eles, rasgaram o horizonte, deixando as terras de Sácrapa para trás.

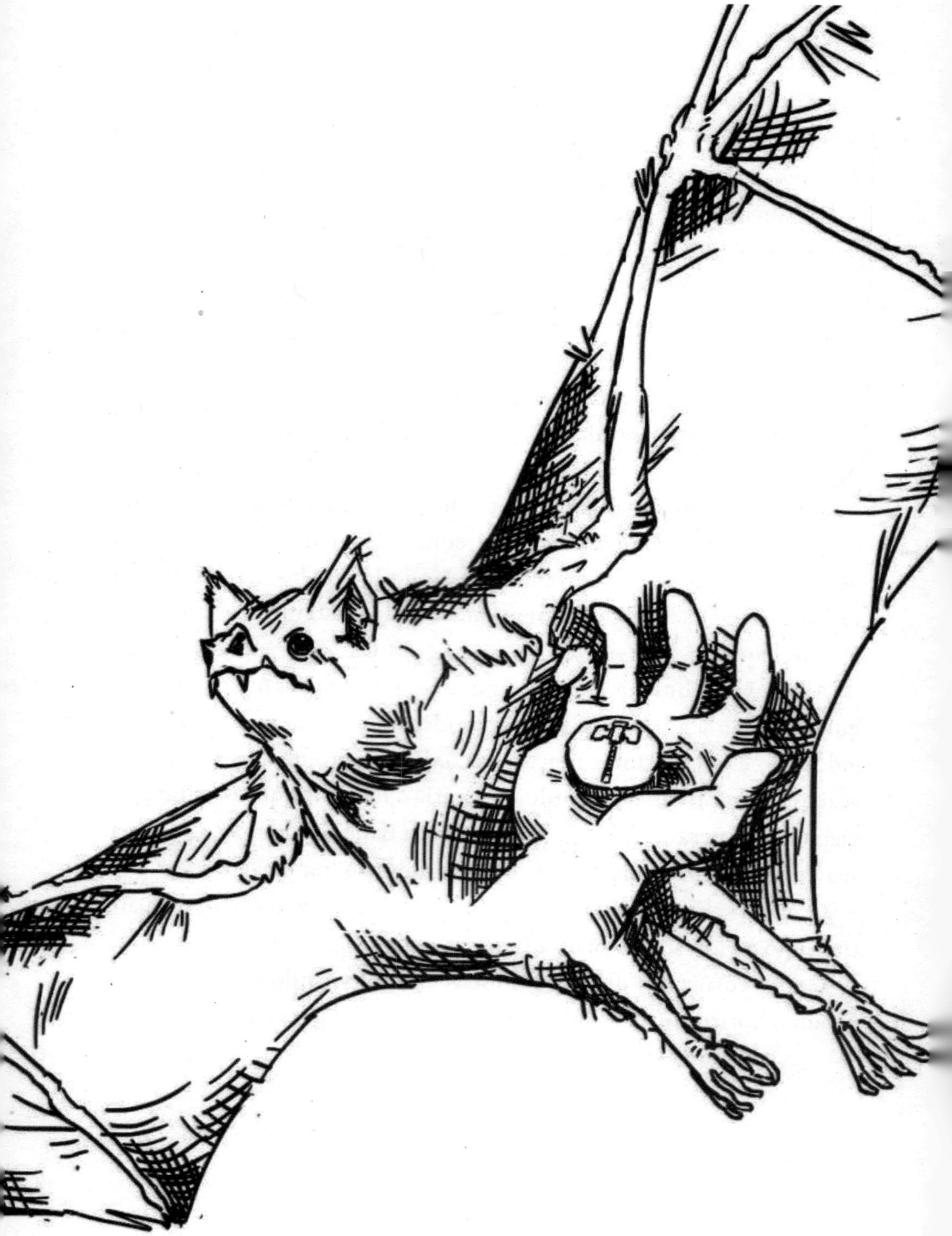

O garoto perdido O garoto perdido O garoto perdido O garoto perdido O garoto perdido O garoto perdido O garoto perdido O garoto perdido O garoto perdido O garoto perdido O garoto perdido O garoto perdido

Parte quatro

10 Sem rumo

Auriél desceu com a luminária na mão pela passagem que havia nas encostas da escada em caracol de madeira mal-acabada e vertical dentro da Grande Árvore-Mãe. Fugia dos gritos da mestiça que chamava por ele. Não deu a mínima, decidindo seguir para o desconhecido por um corredor de rochas escuras talhadas grosseiramente. Agora estava perdido com certeza. Não saberia nem como voltar para o ponto de onde partira se assim quisesse.

A cada passo que dava, encontrava mais corredores e túneis e, diante de novos corredores e túneis, grutas e rochas. De quando em quando, encontrava no caminho restos de ferramentas, alguns utensílios que ele julgava ser de cozinha, como colher, copos de ferro ou até mesmo chaleiras amassadas, restos de roupas que lhe serviriam, mas, pelo estado em que estavam, com toda certeza se desfariam. Estavam bem empoeiradas e duras. Não passavam de trapos esquecidos ou até abandonados por quem andou por ali muito tempo atrás. Seguia sempre em frente por uma passagem que julgasse levar para a saída. Tomava cuidado para não esbarrar ou chutar alguma coisa que fizesse o menor barulho que fosse, já que o som se ampliava de forma grandiosa, ecoando por entre os túneis e levantando outros sons que o assustavam.

E foi entre aquelas coisas abandonadas e esquecidas que ele avistou uma coisinha curiosa, com um brilho bem diferente das demais. Deu uma limpada para tirar a fina camada de poeira e, com o auxílio da luminária, pôde distinguir do que se tratava. Era uma espécie de insígnia que coube na palma de sua mão, um círculo de metal branco escovado com um tipo de martelo dourado ao centro. Era muito bem-trabalhado; os detalhes bem-acabados davam um toque de esplendor à peça. Decidiu guardar no bolso e seguir em frente, entre novos corredores de rochas, alguns tão espaçosos que se podia andar com os braços abertos; outros tão estreitos que ele tinha que passar de lado para chegar ao outro espaço, e nesses geralmente arranhava o joelho ou rasgava um pedaço de sua veste. Depois de ter andado por horas sem encontrar nenhuma espécie de trilha ou pegadas que o levassem para algum tipo de saída daqueles corredores grosseiros, decidiu parar por um momento e se sentar. Seus pés já doíam de tanto pisar em rochas, os arranhões ardiam. Desejou que Brúhild estivesse ali com ele, pois provavelmente cuidaria dos arranhões e costuraria suas vestes – depois de dar uma bronca nele, é claro. Sentado com a luminária ao lado, tirou do bolso a pequena insígnia de metal branco e dourado que encontrara para dar mais uma olhada.

– Não! Não! Não! – disse ele ao notar que a luminária agora perdia o seu fulgor.

Auriél a sacudiu a fim de reavivar a sua luminosidade anterior; guardou novamente a insígnia no bolso, levantou-se e partiu. Ficar perdido naquele lugar sem o menor sinal de luz não seria uma boa ideia. Os corredores de rochas escuras começavam a ficar úmidos conforme ele os adentrava. Goteiras ficavam mais constantes, pingavam sobre ele ou escorriam pelas fendas das rochas. Em alguns pontos, a água já cobria boa parte dos pés. Entre tropeços e escorregadas, Auriél seguia buscando qualquer tipo de brecha ou possível porta que o levasse para fora daquele lugar.

E foi em um daqueles tropeços que ele chutou para longe alguma coisa de metal que fez um barulho ressoar para todos os lados; o som de metal caindo e chocando-se contra rochas. O garoto estava diante de um abismo tão profundo, que não conseguia ver o fim. Deu um salto para trás quando notou que, por um passo, não acompanhou o objeto que caíra lá para baixo. Assustado, comprimiu-se entre as paredes de rocha, ofegante e com as pernas trêmulas.

– Foi por pouco, foi por pouco – sussurrou assustado.

Mas um som diferente começou a ecoar logo em seguida, como se algo houvesse sido despertado pelo som causado pelo objeto que caíra abismo abaixo. Era um som diferente dos de metais chutados ou das goteiras que caíam. Não ecoava, mas ficava cada vez mais forte e se ampliava. O som vinha ao seu encontro e sem direção de partida. Com a luminária estendida à sua frente, o garoto rodava em torno de si olhando para todos os lados, querendo identificar o quê ou quem estava difundindo aquele som.

– Quem vem aí?

Dava voltas e voltas em torno de si, mas ninguém respondia. E o som curioso aumentava e aumentava.

– Aaaaah! – berrou Auriél.

O som que se espalhava sem ecoar revelara-se. Eram centenas de milhares de morcegos que provavelmente haviam sido espantados pelo barulho causado quando o garoto chutou aquele objeto de metal. Envolto por uma mancha escura de morcegos que revoavam por todos os lados, foi levado sem perceber novamente para as beiras do abismo; aos poucos ia aproximando-se, sem perceber o perigo profundo e escuro. Para proteger o rosto, acabou largando a luminária, a primeira a cair abismo abaixo.

Auriél caiu logo em seguida, deixando para trás a mancha escura de morcegos, rumo ao desconhecido.

E, com uma forte pancada, afundou nas águas escuras e geladas daquilo que parecia um imenso poço. Afundou um bom pedaço com a queda, o suficiente para saber que aquele poço era bem profundo. Nadou de volta para a superfície com batidas ligeiras de pernas.

Assustado, porém aliviado de não ter se chocado com rochas ao final da queda, procurou um lugar onde pudesse se apoiar para sair daquela situação. As águas eram calmas. Agitavam-se apenas pelo frenesi de seus braços e pernas; no entanto, eram sombrias e extremamente frias. Como um cachorro que nada apenas com a cabeça para fora, ele nadou até encontrar uma superfície plana de rochas. Com dificuldade, apoiando-se com os braços magricelas de um menino de 12 anos, Auriél conseguiu voltar para a superfície.

Já em solo mais denso, deitado, buscou o fôlego que perdera depois daquele grande susto. Ao olhar para cima, pôde ver com dificuldade os morcegos, que ainda se agitavam formando uma névoa escura lá no alto. Voltou os olhos para o poço e, ao olhar a sua imensidão de águas funestas que incitavam o sinistro, afastou-se o quanto pôde da margem. Causava-lhe espanto um lugar como aquele. Afastou-se, até que suas costas colidiram com outra parede de rochas, e naquele momento ele pensou em gritar por alguém – por Brúhild, Abraminir ou qualquer outra pessoa que pudesse tirá-lo daquele lugar. Estava com medo e assustado. *Será que os proprietários dos objetos que ele encontrou no caminho conheciam alguma saída ou tiveram um triste fim dentro daqueles corredores e túneis de rochas?*, pensava.

Não demorou muito e um vento frio o tocou do lado esquerdo. O garoto olhou na direção de onde vinha, e mais outro foi soprado. Um vento que vinha por entre um pequeno corredor de rochas ao seu lado, ora forte, ora fraco, mas sempre constante, dava a entender que por ali havia alguma passagem. Levantou-se e decidiu seguir em direção a ele, espremendo-se por entre as separações rochosas.

E ali estava ele agora, perante uma fenda profunda formada na rocha, que terminava à borda de um penhasco escuro e traiçoeiro. Diante dele a chuva caía forte. Relâmpagos desenhavam-se no céu escuro como raízes de árvores. Abaixo, um vale imenso, plano e de poucas árvores, até onde os olhos puderam alcançar. E, lá no fundo, bem lá no fundo, figuras pálidas de colinas rochosas.

Auriél deu uns passos para trás, o bastante para não ser ainda mais molhado pela chuva forte que caía, mas também o suficiente para não voltar para onde estava antes e ter que encarar o poço de águas funestas. Acomodou-se ali no meio. O melhor seria esperar a chuva passar; ao amanhecer, sairia de alguma forma daquele lugar rochoso e logo em seguida encontraria alguma via ou caminho que o levasse ao encontro de sua irmã e de volta para a casa na árvore, para o seu quente, curioso e aconchegante quarto na interessante sala de estudos dos astros.

A escuridão da noite ainda se estendeu por um bom tempo. Sonhos terríveis o espantavam a todo momento, fazendo-o viver uma das piores noites que já tivera.

Acordou outra vez percebendo que já era de manhã. O vale nem parecia o mesmo da noite passada, escuro e perverso. O pouco verde e as cores mais alegres já podiam ser vistos. A borda do sol se elevava por entre as colinas rochosas a léguas de distância, pintando os picos com uma cor dourada matutina. Uma outra vez, Auriél, agora com as roupas um pouco mais secas, andou até a borda do penhasco. Com o dia claro, e a cada minuto mais bem iluminado, ele pôde notar que nas bordas do penhasco havia uma passagem acidentada que descia até a planície, como uma escada de rochas íngremes. Não pensou duas vezes: com cuidado para não escorregar ou se desequilibrar, desceu por elas. Vez ou outra, as escadas ficavam tão curtas, que ele tinha que se espremer contra o paredão de rochas para não correr o risco de acabar caindo para a morte. Em alguns pedaços do caminho, as rochas se soltavam e rolavam. Era um caminho traiçoeiro e assustador; todo cuidado era pouco.

Enfim tocou o chão. Ali o solo era mais duro e a grama mais curta que o da Floresta Baixa do Leste. Deu uma olhada para cima e pôde ver quão íngreme e alto era aquele paredão de rochas; ainda mais assustador visto daquele lugar. Ali nas encostas, encontrou mais objetos parecidos com aqueles nos quais ele esbarrara dentro dos corredores de rochas. Ao andar mais um pouco, pôde ver o que parecia ser um velho letreiro de madeira que tinha a mesma estatura que ele. Fincado no chão, as duas únicas palavras que conseguiu identificar foram "Minas" e "Randel".

Finalmente partiu. E, definitivamente perdido, procurou algo que se parecesse com uma estrada ou um fino rastro de cavalos, algum tipo de caminho que o levasse em alguma direção, de preferência de volta para a casa no topo da grande árvore. Como estava arrependido, achando-se um tolo... Mas é claro que, por sua irmã, faria qualquer coisa.

Correu em campo aberto, rumo ao sul. A muralha de rochas já ficava para trás; à sua frente o grande vale se abria cada vez mais. Ora correndo, ora andando, mas sempre seguindo a mesma direção. Rochas maiores se colocavam no seu caminho de tempo em tempo – ou dava a volta por elas ou as escalava, e no alto tentava avistar algum sinal de vida que pudesse haver. Fazia a mesma coisa quando encontrava alguma árvore maior que as rochas: subia até o topo para ter uma visão melhor do vale, na tentativa de ainda encontrar algo que lhe mostrasse uma direção. O sol agora já estava todo à mostra e bem posicionado. Auriél já sentia a boca seca e o estômago vazio; sua roupa secara totalmente. No bolso da calça feita por Brúhild, somente a insígnia que encontrara, nada que pudesse comer ou beber.

Depois de ter corrido e caminhado por horas, encontrou um pequeno córrego de água onde pôde matar sua sede. O córrego era tão fino, que teve que cavar um pouco mais para que suas mãos, ainda que pequenas, pudessem entrar e conseguir levar um pouco de água à boca. Não parecia nascer em alguma fonte próxima, e, sim, vir de resquícios da chuva forte da noite passada. Depois de matar a sua sede, continuou seu incerto caminho, só que já não corria mais. Estava muito cansado e faminto; seus pés doíam tanto quanto seu estômago vazio. Caminhou e caminhou na direção sul. Suas vistas já se embaralhavam quando ele forçava o olhar para o horizonte. Seus passos ficavam ainda mais pesados.

O ocaso já se aproximava e nenhum sinal de vida cruzara o seu caminho, até que afundou um dos pés naquilo que parecia um rastro. Imediatamente despertou do estado de delírio de fome e sede.

Era rastro de muitas pegadas de cavalos e rodas de carruagem marcadas na grama escurecida e morta que vinha do centro-leste e seguia para o oeste. Ao olhar para o centro-leste, só conseguiu avistar ao longe colinas e mais colinas; virou-se para o oeste e lhe pareceu mais próprio para seguir. Então, decidiu seguir o rumo que os cavalos e as carruagem tomaram quando passaram por ali. Seguiu em direção ao oeste, caminhando por cima do gramado carimbado por pegadas fortes e rodas largas.

E então anoiteceu. A lua reaparecera, colocando-se no suprassumo do céu, entre poucas nuvens acinzentadas e estrelas reluzindo.

O vale, antes iluminado pelos raios de sol, era abrilhantado pela luz prateada que a lua lançava para baixo. Auriél já tinha andado bastante quando decidiu parar e procurar, na noite, um lugar para dormir próximo ao caminho que seguia. O garoto não queria ficar longe demais dos rastros, para o caso de outro viajante, em seu cavalo ou carroça, poder vê-lo. Sobre um arbusto, que julgara ser o mais confortável dentre os que encontrou, deitou-se de barriga para cima. Estava tão cansado, que o sono o tocou de imediato.

Sonhos terríveis voltaram a assombrá-lo. Ora os cavaleiros montados em cavalos pretos, usando suas armaduras de ferro enferrujadas e tão trancafiadas que mal podia identificar seus rostos; ora o rosto de seu pai, Albertus, dando-lhe conselhos, ou de sua mãe, Agnes, dando-lhe aqueles abraços protetores e carinhosos que só ela sabia dar. A fuga com sua irmã no colo também se misturava e, dentro dos sonhos, sua fuga por entre os corredores de rochas.

Ao longe, enquanto sonhava, algo ou alguém começava a chamá-lo não pelo seu nome, mas cada vez mais forte, e mais forte, até que, em um susto, despertou, dando um grito.

– Acalme-se! Acalme-se, garoto! – disse uma voz grave de homem.

Auriél estava cercado por cavaleiros montados em seus cavalos e vestidos com armaduras prateadas com detalhes dourados. Os cabelos escuros e compridos saíam por baixo do elmo dourado até os ombros; no peito e escudo, uma insígnia com o desenho de duas espadas em aço negro se encontrando. Sobre as espadas, uma coroa dourada que reluzia sob a luz das tochas que alguns traziam nas mãos para iluminar a noite. Seus cavalos eram grandes e robustos; pareciam o alazão de Abraminir, bem equipados com o mesmo material dos que os montavam.

– O que faz um garoto da sua idade jogado aqui neste lugar de ninguém? – perguntou o mesmo homem de voz grave. – Esses caminhos são cheios de larápios e vagabundos, muito perigosos para um garoto da sua idade. É um vagabundo, garoto? Um ladrãozinho?

– Não, não sou, não, senhor! – respondeu Auriél.

– Então o que faz jogado aí no chão sozinho? – perguntou o mesmo homem. – Dormindo sobre arbustos e exposto na noite fria? Responda!

– Estou perdido! Eu me perdi – disse ele.

– De onde você vem, garoto perdido? E como se chama? – perguntou o homem.

Auriél pensou e não respondeu de imediato. Talvez não fosse uma boa ideia dizer para aquele homem comprido, de rosto fino e olhos claros, tudo o que passara. Ocultar algumas partes ou até mesmo inventar outras talvez fosse mais prudente para a sua própria segurança e para a segurança de sua irmã, o elo nascido.

– De onde vem, garoto perdido? E como se chama? – tornou a perguntar o homem, dessa vez desembainhando sua espada e apontando na direção do garoto, querendo fazê-lo responder.

– Ro... Ro... Rosmarinus Azuis! – gaguejou ele.

– Rosmarinus Azuis? – repetiu o homem. – Ah, sim! O vilarejo de camponeses. Conheço. Mas está a léguas de distância. O que faz tão longe das suas terras? Por acaso um vento forte de tempestade trouxe você para cá?

– Vim trazer uma encomenda... de flores para um comprador que as havia encomendado – mentiu Auriél.

– E onde está a encomenda? – perguntou o homem, ao olhar para os lados e não ver nada.

Novamente, Auriél pensou e não respondeu de imediato. E isso irritava o homem comprido.

– E onde está a encomenda? – voltou a perguntar o homem, aproximando ainda mais a espada do rosto do garoto. Chegou tão perto, que Auriél pôde notar quão refinada e reluzente ela era. Nunca tinha visto uma com aqueles detalhes nobres.

– Fui... Eu... Eu fui roubado – gaguejou outra vez.

O homem guardou a espada novamente e resmungou:

– Malditos ladrões, vermes das estradas, parasitas sem honra!

Logo em seguida, estendeu a mão para o garoto, sem descer do cavalo. Auriél, agora de pé, conseguiu contar os cavaleiros que acompanhavam o homem que o acordara. Seis na frente e seis atrás; entre eles, outro homem que não usava as mesmas armaduras, apenas roupas comuns de pano e couro, e guiava uma carroça grande puxada por dois asnos. Sobre ela havia enormes sacos amarrados empilhados.

– Onde aconteceu o roubo? – perguntou o homem. – Aqui perto?

— Não, não. Mais para lá — respondeu Auriél, apontando para o centro-leste, sem rumo algum. — Larguei a encomenda e fugi. Estou voltando por esta trilha com a intenção de encontrar outra que me leve de volta para casa.

— Corajoso da sua parte, garoto perdido! Porém, é tolo da parte de seus pais o mandarem para terras tão distantes — disse o homem.

— Não tenho pai, nem mãe. Vivo com um velho senhor agricultor que me adotou desde pequeno e trabalho para ele — mentiu outra vez, só que agora os olhos se encheram de lágrimas verdadeiras.

Auriél sentiu novamente a amargura da dor de ter perdido os pais. Mas, antes que qualquer lágrima escorresse pelo rosto, esfregou os olhos e engoliu em silêncio.

— VAMOS EMBORA, NÃO TENHO A NOITE TODA! — gritou o homem que comandava a carroça, com uma voz de bêbado.

— Cale a boca, bêbado! — disse o cavaleiro que interrogava Auriél.

O carroceiro deu um último gole em sua bebida e apagou, inclinando-se para trás sobre os enormes sacos. Caiu em um sono profundo, deixando até a bebida escapulir de sua mão para fora da carroça.

— Ele apagou, senhor — informou um cavaleiro àquele que conversava com Auriél. — Vamos precisar de alguém para tomar as rédeas da carroça se quisermos chegar ao amanhecer ao porto central.

— Maldito bêbado! Deveria deixá-lo aqui à própria sorte — disse ele, irritado. — Esterco humano! Aposto mil moedas de ouro que não faria falta a ninguém.

— Eu posso guiar a carroça se o senhor deixar — disse Auriél. — Guiarei até encontrar à frente alguma rota que me leve de volta para casa.

O senhor dos cavaleiros pensou e disse:

— Bom, penso eu que há uma rota, sim. Uma rota que pode levar você de volta para o Vilarejo Rosmarinus Azuis, passando a Ponte Torta, que nunca cai, na rota leste. Na encruzilhada na Floresta do Alento. Vamos passar por lá. Ainda faltam muitas léguas até chegarmos às bordas desse bosque. Consegue aguentar a noite acordado como se fosse dia, garoto perdido?

— Sim! Consigo, senhor! — respondeu.

— Ótimo, então tome as rédeas da carroça — ordenou o chefe dos cavaleiros. — A propósito, não me falou o seu nome. Como você se chama?

— Hob. Eu me chamo Hob — mentiu outra vez.

— Pois bem, Hob, o garoto perdido que dorme sobre arbustos. Olhos atentos na estrada e não durma. Temos que chegar ao porto central até o amanhecer... Se bem que, com esse contratempo, vamos nos atrasar um pouco — disse o cavaleiro. — Eu me chamo Temur. Terceiro chefe das ordens dos cavaleiros das terras douradas de Mahabá, e esses são alguns de meus homens, sob meu comando.

Auriél, cumprimentando os outros homens de armadura, seguiu para a carroça. Sem dificuldade alguma subiu nela e se apossou das rédeas, já pronto para partir a qualquer sinal do cavaleiro chefe.

— Mark, dê um pouco de mel para o garoto, para que tenha energia durante a noite — ordenou Temur a um dos seus homens. — Beba, garoto perdido. Vai ajudar um pouco durante o longo caminho. E tome conta desse bêbado ao seu lado. Certifique-se de que ele não caia da carroça e acabe nos causando mais atrasos.

— Sim, senhor! — respondeu Auriél.

Por fim partiram, em passos longos, rumo ao oeste, pelo vale de solo denso e grama baixa, pelas rochas e árvores que de quando em quando encontravam no caminho. Mas sempre seguindo a trilha já marcada por outros viajantes daquelas terras. As tochas de fogo amarelo-azulado levadas por alguns dos cavaleiros para iluminar o caminho não se apagavam nem com o murmurar frio do vento; dançavam, mas não minguavam. Eram alimentadas por uma espécie de gordura ou óleo escuro que parecia não findar.

11 Cochichos sobre reinos distantes

— Caso queira um pouco mais de mel, tenho aqui – disse Mark a Auriél ao perceber que vez ou outra o garoto bocejava e esfregava os olhos. Um sinal de quem já estava sendo vencido pelo cansaço.

— Se houver mais, e não for lhe fazer falta, eu agradeço – respondeu Auriél. – Não sei o que é dormir direito há um bom tempo.

Recebeu novamente do cavaleiro seu odre com mel. Tomou sem nenhuma cerimônia. Os lábios ainda ressecados deleitavam-se em algo que o hidratava. Queria mesmo era água ou algo mais sólido para comer, mas, para não ser visto como um possível estorvo, julgou melhor não pedir mais nada. O certo era ficar calado e acordado.

Vez ou outra a conversa baixa dos cavaleiros que vinham atrás lhe roubava a atenção, fazendo-o até desviar levemente da estrada.

– Sim, eles foram mortos em uma possível emboscada fora de nosso reino, em um casebre afastado da cidade, além da Curva do Ouro, abaixo do Grande Rio, onde vivos navegam de dia e mortos vagam à noite. Não sei nada sobre isso ainda! Mas o que eu sei é que os dois tiveram uma morte feia. Os senhores que os acompanhavam também – cochichava um dos cavaleiros atrás.

– Eu ouvi dizer que ela estava grávida! E que morreu no dia em que a estrela da desgraça reapareceu! – cochichou outro com a voz mais cheia de repulsa.

– Possíveis profanos do tratado, será? Não consigo acreditar! Sempre respeitaram o tratado, sempre respeitaram nosso povo – cochichou outra vez o mesmo cavaleiro anterior. – Mas, se essa for a verdade, tiveram o que mereceram. Nossos reis e rainhas devem respeitar as leis antes de tudo. As nossas leis, é claro. Mas uma coisa é certa: não foi a Ordem. O rei Grosda e a rainha Aldrea fazem parte do comando, não tramariam para eles mesmos.

Por um instante, Auriél pensou que era sobre seus pais que eles estavam cochichando, afinal não conhecia mais ninguém que tivesse o mesmo fim trágico que seus pais tiveram naquela noite fatídica. De vez em quando, desacelerava os asnos com um sutil puxar das rédeas, pois queria ouvir mais sobre o caso que envolvia a morte de um rei e de uma rainha.

– Mortos a mando de que reino? Elfos? Centauros? Homens de Barahankin? Ou do velho ganancioso que matou os próprios genitores para herdar com aguça o trono, Sir Viriato? – cochichou o cavaleiro da voz repulsiva. – Nada foi deixado, nada foi encontrado que pudesse mostrar algum caminho. Apenas os corpos reais e destroços dos nossos! Jogados ao chão em um velho casebre em poças de sangue, com cortes profundos por toda a carne. Foi o que me disseram. O funeral a uma hora dessas já deve estar acontecendo; suas carnes podres já devem ter virado cinzas. As honrarias devem ter sido ditas.

– Quem governará agora? Eles não tinham filhos; soube que ela tinha um problema de fertilidade. Tão bonita, porém vazia. E, se de fato estava grávida, esse seria o seu primeiro descendente, o primeiro herdeiro ao trono de Mahabá, depois deles – sussurrou ainda mais baixo o cavaleiro para o outro. – Se for verdade... Pobre criança... Conheceu a morte no seu primeiro dia de vida.

– É claro que quem vai governar agora é Roysealba, seu idiota – cochichou o cavaleiro. – É a única na sucessão ao trono, irmã do falecido rei. Mas antes terá de se casar, é claro. Conhece os decretos do nosso reino ou esqueceu, cavaleiro? Rei ou rainha só são reis e rainhas quando em comunhão unirem suas carnes com aquele que governará o sul, enquanto o outro governar o norte! Se não fosse tão pálida e branca, eu me casaria com ela. – Riu em seguida com desdém.

– O que há de tão engraçado nesta noite fria que os faz rir aí atrás? – manifestou-se Temur, o chefe dos cavaleiros, à frente, fazendo-os calar de vez. – Atentem-se à estrada. Não estão aqui a passeio ou festividade. Deixem as risadas para uma hora mais apropriada. – E completou, direcionando-se a Auriél: – Tudo bem aí, garoto perdido? O bêbado ainda não acordou ou vomitou em você? Mantenha as rédeas firmes nas suas mãos pequenas. Temos ainda muita estrada pela frente.

E continuaram rumo ao norte, dobrando ao longo dos pés de grandes encostas de rochas, onde o verde era mais escasso e os tons cinza e avermelhado das rochas eram abundantes. O sol já começara a reaparecer, dando início a um novo dia. Os primeiros raios refletiam nos topos das encostas. Abaixo, a bruma leve da manhã aos poucos se desfazia. Tochas eram apagadas por seus cavaleiros ao longo do caminho; já não tinham utilidade pela manhã.

– Água, água, água – pediu o homem bêbado, despertando do seu sono pesado.

– Senhor Temur? Senhor Temur? – chamou Auriél o chefe dos cavaleiros. – Ele está despertando! Ele está despertando! E está pedindo água, acredito.

– Se ele tiver trazido alguma, então dê a ele – respondeu o chefe dos cavaleiros, sem nem ao menos olhar para trás e dar atenção aos chamados do garoto. – Se eu pedir um copo de alguma bebida quente para animar o meu corpo nesta manhã que se inicia, alguém aqui vai parar para me entregar? O que nós precisamos, nós trazemos conosco, garoto perdido.

Então Auriél, com uma das mãos, com um olho à sua frente e outro vasculhando entre os pertences do bêbado, buscou por alguma coisa que pudesse conter água, ou qualquer líquido que fosse, para entregar ao homem comprido, barbudo e grisalho que murmurava ao seu lado.

– LADRÃOZINHO! – Despertou o homem, agarrando o braço de Auriél, que vasculhava suas coisas. – Peguei você, seu ratinho! Queria roubar o meu vinho, não é? Mas eu te peguei!

Auriél levou um susto com a carona do homem em cima dele e os olhos esbugalhados e claros encarando-o.

– N... N... Não, senhor! Eu não estava roubando, senhor! Só queria encontrar água para lhe entregar! – disse Auriél, assustado.

A carroça parou abruptamente. Os cavaleiros que acompanhavam também pararam, puxando as rédeas bruscamente com o susto que levaram depois do grito do homem.

– Saia de cima do garoto, seu bêbado! – vociferou Temur ao dar meia-volta, e em dois galopes longos chegar até eles. Com um puxão, tirou o homem de cima do garoto. – Feche essa boca fedorenta! Quer chamar atenção de ladrões das redondezas?

– Mas esse ratinho estava me roubando! – disse o homem. – Eu o peguei remexendo as minhas coisas. Aposto que queria roubar o meu vinho.

– Não! Eu só queria encontrar água para entregar a ele – disse Auriél a Temur. Logo em seguida se virou para o carroceiro: – Você estava pedindo água, não lembra?

– Não, eu não me lembro! – respondeu o homem, ainda sendo segurado firmemente pelas golas por Temur. E continuou esquadrinhando o garoto: – E como você veio parar aqui do meu lado? Que ventos entre as encostas o trouxeram sem eu ver?

– Cale essa maldita boca! Se você passasse ao menos uma parte do dia sóbrio, saberia o que acontece ao seu redor! Este garoto fez o seu serviço em horas melhor do que você vem fazendo em anos – disse Temur, ainda irritado, aproximando seu rosto bravo ao do homem e logo em seguida largando-o com um empurrão para trás. – E, agora que já acordou, atente-se ao seu serviço. Já tivemos muitos contratempos durante esta missão.

O homem pegou das mãos de Auriél as rédeas e, pela cara que fez, não gostou do sermão que havia acabado de receber do chefe dos cavaleiros. Ainda resmungou baixinho para si mesmo as últimas palavras ditas por ele.

Antes mesmo que pudessem partir novamente, um vento suspeito soprou ao ouvido de Temur. Se houvesse por ali pássaros ou qualquer tipo de animas pequenos que voam, com toda certeza eles teriam batido suas asas e voado para longe.

O cavaleiro-chefe, com um sinal sutil de mão, pediu que fizessem o mínimo de ruído possível. Todos obedeceram, até mesmo o homem bêbado, que aparentemente não era do tipo de receber de bom grado uma ordem. Os olhos varriam as encostas de rochas de tons cinza e avermelhado, agora mais vivas que antes, pois o sol já penetrara nelas devidamente.

ZUUUUUP! Uma flecha saiu assobiando e cortando o vento, desferida do alto das encostas e atingindo o ombro esquerdo do carroceiro.

– AAAAAH! – gritou ele de dor, ao ser atingido. – LADRÕES NAS ENCOSTAS!

Logo em seguida, mais flechas começaram a ser lançadas em suas direções e homens maltrapilhos e magros desceram as encostas por todos os lados, empunhando espadas velhas e enferrujadas.

– Protejam-se embaixo da carroça! – disse Temur para o carroceiro ferido e para Auriél.

Os dois obedeceram de imediato. Jogaram-se para baixo por entre as rodas grandes de madeira e ali ficaram. Os cavaleiros, agora com espadas e escudos em mãos, enfrentavam os maltrapilhos com armas visivelmente inferiores às deles. Entre golpes impiedosos de espada, derrubavam um a um. Auriél ficou assustado, porém muito impressionado; nunca tinha visto uma batalha daquelas, cheia de movimentos rápidos e bem pensados por parte dos cavaleiros de Mahabá. Suas espadas bem trabalhadas e polidas reluziam riqueza ao resplandecer do sol. Seus escudos eram firmes e ao mesmo tempo leves; nada ficava de pé diante de sua potência. Os maltrapilhos estavam em maior quantidade, mas perdendo a batalha ao pé das encostas. Aqueles que ousaram descer as encostas para enfrentar os cavaleiros ficaram ali mesmo; receberam a desgraça através dos golpes sagazes, sem piedade ou misericórdia. Já os poucos que lançavam suas flechas lá do alto, sem conseguir acertar mais nenhum homem, fugiram.

A batalha inesperada terminou. Agora, aos seus pés, havia apenas cadáveres daqueles que ousaram cruzar seus caminhos. Nenhum homem de Temur fora ferido, nem mesmo os cavalos, exceto o carroceiro, que, ao perceber que a batalha havia terminado, pôde sair de onde estava, xingar e gritar de dor. Amaldiçoou o vento, os mares e até a carroça que lhe serviu de abrigo.

– O ferimento é grave, melhor não tirar a flecha até que cheguemos a Mahabá – disse Mark, um dos homens de Temur, ao avaliar o machucado de perto enquanto o carroceiro se debatia no chão. – Acalme-se! Acalme-se! Se você ficar se debatendo assim, pode acabar agravando ainda mais o ferimento.

– Coloquem-no de volta na carroça – ordenou Temur. – Vai sobreviver. Para a felicidade de quem, eu não sei. E você, garoto perdido... Seus serviços pelo visto serão estendidos.

Dois cavaleiros ajudaram o carroceiro a subir novamente na carroça depois de terem quebrado a haste longa e fina da flecha que ficou para fora. Deixaram ali mesmo a parte que entrou profundamente, para estancar o ferimento. Auriél subiu logo atrás; apossou-se das rédeas outra vez a mando do chefe dos cavaleiros.

– Vamos! Vamos! Depressa! – disse Temur, já montado em seu cavalo. – Vamos sair destas terras antes que aqueles desgraçados voltem com mais de suas laias. Isso se quiserem provar do fino gosto de minha espada outra vez.

Enfim, partiram. Agora, distanciando-se das encostas a cada passo largo que davam. Decidiram acelerar a marcha para chegar logo ao destino desejado: a encruzilhada, para Auriél, que seguiria para o Vilarejo Rosmarinus Azuis; e o porto-central no Grande Rio Divisor, para os cavaleiros que seguiriam sua missão.

12 Uma ponte muda tudo

Mergulhavam em bosques profundos pelo caminho já marcado, rumo à direção norte. Por ali as árvores eram mais altas, de tronco comprido, cascas grossas e escamosas; eram pinheiros escuros e robustos. Aos seus pés, o chão era arenoso e úmido, porém plano, sem tantas rochas, e as poucas que encontravam no caminho eram pequenas e cobertas por musgo. À frente, mais além do bosque, surgiam sobre os pinheiros mais distantes os pontudos, rochosos e brancos picos de altas montanhas. Auriél ficou impressionado com tamanha grandiosidade. Nunca vira vasta cadeia de rocha ou algo parecido. *Provavelmente levaria dias e dias para chegar ao pé daquela suntuosidade*, pensava ele.

– Bonito, não é? – falou o carroceiro, puxando uma conversa com Auriél, referindo-se às montanhas distantes.

Auriél conseguia ver no rosto do homem seu aborrecimento. Falando por falar, para afastar o tédio. O vinho, que o ajudava nisso, já havia acabado.

– Olhando daqui, parecem inocentes, calmas e belas. Boas para tirar um descanso ou para fazer um passeio relaxante – continuou o homem.

– Sim, são muito bonitas – concordou Auriél.

– Pois não se engane, garoto, com a falsa beleza daquele lugar – disse o carroceiro. – A escuridão e a morte vivem naquele lugar, à espreita, silenciosas, só esperando um tolo que ouse passar por lá. Digo, isso se chegar até lá, é claro! O velho mundo não é confiável.

– São as cavernas de Crulon? – falou Auriél. – Lugar sinistro, onde nem a luz do sol consegue penetrar? Disseram-me que é o aposento da morte. Nada cresce lá. Só quem consegue viver e sair vivo são seus gigantes e horrendos moradores, criaturas do submundo, famintas por sangue fresco e quente.

– Não, não, não – respondeu o carroceiro, com intensidade. – Elas estão muito além das cavernas de Crulon. Estão à beira do fim do mundo, foram o berço das primeiras raças, foram o palco da queda do Rei Oculto no passado. Dizem que é lá, entre seus paredões de rochas, que está o trono forjado em mármore rubro na alvorada da existência por raios e relâmpagos que desceram dos céus, para que o elo nascido sob o brilho da estrela reinasse. Conhece essa história, garoto? Já ouviu falar dos elos entre homens e animais?

Auriél pensou e não respondeu de imediato. Outra vez achou melhor ocultar o que sabia para proteger sua vida e a de sua irmã, já que ele não fazia ideia do paradeiro da menininha.

– Não, senhor – respondeu. – Nunca ouvi falar de tal história. Só conheço as histórias de meu povo, dos lagos e campos que nos cercam, das aventuras dos camponeses do passado e das que o velho agricultor para quem trabalho me conta.

– E seus pais? Não lhe contam histórias? Nunca lhe contaram algo parecido? – perguntou o carroceiro. – Das guerras e batalhas do passado?

Do Rei Oculto que quase acabou com nosso mundo? Das trevas que se levantaram em seu nome? Nunca ouviu falar dessas histórias?

– Não, senhor – respondeu. – Não tenho pai, nem mãe. Sou órfão. Vivo com um velho senhor agricultor que me adotou desde pequeno. As poucas histórias que ouço são sempre sobre o meu vilarejo, ou nosso povo. São as únicas que ele me conta. Histórias de camponeses, apenas.

– Bom, sendo assim, conte-me uma história de seu povo. Vai ajudar a passar o tempo. Ainda temos muita estrada pela frente – disse o carroceiro. – Talvez um pouco de história de camponês me faça esquecer a dor desse ferimento. Malditos ladrões nas encostas!

Auriél engoliu em seco: não sabia o que dizer ou por onde começar, pois nunca ouvira de fato uma história de seu povo – não porque seu pai ou sua mãe não tivessem contado a ele, e, sim, porque não existiam. Eram um povo pacato que vivia em um vilarejo tranquilo. Nunca haviam participado de alguma guerra ou minúscula batalha que fosse. As únicas de que tinha conhecimento foram as que Brúhild, a mestiça, havia mencionado, ou as que folheara no livro do velho mágico intitulado *Filhos da Estrela do Renascimento: os elos dos séculos de acordo com a ordem cronológica da criação*. Mas nada relacionado ao seu povo que pudesse contar ao carroceiro para entretê-lo.

– Vamos, conte-me – insistiu ele. – Conte-me os feitos e as glórias de seu povo. Eu gosto de ouvir uma boa história. Se for de guerra, melhor ainda! Vou fechar meus olhos enquanto você conta.

– Não está com fome? – desconversou Auriél, que estava de fato morrendo de fome. – Estou guiando esta carroça por horas. Não comi nada, nem bebi também. Estou faminto. Vamos comer alguma coisa, forrar o estômago, aí conto quantas histórias quiser sobre meu povo.

Pela primeira vez, o carroceiro parou e analisou Auriél dos pés à cabeça. O garoto estava pálido, com uma aparência doentia, os lábios rachados e os olhos fundos. As roupas que trajava, agora sujas e alargadas, pareciam as dos ladrões das encostas.

— É, você está péssimo mesmo. Está precisando se alimentar e tomar um bom banho. Se eu me ajeitar aqui, acho que consigo guiar com uma mão a carroça enquanto você come e bebe alguma coisa. Dê-me as rédeas – disse o carroceiro, tomando o controle da carroça. – Aí atrás de você, dentro desses sacos, tem peixe seco, e talvez eu tenha um pouco de água e pão dentro da minha bolsa. Pode comer.

Auriél abriu um dos grandes sacos que havia na carroça, carregados de peixes ressecados ao sol. Brúhild nunca lhe ofereceria peixes para comer e, se o visse comendo, daria uma bronca.

O cheiro que subiu beijando seu nariz não foi nada agradável: tão forte, que quase o fez vomitar o suco gástrico. Mas o gosto era excelente para quem não comia nada havia quase dois dias. Não soube dizer que tipos de peixes eram aqueles e, para falar a verdade, nem se importava. A fome gritava mais alto que a preocupação de saber o que estava comendo. Com a ajuda da pouca água que encontrara na bolsa do carroceiro e do pão endurecido pelo tempo, ele empurrava as lascas de peixe seco goela abaixo.

— Calma, garoto. Vai acabar se engasgando – disse o carroceiro. – A comida não vai lhe escapar das mãos. Garanto a você que os peixes não estão mais vivos. Tome cuidado com as espinhas. Comendo desesperado desse jeito, pode acabar engolindo uma sem perceber.

— Desculpe – disse com a boca cheia.

— Afinal de contas, como você se chama? – perguntou o carroceiro. – Estamos aqui, lado a lado, viajando por horas, e ainda não sei como se chama! O chefão ali chama você de *garoto perdido*, mas esse não é o seu nome, ou é?

— Auri... Hob! – embananou-se Auriél, mas reparou a tempo.

— Aurihob? – indagou o carroceiro. – Que nome esquisito você tem... Todos no vilarejo onde você mora têm nomes esquisitos assim, garoto?

— Não, senhor, meu nome é só Hob! – disse Auriél, engolindo com força o que tinha na boca para reparar o erro cometido. – Eu me chamo

Hob. O senhor dos cavaleiros só me chama de *garoto perdido* porque, quando ele me encontrou, eu estava dormindo numa moita na estrada depois de ter vagado à procura da minha casa. Fui levar uma encomenda a mando do velho que me adotou, mas acabei sendo roubado na estrada. Levaram tudo. Por sorte, consegui escapar. Agora estou aqui pegando uma carona até a encruzilhada que o senhor Temur disse que me levaria até Rosmarinus Azuis.

– Malditos ladrões das estradas – irritou-se o carroceiro. – Não perdoam nem crianças! Amaldiçoados sejam!

Auriél tranquilizou-se, pois conseguiu enganar outro desconhecido com sua farsa e se livrar de uma possível ameaça. Pôde presenciar de perto o que aqueles cavaleiros eram capazes de fazer com quem se atrevesse a cruzar seus caminhos. E, como ouvira coisas horrendas de um dos cavaleiros na noite passada sobre "profanos do tratado", não queria ter o mesmo fim que aqueles que ousaram desrespeitar o tratado.

– Eu me chamo Vasko – disse o carroceiro. – Nascido em Mahabá, mas fui encarregado de comandar a zona costeira do rei Grosda, ao sul, de onde estamos vindo. Comando aquele lugar há vinte terríveis anos, mas hoje, meu amiguinho, é a minha viagem de volta para casa. O rei foi morto em uma terrível emboscada com sua mulher, a rainha Aldrea, que nossos deuses os tenham. Guarde minhas palavras: é o novo rei de Mahabá que viaja ao seu lado!

Auriél novamente ficou em silêncio, pensando no que o carroceiro acabara de dizer. Poderia ser mais uma conversa de um bêbado afundado na própria desgraça. Mas nos seus olhos havia um brilho diferente agora, um brilho astucioso, que o garoto não havia percebido.

– Leve um pouco de peixe seco para comer no caminho – Vasko recuperou a conversa, depois do breve silêncio. – A sua caminhada ainda será longa depois da encruzilhada. Vai sentir fome até chegar ao seu destino.

– Posso? – perguntou Auriél.

– Pode, garoto! Encha os bolsos! – respondeu ele. – Tanto tempo comendo e sentindo o cheiro desses peixes, que o que mais quero é me livrar deles o quanto antes!

Assim o fez: começou a encher os bolsos de peixes. *Provavelmente demoraria dias para que Brúhild tirasse o cheiro forte daquelas roupas*, pensou ele. Mas seria uma questão que ele resolveria mais tarde. Queria mais era não passar fome durante sua caminhada. Depois que encheu um bolso, começou a encher o outro. Porém, em um descuido, acabou deixando a insígnia que trazia dentro do bolso pular para fora, indo parar aos pés do carroceiro.

– Onde encontrou isso? – indagou o carroceiro ao pisar com a ponta dos pés no objeto, impedindo que caísse para fora da carroça.

– Eu... Eu... Eu... – gaguejou Auriél, sem conseguir completar uma frase.

– Tome! Segure agora as rédeas – disse ele, entregando-as de volta a Auriél, e logo depois pegando, com a mão que antes guiava, o objeto aos seus pés. – Uma insígnia dos antigos anões mineradores de Randel! Como um garoto de um vilarejo tão distante das minas de Randel, abaixo da grande floresta do leste, pode ter uma coisa dessas?

– Eu... Eu... Eu... – Auriél continuou sem conseguir completar uma frase.

– Por quais estradas e lugares você andou perdido, garoto? – indagou Vasko, fitando-o. – Tem certeza de que andou somente pelas estradas onde roubaram você? Não há mais lugares que você acabou se esquecendo de mencionar?

– Sim, sim! Foi isso mesmo! Quando levaram tudo o que eu tinha, os ladrões das estradas acabaram deixando isso cair. Nem sei o que é. Apenas juntei porque pensei ter algum valor; pensei que pudesse vender ou trocar por algo útil para mim no vilarejo. – Enfim, conseguiu dizer algo.

Novamente aquele brilho astucioso... O carroceiro o fitava sem desviar o olhar.

– Bom, sendo assim, acabou de trocar pelos peixes! – disse Vasko dando uma risada desdenhosa, e continuou: – Esta insígnia pertence a um povo que há muito tempo fornecia armas para nós em troca do único metal que não conseguiam encontrar em suas terras: ouro. Suas riquezas eram limitadas ao seu metal menos valioso e a gemas que conseguiam encontrar nas cavernas de rochas, abaixo daquela floresta inabitada ao leste. Então, comandados pelo seu soberano, Randel, decidiram invadir nossas terras e roubar nosso ouro. Mas só receberam morte e dor vindas das espadas que eles mesmo produziram para nós. – Riu outra vez, desdenhoso. – Vou guardar isto como a lembrança de mais um tempo vitorioso de nosso povo.

Auriél, por mais que tivesse algum tipo de apego pelo objeto que encontrara, achou melhor não contradizer o carroceiro, exigindo-o de volta. Preferiu colocar uma pedra sobre a vontade de tê-lo e voltou a encher os bolsos com peixes para sua viagem.

Ainda por entre os pinheiros grandes de folhas escuras, porém já dentro da influência do Bosque do Alento, Vasko, o carroceiro, puxou o cântico de Mahabá. A cada frase cantada, os cavaleiros o acompanhavam como em um coral, esquecendo suas possíveis divergências. Suas vozes graves ao desenvolver do cântico aos poucos revelavam honra e vanglória. Cantavam assim:

Não vão matar nossos sonhos,
Não vão roubar nossa glória,
Não vão tirar o que é nosso,
Não vão tirar a vitória!

Nossas muralhas são imponentes,
Erguidas com rochas.
São firmes, não tremem!
O nosso metal é moldado para a guerra,

Não nos desonra.
Não racha, não quebra!

Do fogo herdamos tesouros,
Do fogo fizemos herança,
Do fogo teremos herdeiros,
Do fogo teremos bonança!

Nossas muralhas são imponentes,
Erguidas com rochas.
São firmes, não tremem!
O nosso metal é moldado para a guerra,
Não nos desonra.
Não racha, não quebra!

Hôoo, Mahabá, de braços valentes você se fez.
Hôoo, Mahabá, erguida no norte por nossos reis.
Hôoo, Mahabá, conquistas e glórias para o seu povo.
Hôoo, Mahabá, feita de casta, guerreiros e ouro.

Nossas muralhas são imponentes,
Erguidas com rochas.
São firmes, não tremem!
O nosso metal é moldado para a guerra,
Não nos desonra.
Não racha, não quebra!

A cantoria lhes invadiu o peito: alguns até empunharam suas espadas acima da cabeça. Cortavam o ar toda vez que rugiam o nome de sua terra, como se estivessem lutando com algum ser invisível. Para Auriél, não restou dúvida de que aqueles homens tinham muito orgulho de seu reino.

O sol agora já estava mais forte: colocou-se na posição de meio-dia; seus raios perfuravam as nuvens brancas e o topo das árvores, iluminando ainda mais o bosque de pinheiros. Viajaram por mais uma ou duas horas e enfim chegaram à encruzilhada. Mas foram surpreendidos por um grande movimento de homens que carregavam ferramentas, cordas e pilares de madeiras enormes com o auxílio de grandes carroças e bois.

– Que movimentação é essa aqui? O que está acontecendo? – perguntou Temur a um dos homens no meio do tumulto.

– A Ponte Torta da rota leste desmoronou! – disse o homem. – Houve um temporal muito forte, vindo do norte, eu acho. A ponte não resistiu aos ventos; boa parte que caiu no vazio do abismo está escura, com marcas de queimada. Tudo indica que foi atingida ao meio por um raio.

– Pelo fogo que herdamos! – exclamou Temur. – Achei que essa ponte nunca cairia enquanto eu vivesse. Ela é mais velha que os pais dos meus pais. Espero que isso não seja um mau agouro. Quanto tempo levará para refazê-la?

– Já enviamos comunicados para os reinos mais próximos. Esperamos que mandem homens para ajudar na reconstrução da ponte. Enviamos ao seu Rei também, mas só agora ficamos sabendo do falecimento dele e da esposa. Estamos ainda aguardando resposta – de quem quer que seja. Os únicos aqui são alguns homens de Barahankin, do Porto Central e, do outro lado do abismo, uns camponeses de cidades próximas – disse o homem. – Precisamos de mais quarenta ou cinquenta homens para terminar essa ponte em cem ou cento e alguns dias. Ainda há o problema do clima; fica perigoso trabalhar nessas condições com chuva forte sobre nossas cabeças.

– De acordo – consentiu Temur. – Assim que chegar a Mahabá, reforçarei o pedido.

E agora? Para onde irei? Se eu for largado aqui, não sei nem para onde ir! A rota leste, para o Vilarejo Rosmarinus Azuis, parecia ser uma boa alternativa para chegar à Floresta Baixa do Leste novamente, pensou Auriél.

– Sua parada foi estendida, garoto perdido – disse o chefe dos cavaleiros. – A ponte que levaria você para casa provavelmente só terminará de ser erguida no verão. Você tem duas opções: segue conosco e espera até a ponte ficar pronta para voltar ou volta por onde viemos, pegando outra rota que possa levá-lo para sua casa. Conhece alguma?

– Não, senhor. Não conheço nenhuma rota, somente essa que o senhor me indicou – declarou ele.

– Então encha seu peito de orgulho, garoto perdido. Pois entrará nas fortalezas de Mahabá! Poderá ficar no alojamento dos jovens aspirantes a cavaleiros até que a ponte fique pronta, e assim retornar ao seu vilarejo – disse Temur. – Mas vai pagar pela estadia. Não pense que vai ter vida mole de camponês. Lá há sempre serviços árduos para um garoto esperto como você.

Como não tinha alternativa e nem estava em posição de exigir nada, aceitou seguir com os cavaleiros para o reino do qual ouvira falar durante boa parte da viagem. A sua única preocupação ainda era com sua irmã: queria saber se estava bem e se voltaria a encontrá-la. Para protegê-la, continuaria mentindo sobre os reais motivos que o tinham colocado naquelas situações.

Seguindo novamente o chefe dos cavaleiros, desceram pela rota norte rumo às margens do Grande Rio Divisor. Não falaram mais nada até pisarem nas bordas do Porto Central. Ali, o movimento de barcos e navios era bem constante: pessoas de todas as idades e menos afortunadas faziam o serviço de transporte de cargas. Em meio ao populacho que vendia peixes, artesanato e legumes, recebendo algo bem abaixo do justo, os cavaleiros seguiram para um navio que os esperava. De longe, aquele era o navio mais requintado em meio a todos que havia ali. Então, quando os últimos viajantes autorizados embarcaram, ele partiu pelas águas verde-turquesa sob o céu azul e limpo. As terras do reino dourado eram o próximo destino.

Peço licença aos leitores deste livro, pois a partir deste ponto teremos que dar um salto no tempo, agora que os protagonistas desta história estão devidamente no lugar onde devem estar. Poderemos, assim, seguir a partir do ponto crucial. Mas vou resumir o que se passou durante esses anos, para que não se sintam perdidos de alguma forma nesta narrativa. Não deixem de acompanhar sempre pelo mapa. E lembrem-se: vocês são testemunhas desta jornada.

Treze anos se passaram depois daqueles acontecimentos reveladores e perigosos, das fugas, perdas e lutas. Rios antigos secaram, rios novos se formaram. Florestas foram desmatadas, outras poucas cresceram. Reinos poderosos aumentaram suas riquezas, porém a pobreza se alastrava na mesma velocidade. Os leões brancos de Sácrapa agora estavam em um número bem maior. Hiran e Hamo já tinham seu próprio clã. Os três leõezinhos filhotes de Sula, que se banquetearam ao lado de Laura, alimentados por Gália no dia da assembleia dos leões, cresceram e estavam jovens e fortes.

Depois de um período de secas extremas, fome e colapso da realeza, seguiu-se uma fase de estabilidade algum tempo depois que Roysealba, a rosa branca, e Vasko assumiram o trono de Mahabá. A partir dali, os dois novos reis restauraram a prosperidade de seu reino, protegendo e reforçando ainda mais suas fronteiras, aumentando suas produções agrícolas e de armas e tendo acesso a uma vasta riqueza de ouro anormal. Ganharam mais um título: ficaram conhecidos também como o reino da ourivesaria, por conta das esculturas realistas de ouro puro em forma de gente, bicho ou planta que ornamentavam os ambientes. Vasko, o carroceiro que virou rei, também ganhou um título: sestro dourado. Mas "o Incapaz" era como lhe chamavam os cavaleiros que não o respeitavam. Perdera o braço esquerdo após o ferimento infeccionar; foi preciso amputar, substituindo-o por um braço esculpido em ouro. Ele não morreu por sorte.

A insígnia que pertencia aos antigos anões mineradores de Randel e foi encontrada por Auriél passou a ser exposta no braço dourado como uma medalha de honra, como se fosse uma condecoração por algum ato de bravura ou coragem.

Temur se tornou o primeiro chefe dos cavaleiros, depois da morte dos dois primeiros em batalhas que se levantaram. Mark ganhou o posto de segundo.

E Auriél, que decidiu ficar por lá quando se permitiu participar do treinamento para os jovens cavaleiros, tornou-se o terceiro. Acabou ascendendo entre eles. Aos poucos foi crescendo e conquistando notoriedade a cada missão bem executada ao lado dos homens que ele comandava. Como terceiro cavaleiro-chefe dos reinos dourados, era conhecido como Hob, o Perdido. A antiga insígnia do reino, duas espadas encontrando-se sobrepostas por uma coroa dourada, parou de ser usada um ou dois anos depois que os novos reis foram coroados. Por determinação da rainha, usavam agora a insígnia com a figura de duas cabeças de dragões coroadas de dourado, entrelaçando-se.

A raça guerreira de centauros, conhecidos como filhos de Abner, o Defensor da Luz, formou uma grande potência. Governados por Slava, o Protetor da Adaga de Bronze, seus territórios agora abrangiam regiões do sul e do norte do Vale das Camélias. O império de Slava, que alcançou sua maior extensão, conflitava com os impérios de Xaviera, a Magnífica, e de Nahabuko, o Filho da Noite. Muito do que se sabe sobre suas batalhas internas tinha a ver com domínios de espaço e heranças supostamente roubadas. Não muito tempo depois, os filhos de Abner se lançaram rumo ao leste da Floresta Baixa, ampliando ainda mais seus territórios. Foram para lá ao chamado de Abraminir, formando uma aliança. E, agora, lutavam pela mesma causa.

Devido à pobreza, lançavam-se guerras constantes contra invasores que vinham do lado sul, abaixo do Grande Rio Divisor, transformando os homens do reino de Barahankin, o Desalmado, em ferozes e gananciosos guerreiros, notáveis por suas crueldades. O exército de Barahankin crescia em números absurdos. Diferentemente de outros reinos, eles tinham o costume de recrutar homens de outras terras. Inovaram na engenharia armamentista e começaram a recrutar gigantes de aparência grotesca, porém limitados de entendimento. Trazidos do longínquo Vale do Tamanho, eram usados como escravos de batalha. Os cavalos começaram a ser deixados de lado como puxadores de carruagens de guerra: os gigantes de quatro metros de altura tinham mais força e nunca se cansavam. Seu reino agora era tão poderoso quanto o de Mahabá. Suas construções eram gradualmente altas e pontudas, elevadas em rochas e ainda mais audaciosas. Como não tinham o brilho do ouro, investiam no que tinham para impressionar ou amedrontar quem ousasse tentar invadir seus domínios, em Sillutera.

Na contramão do crescimento de Mahabá e do reino de Barahankin, o reino de Sir Viriato, em Rilferin, não conseguiu acompanhar seus vizinhos. Aos poucos se afundava em pobreza e miséria sob o comando incompetente do rei. Por ter contraído uma aversão ao seu soberano, que só bebia e festejava, seu próprio povo, doente devido à escassez de comida e à água imprópria para o consumo, aos poucos abandonou o reino, que mergulhava na penúria. Os poucos que se rebelaram contra o reinante incompetente foram mortos por seu exército, que ainda permaneceu ao seu lado. Mas, apesar da resistência de boa parte do exército aliado, Sir Viriato acabou por provar grandes perdas: saques em seus domínios eram constantes, assim como a presença de rebeldes de outras regiões que incutiam desordem.

A Floresta Baixa do Leste pouco havia mudado. Suas árvores milenares eram capazes de suportar o tempo e as estações. Pouco se alterou desde que Abraminir fizera sua casa no topo da maior entre elas, e seria provável que pouco se alterariam até o último dia que ele vivesse ali.

Ele e a mestiça também não mudaram muito; ainda tinham as mesmas expressões nos rostos desde o início desta jornada. Já a pequena Laura e o pequeno Adrian cresceram e estavam jovens e espertos. Laura, bela e astuta, agora tinha cabelos compridos e pretos como ébano. Sua pele era alva; nariz e olhos como os de sua falecida mãe, Agnes.

Adrian se tornou um jovem rapaz valente de cabelos dourados, pele rosada e olhos claros. Os dois têm a mesma altura e disputam de igual para igual na força e na habilidade com arco, flecha e lança.

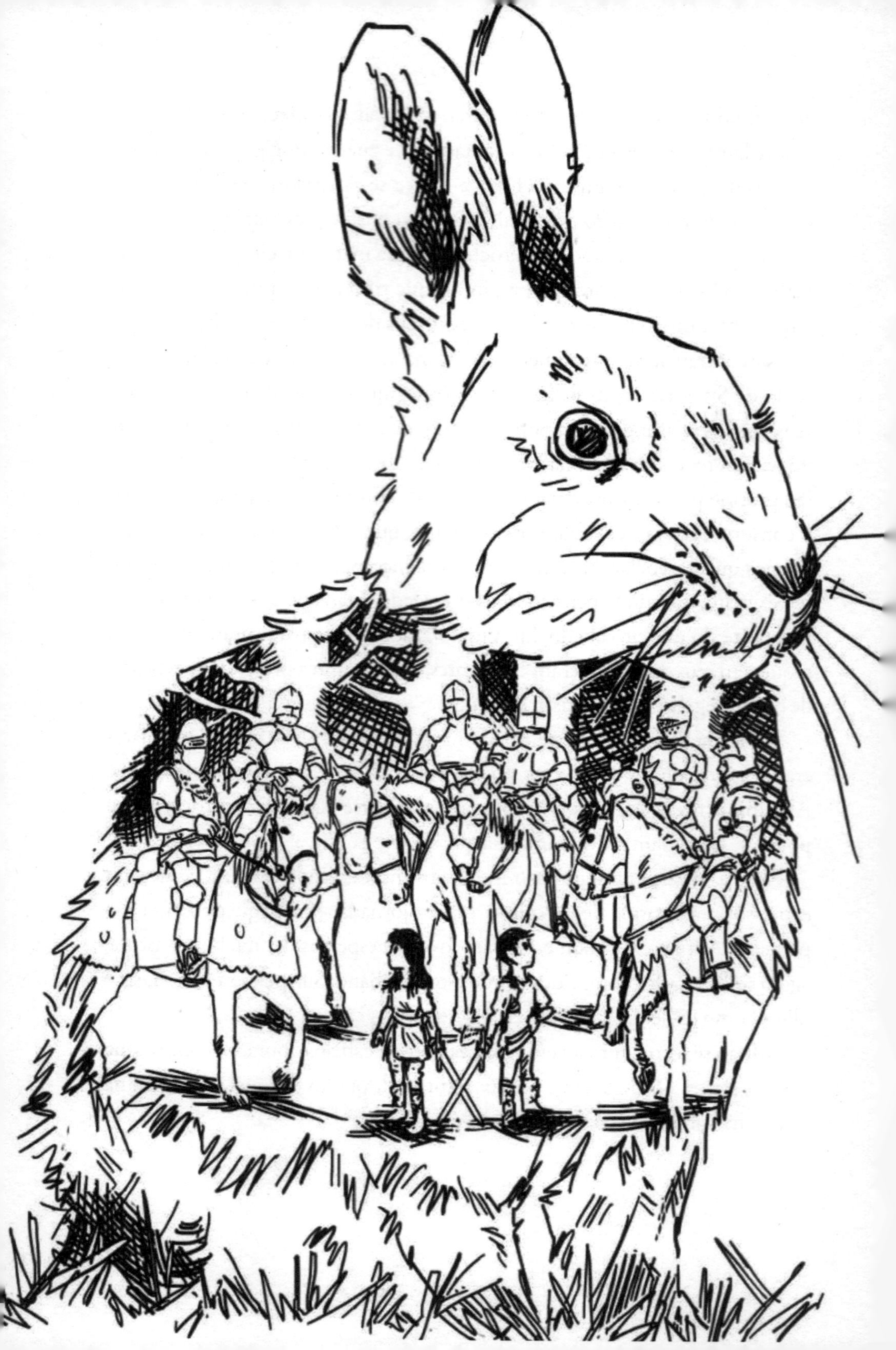

Parte cinco

Cavaleiros do Reino Dourado

13

Treinos com espada

Carregar a enorme responsabilidade de ser quem é: isso se fixava na cabeça de Laura durante todo o dia. Desde que passou a entender o que tal situação significava. Ela cercava-se disso. Seu propósito. A morte de seus pais e o desaparecimento de seu irmão eram um fardo, mas não costumava depositar esse peso sobre outros. Esse peso era dela, pertencia a ela. Porém, quem convivia com Laura e conseguia ler muito bem suas expressões sabia que ela tinha muitos interesses, e um deles era reencontrar o irmão.

– Laura, você busca pelo melhor para todos aqueles que arriscaram a vida para salvar a sua, e eu acho isso muito bonito – disse Sula –, mas não precisa se cobrar tanto. Você é tão especial para mim! E sei que para seu irmão também. Um dia ele vai voltar. Venha, vou contar a você mais uma história.

As histórias vividas por ela, ainda um bebê, e contadas por quem participou do enredo eram sempre bem-vindas. Adorava conversar com Sula sobre a batalha com os lobos e a reunião dos leões de Sácrapa para decidir seu futuro. Quanto mais conhecia a leoa, mais se achava parecida com ela; era firme em suas ideias, chegando a ser um tanto geniosa; mas, ao mesmo tempo, era doce e justa. O apreço por Sula era gigantesco. Com Brúhild, amava as narrativas do seu irmão que ela contava, de como ele era valente e esperto; de como havia ficado engraçado usando sua camisola e de como ele adorava usar o ampliador ocular: passava horas observando as estrelas. E sempre lembrava do amor incondicional que ele sentia e demonstrava pela irmã. Sobre seus pais, Albertus e Agnes, preferia evitar tocar no assunto. A morte dos dois era muito amarga, mesmo sabendo que o que fizeram foi para salvar sua vida e a do seu irmão desaparecido.

– Mantenha a guarda alta! Isso! Proteja-se. Agora use a espada! – dizia Angus, o mestre centauro guerreiro. – Ataque, ataque! Não tenha medo de avançar quando perceber que seu oponente está perdendo vantagem.

O tilintar de espadas ecoava entre as grandes árvores ancestrais da Floresta Baixa do Leste. Cercados por aqueles que assistiam à batalha, como cavalos, centauros e alguns leões brancos, além de Abraminir e Brúhild, Laura e Adrian participavam de um confronto cotidiano contra dois centauros jovens. Em um campo plano de grama baixa, dentro de um círculo de árvores, eles travavam o combate com muita habilidade. Cavalos relinchavam empolgados; leões e leoas rugiam juntos. Brúhild era a única que roía as unhas apreensiva e não dizia nada.

– Vão deixar esses filhos de homens vencerem vocês? Mostrem a eles como um guerreiro de verdade luta! – instigava Angus. – Avancem, avancem! Ataquem, ataquem! Quero ver guerreiros aqui neste círculo!

– Vamos, Laura! – dizia Sula. – Mostre para esse pernudo como se luta!

Uns torciam para os jovens humanos e outros para os jovens centauros. As torcidas eram variáveis e geralmente mudavam a cada dia; o importante era incentivar os jovens a se tornarem guerreiros o mais cedo possível. Era comum Abraminir não manifestar torcida alguma; ele apenas dava boas risadas e arregalava os olhos observando tudo do alto, sentado no ramo grosso de uma árvore, pitando seu cachimbo com fumo feito das folhas mais secas que alcançava aos arredores.

– Você perdeu! Eu venci! – disse Adrian, ao desarmar o seu adversário.

Agora só restavam Laura e o outro centauro. Mais golpes de espadas e saltos impulsionados por troncos de árvores que serviam como trampolim. Faziam a dança de batalha perfeita. As expressões de quem assistia mudavam a todo momento. Ora surpresa por um novo movimento impressionante, ora aflição por um golpe estancado. E, entre movimentos e mais movimentos, assim as espadas se encontravam. Até que...

– Você perdeu! Eu venci! – disse o jovem centauro ao desarmar Laura e deixá-la estirada ao chão.

Laura estava ficando muito boa na espada com os treinos que aconteciam frequentemente, mas desarmar um jovem centauro eufórico não era nada fácil; eles pareciam já nascer com espadas na mão e prontos para qualquer batalha.

– Não pense que eu vou deixar você vencer só pelo fato de ser quem você é – disse o jovem centauro à Laura.

– E eu não espero por isso, seu convencido! – retrucou ela. – Se sua espada fosse tão afiada quanto sua língua, ou tão rápida quanto seus julgamentos, eu estaria morta agora. O seu golpe de sorte lhe deu essa vitória hoje. Felicitações.

– Sorte ou não, eu venci! Tente amanhã – caçoou o centauro.

– Vencer tem o seu valor, mas o que tem valor para você pode, para mim, não ter valor algum, centauro. Então, como me vencer em algo que eu não valorizo, mas apenas executo? – disse Laura, amuada, ao chão.

De todas as armas que aprendera a usar, as espadas eram as únicas pelas quais Laura não demonstrava tanto apreço – fora por elas que seu pai e sua mãe foram mortos. Contudo, se tinha que aprender, fazia isso com o menor dos entusiasmos.

– Você valoriza a sua vida? – perguntou o jovem centauro. – Porque, se não valorizar, poderemos seguir sem propósitos e logo todos estaremos perdidos.

– É aí que está a diferença entre mim e você: você tem escolha; eu, não – disse ela. – E, como você tem uma escolha, pode valorizar aquilo que escolhe. Eu só executo! Minhas escolhas já foram terrivelmente traçadas.

– Pelos mantos cintilantes do Criador! Por que você simplesmente não aceita a derrota, Laura? – disse o centauro, ajudando-a a se levantar do chão e partindo para a comemoração.

– Muito bem, jovens. Estou muito impressionado com a evolução de vocês. Estão dominando a arte com as espadas na mesma velocidade que dominaram o arco e flecha e a lança – elogiou Angus. – Quando chegarem à maioridade, serão os de raça humana mais capacitados que já pisaram nos quatro cantos de toda a Terra Brava. O exército sob os seus comandos no futuro será triunfante.

– Obrigado, Sr. Angus – agradeceram, entusiasmados, os dois.

Mais um dia de treinamento se encerrava para os jovens guerreiros sob o comando do mestre Angus, o centauro de pelagem amarronzada e cabelos longos e soltos. Depois de longas conversas ainda sobre a batalha, comemorações e zombaria entre os jovens – "Faltou bem pouco para eu galopar com você"; "Com esse casco mole de homem, você não derruba nem cogumelo podre" –, todos retornaram a seus domínios. Estavam felizes e satisfeitos com o espetáculo.

As aulas de espada eram bem animadoras, principalmente para os que as assistiam, vibrando e torcendo. Laura e Adrian a cada aula dominavam aos poucos a nova arte. Os duelos eram sempre contra os jovens centauros, que eram oponentes difíceis e astutos – para falar a verdade, eram os únicos oponentes. Nunca conheceram outros de raça humana, além do velho mago Abraminir, que pudessem entrar na dança das espadas. Então, quando não duelavam com os jovens centauros, duelavam entre si.

    Adrian também era um jovem comum. Convivia com Laura como um irmão. Por mais que tivesse nascido no mesmo dia que a Estrela do Renascimento voltou a brilhar e acabasse tendo o mesmo destino de Laura, sem pai ou mãe ao seu lado, não culpava a menina ou ninguém. Era muito feliz com seus tutores. Nunca teve uma conversa profunda com Brúhild ou Abraminir sobre seu passado. Por muitas vezes, preferia ouvir as narrativas que contavam de Laura, pois achava-as muito mais interessantes. Uma ou duas vezes os pais dele foram mencionados, mas nada profundo. Diziam apenas coisas do tipo: "Eles o amaram no mesmo instante em que sua mãe soube que você seria deles"; "Seu pai era igual a você! Pele rosada, cabelos dourados e olhos claros".

    O dia amanheceu novamente para os dois jovens guerreiros, Laura e Adrian. Acordaram cedo como de costume. O quarto na antiga sala de estudos dos astros era o de Laura; ela sentia certo conforto em saber que seu irmão, seu único familiar de sangue que poderia estar vivo em algum lugar, passara uma pequena estadia entre aquelas paredes e aqueles objetos inusitados.

    Diferentemente de seu irmão, Auriél, ela não os achava incomuns ou estranhos, já que cresceu ali na companhia deles e conhecia-os muito bem. Tinha a mesma fascinação pelas estrelas que Abraminir. Conhecia o mapa celestial como ninguém e fazia questão de passar um bom tempo memorizando-o: acreditava que, caso um dia se perdesse dos caminhos que a levavam de volta para a casa na árvore, saberia, com a ajuda das estrelas, encontrá-la de volta. E estava certa: Abraminir já usara esse mesmo método diversas vezes.

    Adrian ficara com o quarto onde eles foram postos quando pequenos. Decorou do seu jeito, com armas, escudos e presentes dos centauros.

Não era muito chegado a estrelas como Laura, mas, no dia de comemoração da sua Volta Completa, ganhou de Laura um mapa com uma estrela batizada com seu nome. *Volta Completa* era como chamavam a festa para comemorar uma passagem a mais na contagem da vida. Os dois já tinham treze voltas.

– O desjejum já está pronto – chamou Brúhild, com sua voz anasalada, aos gritos, pela terceira vez.

Adrian foi o primeiro a sentar-se à mesa junto dela e Abraminir.

O mago, concentrado, lia um livro grosso, pitando seu cachimbo e fazendo algumas anotações, enquanto, com a outra mão, misturava uma espécie de chá em uma xícara de madeira.

– Há sete nasceres do sol, eu chamava duas vezes, todos os dias! Agora estou chamando mais de três vezes! Se continuar assim, vou ter que chamar um dia inteiro para que vocês façam o desjejum do dia seguinte – resmungou Brúhild.

– Desculpem a demora. Eu estava procurando as minhas luvas – disse Laura, enfim aparecendo no ambiente, apressada. – O Buraqueiro esconde as minhas coisas só para me irritar. Aposto que foi ele; ele remexe tudo.

– Eu não peguei nada. Ainda mais essas suas luvas fedorentas e suadas – disse a coruja que descansa sempre nos ombros do mago. Dessa vez, ela estava entre os livros.

Laura, à medida que foi crescendo, adquiriu o hábito de colocar nome nos animais que conviviam com eles. A coruja foi apelidada de buraqueira devido ao seu costume de meter-se em qualquer buraco para dormir ou comer.

– Você pegava os meus calçados para brincar, por que não pegaria as minhas luvas? Seu mexelhão!

– Seus calçados tinham cheiro de ameixa, foi por isso – respondeu a coruja.

O desjejum de Brúhild não mudou. Continuava servindo tudo o que servia a Auriél: frutas, batata-doce, ovos e suco de couve, do qual ele, inclusive, não gostava. Essa era sempre a refeição mais apressada. Tinham o compromisso de ir para a aula do mestre Angus, a aula de arte das espadas.

– Pronto. Está feito – enfim manifestou-se Abraminir na mesa. – Os convites para os nossos convidados estão todos aqui. A Dança dos Corpos, da Lua e do Sol se aproxima, e dessa vez eu serei o anfitrião. Digo... Nós seremos os anfitriões.

– Eu amo a Dança da Lua e do Sol – disse Brúhild, enamorada e com os olhos brilhantes. – Amo receber da auréola celestial encantamento e maravilhas por três dias. E, no último, ver todos bem arrumados, bebendo, comendo e festejando ao redor da chama viva, em confraternização com amigos e família. – Sua expressão mudou de repente, de apaixonada para brava e irritada: – Você não se esqueceu de chamar as ninfas, não é?

– Não me esqueci. Vou chamar todos aqueles que estão conosco – respondeu Abraminir; depois, virou-se para a jovem de cabelos escuros e pele alva. – Estão curiosos para conhecer você, Laura. Mas, além de curiosos, estão honrados.

– Você vai adorar conhecê-los – disse Brúhild. – Principalmente as ninfas! São lindas e delicadas. Elas têm o cheiro da flor mais rara que possa existir. São sábias, gentis e muito bondosas. Se tiver sorte, vai ganhar um presente valioso delas. Uma vez, contaram-me que um ano, por ter ajudado uma delas a se libertar das garras de um espírito maligno, recebeu uma espécie de elixir de transfiguração que permitia a ele se transformar em qualquer coisa, até mesmo em água corrente.

Laura se interessou de imediato pelos supostos presentes, o que todos notaram, inclusive Buraqueiro, a coruja.

– Oh, será que elas não têm algum tipo de elixir ou objeto capaz de encontrar alguém perdido? – perguntou Laura. – Não será de todo mal se eu pedir, será? Ou elas só presenteiam se você as ajudar de alguma forma? Em que posso ajudar? Você sabe?

Brúhild e Abraminir se entreolharam. A meio-duende e anã buscava nos olhos do velho alguma resposta que não fosse um "não sei" ou talvez um "quem sabe" para dar à garota. Partia seu coração não poder falar mais coisas do seu irmão. As narrativas do passado sempre terminavam em "então ele partiu, e até hoje não sabemos para onde".

– Mantenha sempre a fé, Laura – disse Abraminir ao perceber que Brúhild não tinha resposta para lhe dar. – As passagens da vida às vezes podem se desencontrar em algum ponto, mas no fim elas sempre se encontram novamente.

– É, eu sei, mas uma ajuda às vezes não seria tão ruim – disse ela, com um sorriso aborrecido no rosto.

Depois de terminarem aquela farta e reforçada primeira refeição, partiram com suas espadas rumo à aula do mestre centauro Angus.

E de novo estavam ali, cercados pelas sombras das grandes árvores no campo plano de grama baixa, com os poucos raios de sol de verão que ousavam penetrar o espaço. Travavam com muita habilidade o combate, raça de homens contra raça de centauros, outra vez. Não havia torcida; apenas os alunos e o mestre em campo

– Já lhe disse para manter a guarda alta, Laura! Isso! – dizia Angus. – Ataque, ataque! Seu oponente não terá piedade. É por sua vida que está lutando. Então mostre que ela vale muito mais que isso. Quero ver ousadia, quero ver bravura. Deixe essa guerreira com sangue de leão sair.

O duelo entre as raças de jovens humanos e centauros se tornava ainda mais empolgante.

– Usem a cabeça e vejam além do seu oponente. Aprendam com os erros deles e não os repitam – instigava o mestre centauro. – Deixem estampado no rosto somente aquilo que intimida o adversário. Confunda-o com seus movimentos. Deixem que ele pense que suas espadas têm vida própria e que elas estão com sede de vitória.

Em determinado momento, Laura usou um pedaço de ramo velho caído ao chão para colocar entre as pernas do centauro que avançava, fazendo-o cambalear e recuar.

– A cabeça. A cabeça. A luta não se restringe somente às espadas. Aprendam a olhar ao seu redor – disse Angus, eufórico. – Uma batalha pela vida não é justa. Justas são as causas que nos levam a sair dela vivos. Então, lutem pelas suas causas. Vivam por suas causas. Ataquem, ataquem e protejam-se.

O tilintar causado pelas espadas se chocando às vezes era tão forte, que fazia os pássaros por ali voarem incomodados para longe.

– Procure o ponto mais fraco do seu adversário. E, então, ataque com sua maior força. Quanto mais transpirarem aqui e encharcarem de suor suas roupas, menos sangrarão e lamentarão no campo de batalha – disse Angus. – Lembrem-se: vocês estão no meio de uma guerra. Se querem desfrutar do manjar ao final, é melhor que aprendam a sair vivos dela. Foquem aquilo pelo que estão lutando. Não deixem que ninguém tire isso de vocês.

As últimas palavras ditas pelo mestre centauro invadiram a mente de Laura e ecoaram lá dentro, fazendo seu sangue correr nas veias de uma forma tão veloz e quente, que talvez nem Abraminir saberia explicar como. Ficou tomada por força e emoção ferozes que foram capazes de fazer seu coração bater como nunca. Quem presenciou de perto podia jurar que sua força era como a de um leão feroz que derruba a sua presa.

O jovem centauro que enfrentava a garota ficou desarmado e foi lançado contra os arbustos ao pé de uma das árvores.

– Pelos mantos cintilantes do Criador! O que foi isso? – perguntou-se o jovem centauro, impressionado.

– Desculpa! – disse Laura, surpresa consigo mesma. – Eu acabei me descontrolando de alguma forma. Você se machucou?

– Ele está bem, Laura – respondeu Angus. – Não se preocupe, ele é casco duro. Eu estou impressionado com o seu progresso. Uma verdadeira rainha dos leões.

Depois daquela demonstração de Laura, os outros dois que duelavam até pararam para saudá-la, impressionados. Os comentários eram: "Isso, sim, é o que eu chamo de casco duro"; "Você tem que me ensinar a fazer isso!"; "Laura, a primeira da raça humana com a força de um centauro".

E, enfim, mais uma aula de arte das espadas havia terminado. O sol estava na posição de meio-dia, o que indicava que já estavam atrasados para o almoço, e provavelmente Brúhild devia ter resmungado muito aos quatro ventos. Porém, ia continuar resmungando, pois Laura e Adrian tinham sido convidados por Angus para o acompanharem até os domínios dos centauros no lado leste da floresta, com a promessa de que presenciariam o nó das crinas. Esse era o nome dado à união conjugal entre dois centauros, que seria cerimoniada por Slava, o Protetor da Adaga de Bronze. Teria comida abundante e muita festa.

Não pensaram duas vezes: subiram nas costas do mestre centauro e partiram em galopes velozes rumo ao tal nó das crinas. Cavalgavam em solo macio; subiam e desciam suavemente; pulavam por cima de grandes raízes e arbustos como se fossem algum tipo de obstáculo posto de propósito no caminho só para causar mais emoção. A hera se tornava ainda mais invasiva: crescia sobre as árvores e se arrastava pelo solo; suas folhas de tons avermelhados refletiam os raios de sol que perfuravam e iluminavam o caminho. Os cabelos longos e escuros de Laura esvoaçados ao vento misturavam-se com a crina amarronzada do centauro. Quem sofria era Adrian, que, de quando em quando, os tirava do rosto para conseguir ver alguma coisa.

14 Algo totalmente novo

Agora, à frente, um recinto claro e verde. A luz do sol ali era mais abundante, e eles avistavam figuras de vários centauros reunidos celebrando.

– Chegamos em cima da hora – disse Angus. – Os pretendidos já vão aparecer.

Mal desceram das costas do centauro e já receberam, de outra centauro que os recepcionou, uma espécie de coroa de flores, parecida com a que todos ali usavam.

Os dois estavam cercados por centauros de todos os tamanhos e tons. Mesas de pedra e madeira decoravam o ambiente rústico, abarrotadas de frutas, castanhas e potes com algum tipo de bebida vermelha, que só era consumida pelos centauros maiores. Os menores, incluindo Laura e Adrian, bebiam outra de tom azulado e sabor adocicado. Tudo ali era realmente rústico e simples: comiam com as mãos e bebiam direto do pote. Chegavam até a derramar o líquido vermelho ou azul pelas barrigas peludas e não se importavam.

— Aí vêm eles — disse a mesma centauro que os recebeu, anunciando a entrada dos pretendidos.

Os dois emergiram por detrás de uma árvore entre as heras e, de mãos dadas, caminharam majestosos entre todos, que fizeram um corredor. No fim desse corredor estava um centauro de pelugem perolada, longa crina e um porte graúdo. Era Slava, o líder dos centauros, conhecido também como o Protetor da Adaga de Bronze.

— O momento que contemplam agora terá como fim a união de duas almas que se abraçarão pela eternidade — informou Slava, na língua antiga dos centauros. — Ele é inaugurado sob a luz deste dia de verão até o último dia em que não podereis contemplá-lo mais. Que seja iniciado o nó das crinas.

Os dois centauros pegaram um pequeno chumaço de seus compridos e longos pelos do alto da cabeça, entrelaçaram-no, dando três nós, e, em cada nó dado, diziam: "Por você, por mim, por nós".

— A união através dos nós dados simboliza o comprometimento que um terá com o outro, unindo seus corpos como um só — retomou Slava. — E, para unir o espírito, vida. — Slava empunhou uma adaga de bronze e, com um leve corte na mão direita de cada um dos pretendidos, disse: — Diante de vós, entregueis seus espíritos, unais os espíritos, tornando-os um só.

E então os pretendidos beberam um pouco do sangue um do outro.

— Confirmeis ao Criador, benignamente, o consentimento que manifestaram perante a nossa raça e vos digneis a enriquecer-vos com a vossa bênção. Não separe o tempo futuro o que o tempo passado uniu — finalizou Slava.

Laura e Adrian nunca tinham presenciado cerimônia mais bonita. Ao redor de rituais puros e sinceros, esses nem pareciam os mesmos centauros guerreiros que conheciam, aqueles que só falavam de batalhas, combates e desacordos com outras raças. Ali eles puderam presenciar o outro lado de seus amigos, lado puro e de grande estima por tradições.

Os recém-prometidos, depois de receberem as bênçãos finais dos seus irmãos de raça, desejaram ser abençoados por Laura também, que, no momento do pedido, levou um susto, cuspindo o líquido azul para fora da boca.

– Vocês querem a MINHA bênção? – repetiu a garota.

– Sim, Laura. Queremos – os dois assentiram.

– Por que querem a minha bênção? Eu... Eu nunca fiz isso antes.

Antes que os dois pudessem responder algo, Slava se aproximou, gracioso, e disse:

– Você é aquela que nasceu sob o brilho da Estrela do Renascimento. Escolhida pelos mistérios do Eterno, entre tantos outros. Ele escolheu você para governar sob seus antigos e incontestáveis mandamentos, herdeira legítima do trono rubro forjado na alvorada da existência. É uma honra para todos nós aqui estar ao seu lado e em sua presença. Sua bênção é tão pura quanto a estrela que clareou a noite no dia do seu nascimento. Faça por eles. Abençoe-os. Deixe o espírito unificado receber sua graça e, assim, serão lembrados como aqueles que foram tocados pelo dom.

Laura ficou completamente perdida; não sabia nada sobre batismos ou bênçãos. Mas alguma coisa tinha que ser feita. Não poderia correr da situação, por mais que preferisse assim. Todos estavam olhando para ela agora, como se a festa tivesse mudado de anfitrião. Então, pegou a coroa de flores em sua cabeça e amassou delicadamente em suas mãos, como era costume de Abraminir quando fazia algum tipo de pasta ou poção. Amassou o suficiente para que se desenrolassem de si mesmas, deixando-as soltas na palma da mão aberta em concha.

– Bom... Eu... Eu, herdeira do trono forjado no princípio da... da... vida... Abençoo os dois, meus amigos. E que... que... O manto celeste do Criador cubra vocês para... um... Lindo lugar no futuro, juntos! Isso! Juntos e para todo o sempre – disse ela, buscando palavras que fizessem algum sentido.

Em seguida, jogou a coroa de flores desmanchada por cima dos pretendidos.

– Celebrai! Celebrai! Celebrai! – disseram todos os centauros.

A celebração continuou e seguiu até o fim da tarde. Durante as horas que permaneceram ali, Laura e Adrian se divertiram bastante, comeram à vontade e conversaram longamente com Slava. Ele tinha sempre uma nova história de batalha muito empolgante para contar. Falou da rixa com os outros centauros comandados por Xaviera, a Magnífica, e falou de Nahabuko, o Filho da Noite.

A noite já se aproximava e o céu ficava esmaecido enquanto voltavam para a casa da árvore, levados por Angus. Foram recebidos de volta no caminho por Brúhild, que estava furiosa com o sumiço sem aviso dos dois. Passaram por ela rindo do comportamento da mestiça; estavam muito felizes para se importar com essas broncas.

Já era tarde da noite e já haviam jantado quando foram chamados por Abraminir.

– Venham comigo, ajudem-me a encaminhar estes convites – pediu ele.

Subiram por um corredor estreito que os levou para o topo da Grande Árvore-Mãe e, ali, sob o céu estrelado e limpo, caminharam pelo telhado de madeira da casa da árvore. O mago repartiu os convites entre os dois, pedindo que não os largassem até que ele assim mandasse.

A vista lá de cima era deslumbrante: avistavam as grandes montanhas a léguas de distância ao norte. Mais florestas e rios antes de chegar até elas. E, ao sul, um campo plano que não se podia ver onde terminava. Enquanto Abraminir fazia um tipo de feitiço – dizendo coisas como "Seja o vento o caminho certo"; "Guie pelos lençóis da corrente aquilo que lhe peço"; "Brisa da noite, seja o acesso até os que aqui menciono" –, Laura e Adrian conversavam sobre o que havia acontecido com ela no treinamento de arte das espadas mais cedo.

– Eu me senti forte – disse Laura. – De alguma forma que eu não sei explicar. Quando Angus disse "Foquem aquilo pelo que estão lutando. Não deixem que ninguém tire isso de vocês", eu fui tomada pela raiva e meu sangue ferveu. Por um instante tudo ficou lento, mas veloz ao mesmo tempo.

– O que fez você reagir assim quando ele disse exatamente isso? – perguntou Adrian.

– Bem... Naquele momento, tomada pela emoção, eu só pensei em tudo que eu já perdi, como meus pais e meu irmão. E no que posso perder se não for boa o suficiente – respondeu ela, com uma voz enfraquecida e um olhar distante. – Sinto-me perdida às vezes e isso me irrita. Quero ser boa, quero fazer valer a pena todo o esforço dos meus pais, de Sula, do clã e o de vocês também. Não quero falhar com ninguém.

– Você mostrou hoje que é muito forte, Laura. Aliás, mostra isso desde que te conheço. Você é muito inteligente; sabe sair de qualquer situação com uma sabedoria que me espanta. E, se isso não é ser forte e inteligente, eu não sei o que é. E tenho certeza de que seus pais teriam muito orgulho de você. – disse Adrian.

– Mas será que isso é o suficiente, Adrian? Tem um exército lá fora querendo as nossas cabeças. E nós somos tão poucos ainda! Tenho medo de que essa chamada Ordem tire vocês de mim. Os outros reinos são fortes e estão praticamente em todas as partes agora. Você sabe que não estamos seguros fora desta floresta. Matariam qualquer um que estivesse de alguma forma ligado a mim. E o meu irmão? Onde ele está? Se está vivo, por que não me procura? – Laura foi tomada por uma tristeza profunda que a fez, por um breve momento, ficar com a boca muda e os olhos lacrimejantes. Até que voltou a falar: – Se ele estiver vivo ainda, é claro. Ele pode ter sido capturado e sofrido o mesmo fim que meus pais, por minha causa.

– Você se lembra do que Abraminir falou para você hoje cedo? Sobre manter sempre a fé e que, às vezes, as pessoas podem se desencontrar, mas no final sempre se encontram de novo? Se o seu irmão estiver vivo, ele também deve estar procurando você; ele foi embora justamente porque queria encontrá-la, então uma hora ou outra isso vai acontecer. As estrelas que estão olhando por nós lá de cima neste exato momento também estão olhando por ele em algum lugar além desta floresta – reconfortou-a o pequeno Adrian.

Os dois estavam tão entregues à conversa, que nem ouviram que Abraminir já os havia chamado pela terceira vez.

– Lancem para o alto! Lancem para o alto! Os convites! – pediu Abraminir.

Deram um pulo e assim o fizeram. Lançaram os convites de uma vez só. Os papéis amarelados se entrelaçaram sobre suas cabeças, formando uma espécie de redemoinho; num piscar de olhos, partiram horizonte afora como uma flecha à procura do seu alvo, cada um para um lado.

– Pronto. Em dois ou três dias estarão nas mãos de seus destinatários – declarou Abraminir. – Agora só precisamos nos preocupar com o que vocês vão vestir e com o que os nossos convidados vão comer e beber.

15
Arriscadas situações

Dias se passaram depois daquela noite. Os preparativos para a tal Dança dos Corpos iam fluindo aos poucos. Brúhild costurava, com a ajuda de Laura e Adrian, os trajes que usariam no evento. Os dois faziam questão de ajudar e dar palpites sempre que chegavam do treino do centauro-mestre. Abraminir partira para um vale próximo com a finalidade de colher troncos secos para a fogueira da chama viva. Agora restavam poucos dias para a famosa Dança da Lua e do Sol, quando a lua se interpõe entre a terra e o sol, ocultando a luz do grande corpo de forma anular. Esse eclipse solar, que durava três dias, deixava toda a Terra Brava num tom avermelhado. Para os seres mágicos, aquela era a ponte que ligava os três pilares da magia ancestral:

a terra e tudo o que há nela; o ar e tudo que o envolve; o divino, no qual tudo começara. Para os seres não mágicos, era um acontecimento agourento; eles acreditavam que os mortos que navegavam nas águas do Grande Rio Divisor, onde vivos navegam de dia e mortos vagam de noite, recebiam algum tipo de "passe livre" e, assim, poderiam caminhar pelas terras também.

Novamente, mais um dia se iniciava para todos e Abraminir ainda não havia voltado do vale com o que fora colher. Pela demora, imaginavam que ele voltaria com um carregamento imenso. E, como mais um dia se iniciava, Laura e Adrian estavam indo para mais uma aula empolgante de espadas, quando no caminho algo inesperado aconteceu.

— Oh, você viu aquilo? – indicou Laura, forçando sua parada e a de Adrian por conta do leve susto.

— Vi o quê? – perguntou ele, sem dar a mínima atenção.

— Passou correndo, era branco e saltitante. Você não viu? – questionou ela.

— Vi o que, Laura? – refez a pergunta, novamente sem dar a mínima. Queria mesmo era chegar ao treino.

— Passou quase debaixo do seu nariz rosado – disse ela. – E correu para lá. Acho que está fugindo de alguma coisa.

— O quê? Onde? Cadê? – perguntou Adrian, já irritado porque a garota não o deixava continuar caminhando.

— Passou ali, logo à nossa frente. Não acredito que você não viu. – Laura estava incrédula.

— Eu não vi nada. Acho que você está vendo coisas.

— Oh, olhe, olhe! Novamente, passou ali! É branco e saltitante, entre as árvores.

— Onde, Laura? – Finalmente deu atenção à garota. – Mostre o que você está vendo, porque até agora eu não vi nada.

— É claro que não viu. Você não estava me dando atenção, seu fingido.

Decidiram parar para observar que figura era aquela que aparecia e reaparecia saltitando entre os arbustos e por trás das árvores. Agacharam atrás de um arbusto, com a intenção de tornar a ver a figura e não a espantar.

– Vamos esperar um pouco aqui tenho certeza de que veremos outra vez – disse ela, agarrando Adrian pelas vestes para que ele não se levantasse e fosse embora.

– Nós vamos nos atrasar, Laura, e não quero perder nem um minuto da aula. Não quero que aquele centauro pense que só ganhei dele por sor... – dizia ele quando teve a boca tapada pela companheira.

– Está bem, está bem. Não vamos nos atrasar. Só quero saber que criatura é aquela. Faça silêncio para que ela reapareça – pediu em voz baixa.

– Você sabe que não deve conversar com animais que não nos conhecem, Laura. Deve manter seus poderes sob o manto do sigilo, lembra? Abraminir proibiu – disse Adrian, também em voz baixa e abafada, já que a mão de Laura estava tampando sua boca.

– Eu não vou conversar. Só quero saber o que é – respondeu ela. – O que cust...

Novamente, o pequeno vulto branco passou, agora mais próximo deles. Os dois se entreolharam, mas não souberam dizer o que era.

– Venha! Depressa! Foi para lá – disse Laura, que puxava Adrian pelas roupas. – Viu agora?

– Eu vi, sim! – respondeu ele. – Mas não vejo necessidade alguma de seguirmos o sujeitinho.

O pequeno vulto branco saltitante aparecia e sumia por entre as árvores e moitas à frente, muito ligeiro. Eles corriam logo atrás para ver mais de perto. Já estavam bem distantes do caminho que os levaria para a aula com o mestre centauro.

– Para onde foi? Não o vejo mais! – disse Adrian.

– Também não vejo, perdi de vista! – declarou ela. – Mas espere... Está ali! De costas para nós, em cima daquele tronco. Acho que já sei o que é. Eu li algumas coisas sobre eles e vi algumas gravuras em um dos livros de Abraminir. As orelhas pontudas e o pelo fofinho são inconfundíveis... – E logo afirmou: – É um coelho! Hum... Espere... Ou será uma lebre?

– E qual é a diferença? – expressou Adrian com seu jeito desdenhoso.

– Não seja tolo, fale baixo. As lebres são mais ariscas, preferem campos abertos e pastagem para viver; adoram ninhos de grama achatada! Por outro lado, os coelhos preferem viver em solo macio e arenoso, em florestas e bosques. E morar em tocas – respondeu Laura.

– Então tá. Se você diz... – sussurrou Adrian. – Tanto faz, lebre ou coelho, é nada de mais. Vamos embora. Já estamos muito atrasados.

– Adrian, você nem está preocupado de verdade com o horário, só quer voltar logo para enfrentar mais uma vez o centauro e mostrar que luta bem. – Parecia ter guardado esse comentário por dias.

Como já mencionado, Laura não tinha apreço nenhum por espadas. *Como Adrian pode gostar tanto delas?*, pensava.

– E qual o problema? Não é pra isso que a gente participa das aulas do mestre Angus? Para sermos bons? – retrucou ele.

– Ser bom vai muito além de saber lutar com espadas. Mestre Angus deixa isso bem claro quando está nos ensinando. Ele mesmo diz que temos que aprender a olhar ao nosso redor. E o que está nos rodeando agora é aquela criaturi... – Ela pausou o que dizia quando voltou a olhar para o tronco onde a figura estava parada e, agora, não estava mais.

– Para onde foi?

Os dois levaram um susto quando varreram os arredores com os olhos e perceberam que a criaturinha estava diante deles, fitando-os com seus olhinhos vermelhos. Adrian deu um beliscão em Laura para alertá-la novamente de que não deveria conversar com nenhum outro animal que não fosse do convívio deles.

– Você deve estar com fome, não é? – disse Adrian para a criaturinha, que continuava encarando-os. – Mas nós não temos comida para lhe dar. Ou será que está com sede?

A criaturinha murmurou alguma coisa para eles, que só Laura pôde entender, e a frase foi de tamanha estranheza, que Laura se assustou.

– O que foi? O que houve? – perguntou Adrian ao notar a reação da garota.

A princípio, Laura não quis contar, já que a criaturinha ainda estava ali parada e compreenderia o que ela diria, o que não era o ideal. Quando Adrian perguntou novamente, Laura teve que dizer.

– Ele disse que espera sermos uma boa refeição!

E de repente novas figuras começaram a surgir por entre as moitas e por detrás dos troncos grossos das árvores. De focinho fino e alongado, cauda peluda e orelhas eretas, figuras se aproximavam deles em cerco. Os dois agora se viam cercados por uma dúzia de raposas de pelugem vermelho-alaranjada e barriga branca. A primeira se manifestou:

– O que é isso que você traz para nós? Seu coelho burro! – A raposa parecia irritada. – Crias de homens? É muito trabalhoso matar e comer esses.

O coelho tremia.

Laura e Adrian permaneciam imóveis.

– Foi só o que eu consegui atrair. Só esses dois tontos aí me seguiram – respondeu o coelho.

Laura detestou ter sido chamada de *tonta*. Sua vontade era de colocá-lo para correr, mas tinha que manter sigilo sobre seus dons, então engoliu a revolta e permaneceu como estava. Calada e imóvel.

– Você não faz nada direito. Isso vai dar um trabalhão. É o que dá trabalhar com seres inferiores – disse a raposa.

– Perdão, perdão! Eles foram os únicos que me seguiram até aqui, já disse.

– Pelo trabalho que vai dar derrubar ao menos um deles, seu irmão permanecerá conosco mais um tempinho – declarou a raposa. – Terá que trabalhar mais para libertá-lo.

– Não! Por favor, não! Você prometeu libertá-lo se eu conseguisse para você algo com mais carne! Olhe para eles! São bem carnudos! Podem alimentar todos vocês e suas crias – disse o coelho, que logo virou para Laura e continuou: – E acho que essa cria de homem entendeu o que eu disse. Não sei como, mas ela consegue.

As raposas de imediato arregalaram suas pupilas ovais e colocaram toda a sua atenção em Laura. Os dois, cercados pelas raposas e sem saber o que fazer, ficaram paralisados. Laura entendia tudo o que as raposas e o coelho conversavam, mas ficou muda para não complicar ainda mais a situação. Já Adrian não entendia nada do que se passava; achava apenas que as raposas queriam pegar o coelho que estava diante deles, mas, como eram muitas e os cercavam, ficou também apreensivo.

– Do que você está falando, coelho burro? – perguntou a raposa. – O medo está afetando a sua cabeça pequena? Ou está querendo nos ludibriar? Pensa que vamos cair nessa sua conversa de coelho? Pensa que é mais esperto do que nós?

– De maneira alguma! Só estou falando o que eu vi. – O coelho tremia por inteiro e foi se proteger por entre as pernas do garoto.

– E por que a criatura não está falando agora? Hein? Só está nos olhando com essa cara assustada e feia igual à sua – instigou a raposa, encarando Laura. – Vamos, fale! Quero ouvir o que tem para dizer.

Laura permanecia calada e, se pudesse trocar pensamentos com Adrian, teria dito para ele puxar sua espada ao sinal dela, para que colocassem aquelas raposas audaciosas para correr.

– Sabe de uma coisa, coelho? – disse a mesma raposa, agora mostrando ainda mais os dentes e voltando sua atenção para ele. – Você e seu irmão já viveram tempo demais. Dê adeus a ele e saudações para os meus dentes!

Fliiip! Laura puxou sua espada do encaixe da cintura tão rápido, que a raposa diante dela não teve tempo de dizer "Como?". Pulou para trás, tropeçando em sua própria cauda.

– Para trás, raposa, se não quiser ter a cabeça descolada do resto do corpo! – ameaçou Laura.

A multidão fez um som de espanto, inclusive Adrian, que não esperava essa atitude da companheira.

– Ela fala! Ela fala! Compreendo o que ela diz! – diziam as raposas boquiabertas.

– Viu? Eu disse! Eu não estava mentindo. Ela compreende a gente – disse o coelho.

As raposas agora estavam alvoroçadas e cercavam os garotos, curiosas, mas não avançavam para atacar.

– Como é possível? Como essa criatura humana pode falar com a gente? – perguntavam-se algumas. – E esse outro aí? Fala também? Será que pode nos compreender?

– Silêncio, silêncio! – ordenou a raposa que fora ameaçada por Laura assim que se recompôs do susto que levou.

O animal agora lançava olhares curiosos para a garota. Revirou e vasculhou em pensamentos e memórias alguma resposta para aquilo, até que:

– Sim. Já ouvi falar sobre isso quando filhote. Esqueceram-se das histórias do passado? Histórias que os pais de nossos pais contavam, das crias de homens que podiam conversar com a gente? Sobre um tal de... de... Como era o nome mesmo? Elo? Isso, elo. Era assim que eles diziam, elo entre as raças.

– Você é um elo, hein? Você é um desses elos? – perguntaram as raposas.

– Isso não é da conta de vocês. Saiam desta floresta se não quiserem permanecer nela para sempre – disse Laura, sem abaixar a espada.

– Empunhe sua espada, Adrian, pois vamos expulsar essas raposas daqui. E tratem de libertar o irmão do coelho, onde quer que ele esteja.

As raposas riram, debochando do que Laura acabara de falar. Depois de longas risadas grosseiras e desdenhosas, a criatura disse:

– Você não nos dá ordens! Só quem dá ordens aqui sou eu! – disse a raposa. – Vocês não nos ameaçam ou nos amedrontam com essas coisas grandes que brilham, que carregam... Como é o nome? Espada? É esse o nome? Nossos dentes furando suas carnes causarão mais dor do que qualquer coisa que já lhe feriu. Dê uma olhada à sua volta. Somos maioria. Talvez dê um pouco de trabalho derrubar os dois, mas você eu faço questão de que seja a primeira, criatura estranha.

– Experimentem, então, e vão provar dos golpes certeiros de que somos capazes com nossas espadas – disse Laura, com a espada sempre direcionada para a raposa. – Se acham que os dentes das bocas podres de vocês podem doer, é porque não sabem o que estas lâminas são capazes de fazer.

Para falar a verdade, Laura, assim como Adrian, sabia que aquelas espadas que usavam para os treinos eram tão cegas, que talvez não chegassem a cortar nem pudim. O máximo que causariam seria um ferimento leve.

– Lâminas? Outro nome para essas coisas? E quando eu a tirar de você? Como vai se proteger? Tudo em você é feito de carne macia; não há dentes como os nossos. Não há garras como as nossas. E, se correrem, alcançaremos vocês – desdenhou a raposa e ao fim deu outra risada grosseira.

– Ataque logo! – disse outra raposa. – O que está esperando? Detesto caçar em grupo!

– É isso mesmo! Essa ideia de caçar em grupo já está me irritando! Você fala demais! – comentou outra raposa, também já irritada.

– Desarme-os, desarme-os logo! – disseram outras.

As raposas pareciam se desentender. Discutiam umas com as outras sobre quem deveria avançar e sobre detestarem caçar em bando. Mas nenhuma tomava a atitude de pular em cima dos garotos e desarmá--los. Só ficavam no falatório. Até que um som inesperado começou a surgir e aos poucos ficava cada vez mais alto. O som era de cascos de cavalos acompanhado de um ruído de conversas de homens, mas eles todos não sabiam de onde vinha. As raposas e o coelho debandaram; pensaram ser reforços dos garotos. Fugiram deixando os dois ali parados. Laura e Adrian, a princípio, acharam que seriam os centauros à procura deles, mas logo os ruídos tomaram a forma de seis homens montados em seus cavalos e usando armaduras prateadas com detalhes dourados. Em seus peitos e escudos, uma insígnia com o desenho de duas cabeças de dragões em aço negro entrelaçando-se. E, sobre as cabeças dos dragões, uma coroa dourada. Eles os cercaram, e novamente os garotos estavam impossibilitados de fugir.

– O que duas crianças fazem nesta floresta sem dono e perigosa? – perguntou um dos cavaleiros, um homem comprido de barba grisalha e sobrancelhas grossas. – E com estranhas espadas nas mãos?

Os dois não responderam. Permaneceram calados e imóveis. Nunca tinham ficado na presença de homens como aqueles. Na verdade, desde a morte de seus pais, nunca tinham ficado na presença de qualquer outro homem que não fosse Abraminir.

– Vão falar ou não? São mudos, por acaso? – perguntou o cavaleiro. – De quem são essas espadas?

– Nós somos camponeses, senhor – disse Adrian, por fim. – Vivemos aqui perto, em um vilarejo de camponeses.

– Onde é esse vilarejo, rapazinho? Porque eu já estou há dias nesta rota, vindo do oeste, à procura de uma fugitiva, e o único vilarejo fica a léguas daqui – disse ele com um olhar desconfiado. – E, a propósito, não viram por aí uma moça magricela, cínica e traiçoeira, de cabelos vermelhos e com rosto de ninfa?

– Não, senhor. Nunca conhecemos alguém assim. E o vilarejo de onde viemos é pequeno, tão pequeno, que talvez o senhor tenha passado por ele e não tenha nem notado – respondeu Adrian, tentando desviar-se dos olhares indagadores do cavaleiro.

O homem desceu do cavalo, a terra estremecendo abaixo de seus pés. De pé, botava mais medo do que quando estava sentado em seu cavalo. Aproximou-se dos dois e pegou das mãos de Laura a espada, rispidamente, e analisou o objeto em minúcia.

– E essas espadas, como conseguiram? Camponeses estão usando espadas agora em suas hortas? – direcionou a pergunta para Laura. Porém, não recebeu resposta. – Você não fala, garota? É muda?

Cercada de cavalos estranhos que entenderiam qualquer coisa que dissesse, Laura estava muito receosa em falar. Já bastavam as raposas e aquele coelho saberem sobre ela; agora os cavalos seriam somados, para a decepção de Abraminir, que sempre pedira para manter o seu segredo até o momento que ele achasse certo revelá-lo.

– Estou esperando – insistia o cavaleiro.

– Sim, ela é muda, senhor. Nunca disse uma palavra – respondeu Adrian, posicionado entre Laura e o cavaleiro. – Perdoe-nos. Nós saímos para brincar e acabamos indo longe demais, mas já vamos voltar para casa, se o senhor permitir.

O homem riu de maneira debochada.

– Olhem, companheiros – o cavaleiro chamou a atenção daqueles que o acompanhavam –, camponeses de espadas na mão. Estão perdidos longe do "vilarejinho" pelo qual passamos despercebidos. E um deles não fala. Como é que essa mocinha vai dizer para você quando é a hora de atacar? Ou de se proteger? – disse o cavaleiro, arrancando risadas dos seus companheiros.

Logo depois o homem começou a emitir sons, caçoando da suposta dificuldade de Laura:

— Aoaoaoa, popopopo! Não consigo falar. Alguém pode falar por mim?

Laura e Adrian estavam em uma situação ainda mais séria que a anterior. Aqueles homens não pareciam ser facilmente enganados ou, na menor e mais tola tentativa, vencidos.

— Vamos ver se você é muda mesmo, garota. Dê aqui a sua mão – ordenou o cavaleiro, puxando-a para si com grosseria.

— Ei, solte-a! – falou Adrian. – O que pensa que vai fazer?

— O garoto acha que é um homem – debochou um dos outros cavaleiros. – Vamos, garoto! Mostre que é um homem. Resgate-a!

O cavaleiro de sobrancelhas grossas imobilizou Laura entre seus braços depois de empurrar Adrian, que caiu para trás de bunda no solo, largando a espada que tinha em mãos. Um dos cavaleiros que fazia o círculo entre eles o levantou pelo cabelo antes que pudesse empunhar novamente sua espada cega. Agora os dois estavam imobilizados, mas só Adrian emitia algum tipo de som, revoltado com aquela situação.

— Seus covardes! Deixem-nos em paz! Não façam mal a ela! – disse ele.

— Vamos ver se você é muda mesmo, garota. Um cortezinho não vai matá-la, mas tenho certeza de que vai fazê-la gritar! – disse o cavaleiro, sacando uma pequena faca. – Não se mexa, caso contrário o cortezinho pode ficar grave e eu só quero soltar a sua língua.

Enquanto os outros riam e Adrian os xingava por suas atitudes, Laura pôde sentir o toque frio da lâmina próximo de sua testa. Até que ela não suportou e gritou:

— Tire suas mãos de mim!

De imediato os cavalos se agitaram, certamente porque compreenderam as palavras ditas pela garota. Alguns cavaleiros, que não esperavam de forma alguma qualquer atitude daquelas, desequilibraram-se e caíram de seus cavalos.

— Pela coroa da rainha, o que aconteceu? – exclamaram os cavaleiros, ainda no chão. – O que deu nesses bichos? Ficaram malucos?

– Eu sabia que estavam mentindo! Dois pequenos mentirosinhos, com essa conversa de camponeses – retomou o cavaleiro que forçara Laura a falar. – Devem ser dois ladrões, roubando viajantes e armas de cavaleiros. De quem roubaram essas espadas, hein? Estão associados com a fugitiva traiçoeira? Falem agora ou perderão a língua e então vão ficar mudos de fato. Vamos, falem.

– Nós as encontramos na estrada – respondeu Laura.

Novamente os cavalos se agitaram quando ela falou.

– Acho que esta floresta está fazendo mal para os cavalos. Estão inquietos de uma forma que nunca vi – disse o cavaleiro de sobrancelhas grossas. – Quer saber de uma coisa? Vamos embora e vamos levar esses dois ladrõezinhos conosco para receberem suas sentenças. Vão aprender a não roubar mais armas. Se tiverem rabo preso com a fugitiva, terão o mesmo fim que ela. Quem sabe quando receberem um bom aperto não podem soltar alguma informação que nos leve até a procurada? Larápios e patifes sempre andam juntos.

Em seguida, o cavaleiro agarrou-os com força enquanto se debatiam e gritavam por socorro. Entregou Adrian para um homem que o colocou em sua cela e o prendeu em seus braços, enquanto Laura era colocada contra a vontade na cela de outro, debatendo-se e chutando.

– Solte a gente! Não somos larápios! – insistiram os dois.

– Calem a boca! – ordenou o cavaleiro, já montado em seu cavalo. – Guardem as súplicas para a rainha, e que ela tenha piedade de vocês.

Estavam prestes a partir levando os dois como prisioneiros; porém, de forma inesperada, foram surpreendidos por golpes alvos e pesados. Quatro leões brancos emergiram das moitas com as bocas abertas e as patas direcionadas aos peitos dos cavaleiros. O choque foi tão grande que os derrubou dos cavalos para longe. Aqueles que não foram derrubados largaram os garotos e dispararam para longe dali, borrados de medo em seus cavalos. Os que ficaram no chão, deixados para trás, pediam misericórdia a seus deuses.

Nenhum leão os atacou – não por falta de vontade, mas porque Laura pediu que assim fizessem. Cada um dos garotos subiu nas costas de um leão e partiram, sumindo das vistas dos cavaleiros jogados ao chão, abismados com o que tinham acabado de presenciar.

Galoparam nas costas dos felinos de volta para as encostas da Árvore-Mãe. Abraminir havia acabado de chegar do vale, trazendo seus troncos secos em uma carroça e, junto dele, estavam Angus e Brúhild.

– Onde vocês se meteram? – perguntou Brúhild. – Angus esteve esperando vocês para o treino e não apareceram.

Os garotos explicaram tudo o que havia acontecido. Não esconderam nem deixaram nada para trás. Contaram tudo: da figura branca que eles haviam seguido, e que havia sido o pontapé inicial desses terríveis acontecimentos, até os cavaleiros que os surpreenderam e de como foram salvos pelos leões.

– Isso não é bom... Nunca estiveram nessa floresta. Agora que viram vocês sendo salvos por leões que deveriam tê-los abocanhado... Fica pior ainda. Não consigo imaginar o que pode acontecer daqui para frente – Atormentou-se Abraminir.

– Se quiser, posso chamar alguns centauros e vamos atrás deles. Acabamos com a raça de todos – sugeriu Angus.

– Não, melhor não, meu amigo centauro. A atitude de Laura foi correta ao deixá-los salvos, caso contrário uma guerra se iniciaria antes do tempo. Com toda certeza mandariam tropas para cá, e não estamos preparados para isso ainda – comentou Abraminir. – O melhor a fazer é esperar o dia da Dança dos Corpos. Vou me reunir com os magos que virão e então debateremos uma nova estratégia. Faltam poucos dias.

Sula, uma das leoas que salvara os garotos, sugeriu ficar de guarda nas redondezas com outros leões. Porém, Abraminir achou arriscado e a convenceu, através de Laura, a voltar para Sácrapa e deixar todos em alerta, para o caso de um possível ataque ou invasão em suas terras.

Seus exércitos de leões, centauros, um mago, uma mestiça e dois jovenzinhos não seriam o suficiente para combater reinos grandiosos e superiormente armados. Precisavam esperar com atenção os movimentos do inimigo. Quem sabe os cavaleiros não fossem julgados como loucos? Ou até mesmo mortos por heresia. Como leões poderiam atacá-los e não os devorar? Abraminir contava com a incredulidade dos reis que os comandavam.

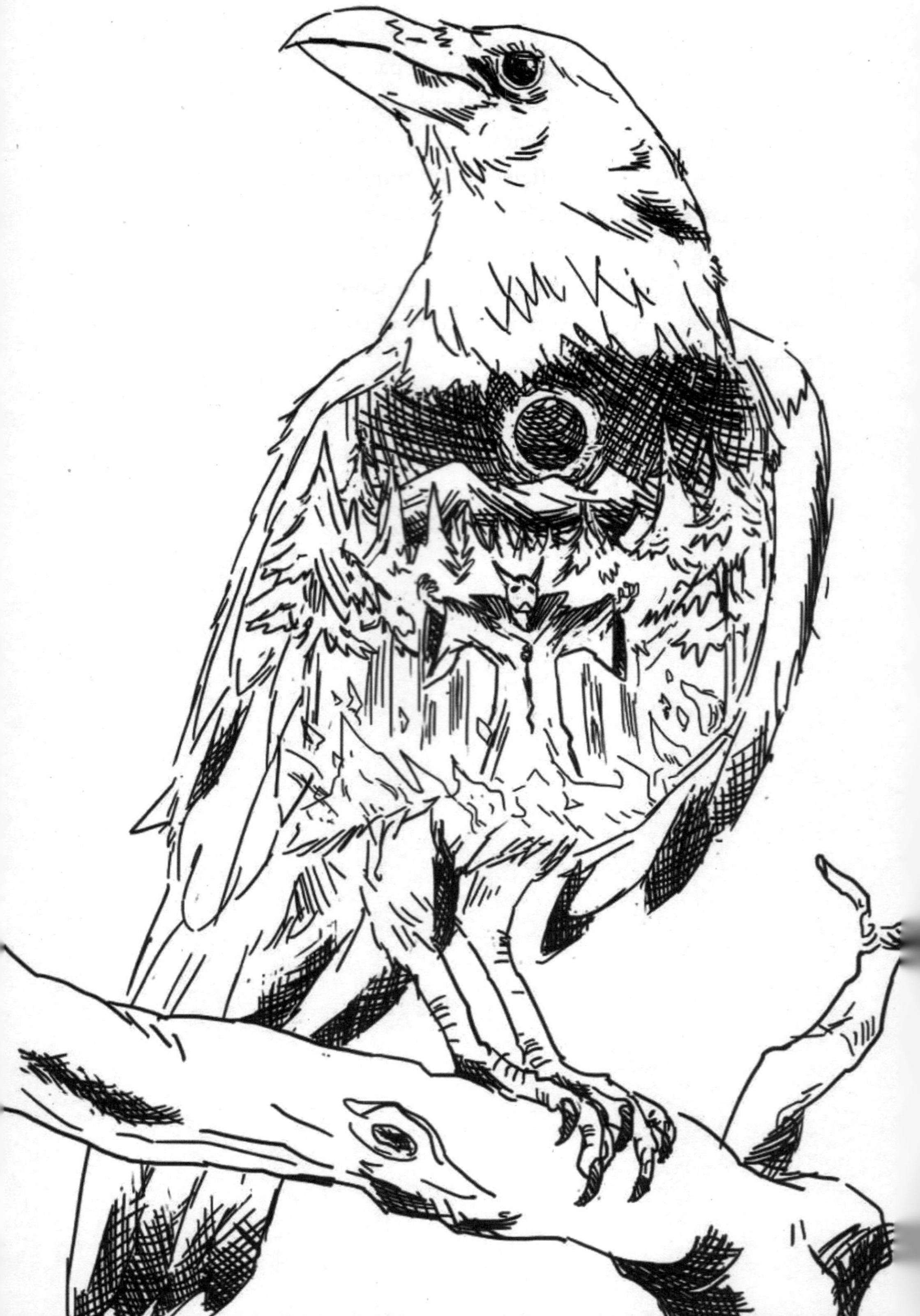

Ritual da morte Ritual da morte Ritual da morte Ritual da morte

Ritual da morte Ritual da morte Ritual da morte Ritual da morte

Parte seis

O Incapaz

16

Entre os corredores do castelo da realeza em Mahabá, iluminados por archotes e decorados por objetos dourados, havia uma figura feminina de cabelos totalmente brancos, porém jovem. Olhos escurecidos como carvão, rosto fino e pálido, caminhava arrastando pelo chão a borda de suas vestes majestosas, carregadas de pedrarias e pelugem branca. Era Roysealba, a rosa branca, dirigindo-se para os seus aposentos depois de ter jantado sozinha como sempre fazia – e gostava de fazer assim. Sobre a cabeça, a coroa dourada que era polida constantemente por um de seus serviçais de confiança, Amice.

Ao entrar em seu faustoso quarto, decorado por figuras de animais esculpidas em ouro, como corvos, lobos e gatos, todos expressando na face medo ou raiva, ela ficou desconfortável com a presença inesperada que encontrou lá dentro.

– O que está fazendo nos meus aposentos? – perguntou a rainha de Mahabá, calmamente, porém com a expressão de incômodo estampada no rosto.

Vasko, o sestro dourado, estava deitado em sua enorme cama tomando vinho diretamente da jarra de metal dourado que carregava com o único braço que ainda tinha. O outro, que era tão brilhante quanto a jarra, não se movia, só servia como adereço imitando aquilo que um dia existiu ali.

– Um rei não pode mais adentrar os aposentos de sua rainha? Ele precisa ser anunciado como um mero serviçal? – questionou, visivelmente alterado por conta do vinho.

– Nós somos devotados somente no papel. Será que devo lembrá-lo todos os dias disso? – perguntou ela, ainda parada à porta. – Você passa tanto tempo se enchendo de vinho que confunde fantasia com realidade.

– Realidade? Isso ainda existe? – Riu ele.

– Não seja tolo. Comporte-se como um rei ou finja ao menos ser um.

– Sabe como eu sou chamado pelas costas pelos serviçais? Você sabe? *Vasko, o Incapaz*. Isso não incomoda você? Não incomoda saber que o seu rei é chamado de *o Incapaz*? Quando descobri que era chamado assim, imaginei que fosse por conta desse maldito braço de metal. Mas estou começando a achar que é por outra coisa – disse ele.

– Isso não é problema meu. Eu tenho coisas mais importantes para fazer, em vez de ficar dando ouvidos para conversas desse tipo. E você, como rei, também não deveria dar ouvidos – declarou ela, fechando a porta com um empurrão. – Sabe qual é o seu problema? É que você ficou tanto tempo naquele lugar fedido bebendo vinho barato que acabou enlouquecendo.

Ele riu sarcasticamente, debochando do que ela acabara de dizer.

– Está esquecida de quem me mandou para lá? Para aquela zona costeira maldita, cheia de gente suja, fedorenta, com aqueles peixes secos horríveis? O seu falecido irmão! Ou devo dizer "assassinado irmão"?

– perguntou Vasko com um tom de ameaça na voz. – Se hoje eu estou beirando a loucura, é culpa dele. Se hoje eu sou um bêbado, é culpa dele. O maldito já morreu há mais de uma década, mas ainda me assombra.

– Então nunca se esqueça de quem tirou você de lá. Nunca se esqueça de quem lhe deu uma vida de rei. Se não fosse por mim, ainda estaria montado naquela carroça fazendo carregamentos de peixes, indo e vindo, até o último dia de sua vida! – disse ela. – Pare de choramingar e assuma seu papel como rei. Comporte-se como tal!

– É só para isso que você me quer, não é? Para fazer o papel de rei. Quando na verdade quem comanda tudo aqui é você. Eu sou só mais um fantoche na sua mão – vociferou Vasko, lançando a jarra contra a parede do quarto ao se levantar da cama. – Aposto como você nunca me amou de verdade. Depois que seu irmão me mandou para aquele lugar, você mudou. Trouxe-me para cá porque eu já sabia dos seus planos e de alguma forma já fazia parte deles. Você sempre foi gananciosa. Ardilosa. Quis me manter perto para eu não dar com a língua nos dentes, não foi? Transformou-me em rei, mas não se deitou comigo. Você quer tudo para si. Sempre quis.

– O meu irmão era fraco. Ele e sua rainha eram dois fracos. Não mereciam o trono de Mahabá. O destino se encarregou de tirar os dois de um lugar no qual nunca deveriam estar – disse Roysealba, com a parte branca dos olhos agora vermelha de raiva. – Você anda falando demais, Vasko. Mantenha essa sua língua dentro dessa maldita boca, antes que acabe perdendo-a, assim como perdeu seu braço. Saia dos meus aposentos agora.

Vasko dirigiu-se até a porta para se retirar; ele conhecia muito bem a rainha para saber que não deveria contrariá-la, por mais que às vezes assim fizesse por impulso.

– Ou você me dá um herdeiro, ou eu destruo tudo o que você construiu à base de traição e mentiras. Já estou cansado disso tudo – declarou ele, fechando a porta atrás de si.

Roysealba ficou no quarto alimentada pelos próprios pensamentos sombrios. A presença de Vasko já vinha lhe angustiando havia alguns anos. No passado, ele fora um dos seus amores, o único que ouvia seus lamentos sobre a herança do trono e de como ela se sentia sempre em segundo plano no reino. Mas acabaram se separando quando ele foi mandado para a zona costeira do rei Grosda como um "superintendente", fazendo, na verdade, um trabalho bem abaixo dessa posição. Roysealba não aceitou a atitude do irmão em mandá-lo para lá; acreditava que era o jeito encontrado pelo irmão para separar os dois, já que não gostava de Vasko. Grosda e ele tiveram uma rixa no passado devido a boatos que insinuaram que o irmão da rainha tivera um romance com Aldrea antes de ser rainha. Porém, isso nunca fora confirmado nem por Aldrea, nem por ele.

Alguns dias se passaram depois daquele desentendimento entre os dois no quarto da rainha e, durante esses dias, ele não voltou lá, mas uma visita constante aos aposentos da rainha, geralmente à noite, despertara a sua atenção. Amice, serviçal do castelo, magricela e de cabelos vermelhos, passava pelos corredores vinda de outro lugar desconhecido, nas pontas dos pés, e entrava nos aposentos de Roysealba com frequência. Em uma dessas noites, Vasko chegou a colocá-la contra a parede e questionar o que tanto fazia nos aposentos da rainha. Ainda assim, não conseguiu arrancar nada consistente – apenas dizeres do tipo: "Só fui trocar a água, meu rei"; "Só estava preparando a cama de minha rainha, meu rei". Vasko conhecia a rainha muito bem. Sabia que, de todos os serviçais, Amice era a única em que Roysealba confiava para contar seus planos ou disseminar boatos. Alguma coisa tinha ali, porém ele não fazia ideia do que era.

Algumas conquistas eram festejadas em um banquete oferecido pela rainha aos cavaleiros que voltavam com a vitória para o reino. E uma delas foi marcada por um fato maquiavélico naqueles dias que se sucederam. Além de Roysealba e Vasko, mais duas pessoas eram encarregadas de planejar conquistas em terras possíveis de riquezas que não se limitassem apenas ao metal. Eram os conselheiros dos reis, Elric e Kazimir. Os dois eram tão velhos no reino e naquela posição que já haviam sido os conselheiros de Grosda e Aldrea. Naquele dia, todos estavam comemorando e ouvindo a história que Hob, o Perdido, contava sobre a conquista de uma terra ao oeste dentro dos domínios de Uomã e de como havia sido fácil expulsar os homens fracos de Sir Viriato.

– Você estava certo, velho e respeitado conselheiro Kazimir. As terras são boas para o plantio e nos darão muitos frutos! Elas alimentarão o nosso povo com fartura – dizia Hob. – Os homens de Viriato, quando nos viram chegar ao meu comando, só faltaram se borrar de medo. Tremeram feito vara verde com o som de nossas espadas e com o trote firme de nossos cavalos – debochou. – Mas eles são ousados! Ousaram nos enfrentar! – E todos riram. – Derrubamos um por um. Será que suas espadas eram fracas? Ou eles tinham a mão mole? Pois eu digo que não, irmãos. Nenhum inimigo que ousar nos enfrentar ficará de pé diante de nosso exército. Viva Mahabá!

– VIVA! – Brindavam a conquista elevando os copos.

– Aos poucos, com uma boa estratégia, e ao comando de Hob, o Perdido, tomaremos aquele vilarejo por completo. Uomã será nosso, como tantos outros – disse outro cavaleiro que havia participado do feito.

– VIVA! – Brindaram outra vez.

Os cavaleiros comemoravam em alvoroço a narrativa de conquista contada, com vinhos e um amplo banquete na presença da realeza e dos conselheiros que se deleitavam junto. No grande salão havia quatro mesas de madeira muito bem-esculpidas e ricas em detalhes, dignas do reino. As três maiores eram ocupadas de ponta a ponta por cavaleiros. E, na menor, separada das outras por um degrau que se elevava no piso, os quatro superiores partilhavam o ambiente, de frente para todos, tendo uma visão ampla do salão. Ali, pilares de rochas de mármore branco e ouro se elevavam até perder de vista. O ambiente era iluminado por archotes e pela luz intensa do sol, que entrava por grandes janelas na lateral e refletia nas esculturas douradas.

– Conquistas e glórias para o nosso reino – diziam os cavaleiros em voz alta e em seguida cantavam o cântico de Mahabá.

Kazimir, o conselheiro, que não costumava beber nenhum tipo de bebida alcoólica, naquele dia resolveu brindar com algo que não fosse a água de sempre, devido à excitação.

– Silêncio, um momento, silêncio! – pediu o velho Kazimir. – Com a licença do meu rei, hoje eu vou beber do seu vinho, que tanto já me ofereceu e eu sempre recusei. Como é um dia especial, quero brindar com todos essa conquista com algo que não seja água! Quero dar sabor a essa vitória. Um momento especial pede um brinde especial.

Ao beber do vinho que era servido somente para o rei, mas do qual o monarca ainda não havia tomado porque se deliciava com um pernil e tinha deixado o copo escorregar de sua mão por conta da gordura no momento do brinde, Kazimir de imediato começou a passar mal e logo paralisou em pé. O corpo não respondia mais. As mãos ficaram fracas e trêmulas, a ponto de não conseguir sustentar o copo; foi enfraquecendo, até que não aguentou e caiu para trás da mesa. Sua mente ainda ficou em alerta por um tempo, até que sua respiração falhou e ele desfaleceu ali.

Todos ficaram horrorizados com o que viram. A festança e a alegria deram lugar a silêncio e expressões de horror. Os cavaleiros que bebiam vinho, por mais que soubessem que não era do mesmo barril do rei, jogaram suas taças ao chão, receosos de terem o mesmo fim que o pobre conselheiro.

Acusações e perguntas se levantaram no grande salão: "Tentaram envenenar o rei!"; "Temos inimigos dentro de nosso reino!"; "Infiltrados de Sir Viriato?"; "Infiltrados de Barahankin?"; "Querem roubar nossas riquezas?". Depois de levantarem supostos suspeitos de alta traição, ali mesmo, um suspeito foi mencionado mais vezes: Amice, a serviçal do castelo, que havia desaparecido logo depois do banquete dos cavaleiros.

A mulher foi dada como suspeita de tentar envenenar o rei por outras serviçais que desconfiaram de suas constantes visitas à adega do castelo na calada da noite. Então, ordenou-se que a serviçal fosse trazida até seus monarcas e apresentasse sua defesa diante de todos, mas os guardas voltaram sem a ter encontrado. A então fugitiva havia sumido sem deixar rastros e não foi mais vista dentro dos domínios de Mahabá.

Os reis ordenaram que grupos de seis cavaleiros fossem para além de suas fronteiras e encontrassem-na a qualquer custo. Os três cavaleiros-chefes, Temur, Mark e Hob, dividiram seus homens em grupos, como fora ordenado, enviando-os para o norte, sul, leste e oeste, além de vilarejos e reinos próximos. A morte de um dos principais conselheiros dos reis se espalhou por todo o reino, o que acabou causando um grande alvoroço. Os habitantes ficaram preocupados, pensando que poderia ser algum tipo de ataque de reinos vizinhos contra os cidadãos de Mahabá. Então, por diversas vezes Roysealba teve de emitir comunicados para acalmar a população, que ansiava por respostas.

Depois do funeral do velho conselheiro, que fora velado com toda honra que o posto pedia, e dias antes de os cavaleiros voltarem da busca por Amice, Vasko invadiu novamente os aposentos da rainha. Naquele dia trocaram farpas sutis.

— Já lhe pedi que não entre aqui, não foi? – disse ela ao encontrá-lo.

Surpreendentemente, dessa vez não parecia estar bêbado. Depois da tentativa frustrada de envenenamento de Vasko, ele decidiu parar de beber o vinho do reino. Talvez não tivesse a mesma sorte outra vez, e o vinho de alguns vilarejos que julgava ser seguro era fraco. Chegava a dizer que parecia mais água tingida que vinho. Como Roysealba dificilmente ficava no mesmo ambiente que ele, não percebeu que há dias já estava sóbrio. Mas, para falar a verdade, isso pouco lhe importava.

— Você sabia que Barahankin está usando gigantes em seu exército há um bom tempo? Gigantes grotescos vindos do Vale do Tamanho? – perguntou ele.

— Sim, eu sei — respondeu ela. — Usando criaturas estúpidas como ele. Criaturas que só sabem responder a comandos, sem pensamentos astutos ou produtivos. Alimentam-se porque a barriga dói, gritam porque a dor incomoda. Mas eu não o julgo: criaturas assim nasceram para servir; porém, quando começam a ser um contratempo, o melhor é se livrar delas.

— E ele as usa muito bem. Pode se tornar um problema para nós no futuro. Os domínios dele avançam tanto quanto os nossos. Isso não a incomoda? — em seu tom de voz havia um leve desprezo direcionado a ela.

— A arma dele pode derrubar muralhas fracas, amassar cabeças de tolos com suas mãos enormes ou até mesmo ser usada como criatura de carga, mas não é o suficiente para ganhar uma guerra. São criaturas inconstantes que podem mudar de lado facilmente. Então, para mim, isso não é uma ameaça — respondeu ela.

— Concordo com você, mas Barahankin não é um tolo. Eu desconfio de que Amice estivesse trabalhando para ele. Você, não? Talvez tenha sido um jeito que ele encontrou de nos atacar futuramente, enfraquecendo primeiro a coroa, causando pânico em nosso reino. Viu o que aconteceu? O povo está assustado com o ocorrido — disse Vasko.

— Se esse foi o objetivo, o miserável falhou. E se Amice estiver trabalhando para ele ou para qualquer outro que seja, terá o seu castigo — ela respondeu secamente. — Ainda que essa traição agrade, um traidor sempre será um traidor e deve pagar.

— Agradar-lhe-ia muito se eu tivesse tomado daquele vinho envenenado, não é mesmo? Um fardo levantado de suas costas. Tive sorte. Mas como pôde? Eu me pergunto às vezes... Ela era sua criada de confiança... Poderia ter matado você aqui mesmo, quando entrava nos seus aposentos na calada da noite. Consegue imaginar o perigo que você estava correndo? Seria uma tragédia para o reino inteiro. A rainha morta por sua criada de confiança, enquanto dorme — disse Vasko olhando fixamente para Roysealba, que, por outro lado, olhava para o horizonte por uma de suas grandes janelas, de costas para ele.

– Como eu já disse, ela vai pagar por isso.

Ele riu baixo e segurou a língua na boca para não responder algo insensato.

– Existem dois tipos de pessoas neste mundo, Vasko. As que nascem para o comando e as que nascem para ser comandadas. Não passa de uma brincadeira de gato e rato, na qual os gatos comandam e os ratos, quando não fogem, obedecem – declarou ela. – Poder, luxúria e riquezas são uma união extremamente perigosa, por isso é preciso manter o equilíbrio. Os gatos no lugar onde devem estar e os ratos no lugar que sobrou para eles. Mas sabe o que pode causar um conflito, Vasko? Quando os ratos começam a pensar que têm os mesmos direitos que os gatos. Quando começam a imaginar em suas mentes minúsculas que podem confrontar os gatos. E, em seus delírios tolos, ousam enfrentar aqueles que eles nunca vão conseguir derrubar. São apenas ratos. E nasceram e vão morrer como ratos.

– De ratos que almejam ser gatos você entende muito bem, Roysealba – disse ele. – Eu conheço alguns ratos tão perversos e ambiciosos que são capazes de tramar até contra a sua própria colônia. Você conhece o conto do rato que queria ser gato-rei?

A rainha se virou para o rei e lhe lançou um olhar perverso, como se o quisesse na forca, mas não foi capaz de intimidá-lo, apesar de aquela conversa estar visivelmente causando incômodo.

– Acho que não conhece o conto. Bom, eu tenho tempo, então vou lhe contar – disse Vasko. – Era uma vez um rato que tinha inveja de um gato. O rato desejava tudo o que o gato tinha: seu poder, sua firmeza, seu trono e seu respeito. A inveja era tanta que às vezes chegava a beirar a loucura. Então, resolveu tramar contra aquele gato. Queria encontrar um jeito de acabar de uma vez por todas com ele e, assim, herdar tudo o que era do gato-rei. Muitos planos foram discutidos em sua cabecinha durante dias, e aqueles dias se transformaram em anos, até que surgiu uma oportunidade e ele a abraçou. Conseguiu enfim colocar o seu plano em ação, tendo êxito. Derrubou finalmente o gato-rei e herdou tudo o que este tinha: toda a sua riqueza e o seu trono. Porém, não conseguiu herdar duas coisas: sua firmeza e seu respeito. Sabe por quê, Roysealba? Porque riqueza e trono não compram firmeza ou respeito. Quem nasceu para ser rato, por mais que use uma capa de gato, sempre será rato.

    A conversa terminou ali. Vasko se retirou, deixando Roysealba em seus pensamentos. Não voltaram a se ver novamente durante os dias que se sucederam. Foi apenas no regresso dos primeiros homens de Temur que voltaram a se encontrar. Reunidos no salão principal, receberam os cavaleiros com poucas informações concretas do paradeiro da fugitiva – a maioria era boato. E, com o passar dos dias, outros grupos de cavaleiros voltaram com a mesma má sorte, o que acabava deixando Vasko enraivecido muitas vezes. Como poderia uma simples moça sumir e não deixar rastros?

17 Um silêncio se fez no salão

Os dias passavam. Enquanto dentro do grande castelo da realeza conflitos e intrigas afloravam entre as duas coroas, lá fora o povo aguardava temeroso a chegada do eclipse de três dias. Seriam três dias mergulhados na vermelhidão. Para eles, os contos do passado sobre esses dias não eram tão magníficos ou atraentes.

Havia a lenda de que nesses dias os mortos que vagam durante a noite podiam vagar o dia inteiro: levantavam-se de seu sono profundo em busca de vivos para levar com eles. A mesma coisa faziam os espíritos que vagavam no Grande Rio Divisor: conseguiam se desligar do manto que os aprisionava e andar pela terra em busca de almas para vagar com eles na eternidade. Na maioria das vezes, era assim. Os contos tinham como base mortos que retornavam para carregar os vivos.

Por fim, depois que Hob e Mark retornaram com seus homens sem nenhuma notícia do paradeiro do serviçal, Temur chegou com o restante dos seus e, entre eles, seis totalmente fora de si. No salão, eles se reuniram mais uma vez.

– O que houve com esses homens? Por que estão nesse estado? Até podemos pensar que cavalgaram durante dias, sem parada para descansar, comer ou beber – falou Roysealba. – Parece que viram um dragão ou um demônio na estrada e estão fugindo dele como a corça foge do lobo.

– Minha rainha, esses seis cavaleiros estavam com o grupo que foi para o leste; lá, quando foram novamente divididos, seguiram para a Floresta Baixa inabitada, onde os antigos anões mineradores de Randel do passado fizeram suas minas no subsolo. E, andando por suas antigas trilhas, afirmam ter encontrado dois jovens, um menino e uma menina que carregavam espadas que não pertenciam a nenhum reino conhecido. A princípio, julgaram ser apenas dois ladrõezinhos de estrada, esperando algum comerciante ou cavaleiro para roubarem. Os dois eram fingidos. Não sabemos se eles têm alguma ligação com a foragida. Porém, esse não é nem o cume da montanha. Quando decidiram trazer os garotos para cá como prisioneiros, para serem interrogados por vossas coroas, estes homens espantados afirmam que os dois jovens foram levados por... por... por... – Parecia estar receoso em continuar. Então, quando levou uma bronca da rainha, continuou: – Levados por leões brancos logo depois de os mesmos leões os terem atacado – concluiu Temur.

– Então não me surpreende estarem nesse estado de assombro. Presenciaram a morte de dois jovens, provavelmente ladrões de armas que estão virando fezes nas barrigas dos leões a uma hora dessas. O que nos resta é lamentar. Talvez nem jovens humanos fossem; poderiam ser anões – disse a rainha. – Para falar a verdade, a única coisa que me surpreende é saber que existem leões naquela floresta medonha e que jovens – ou anões – estão andando por lá. Se forem anões, devem estar tentando retomar suas antigas medíocres fontes de poder, limitados a

181

gemas e metal fraco. Se forem jovens humanos, devem ser apenas larápios de estradas escondendo-se em qualquer lugar que resta. De tudo isso que me contaram, a única coisa que me interessa é a pele desses leões brancos. Suas jubas espessas sempre dão ótimos casacos.

– Minha rainha, a senhora não entendeu, ou talvez eu não tenha explicado direito. Para ser sincero, nem eu sei explicar. Esses homens afirmam que os leões brancos salvaram os dois jovens! E que logo em seguida os dois subiram em suas costas como cavaleiros sobem nos lombos de seus cavalos e seguiram para o centro da floresta até sumirem de vista – disse ele. – O mais curioso de tudo isso, porém, é que alguns desses cavaleiros afirmam que só não foram mortos pelos leões porque a garota deu ordens para que assim não fizessem, e eles teriam obedecido à sua ordem de imediato.

Fez-se silêncio no salão.

Se pudessem ouvir os batimentos de Roysealba, saberiam que seu coração havia parado por alguns segundos. Atônita. Vasko e Elric compartilharam do mesmo sentimento.

Tempo depois, o silêncio foi quebrado pela rainha. Todos aguardavam o que ela ia dizer.

– Deixe que os homens falem! Quero ouvir de suas bocas! Quero todos os detalhes! O restante pode se retirar.

Obedecendo à ordem, permaneceram somente o chefe dos cavaleiros e seus homens, para contar novamente o fato com a riqueza de detalhes que a rainha exigia. Então, um dos rapazes foi empurrado e, diante dos reis e de seu conselheiro, que se inclinaram para ouvir o que ele tinha a dizer, contou tudo o que havia acontecido. Mencionou até os traços físicos dos jovens.

Ao fim dos relatos, a rainha liberou os seis, permanecendo somente Temur no salão.

– Talvez eles tenham sofrido algum tipo de influência demoníaca naquela floresta que os levou a delirar e a dizer coisas absurdas. Apenas isso! – sugeriu Temur.

– Alguma coisa está errada. Os detalhes contados por eles não são de quem está demente ou sofreu influências sobrenaturais. Os jovens que ele descreveu não são mera ilusão. Repararam no detalhe no peito da armadura? Estava amassada – disse Elric. – Outro detalhe que me chamou a atenção foi a aparência dos jovens, que, pelo que foi descrito, devem ter entre 12 e 14 anos, o que coincide justamente com o período em que a Estrela do Renascimento brilhou pela última vez.

– Mas isso é impossível. Toda criança nascida nesse dia deve ser entregue à Ordem – disse Vasko.

– Sim, o senhor está coberto de razão, meu rei. Mas será que todas estão sendo entregues de fato? – perguntou Elric. – E se uma nos escapou? A Ordem já não é mais como antes. Enfraqueceu-se com o passar dos anos. Quando foi a última vez que houve uma reunião entre os líderes? Estamos lidando com pessoas, com seres humanos iguais a nós! São capazes de trair e de mentir. Não podemos descartar as possibilidades. Um elo nascido pode trazer uma catástrofe para o nosso reino. Se esse boato se levantar tão rápido quanto o que se levantou depois da tentativa de envenenamento do senhor, poderemos ter que enfrentar a fúria dos reinos que nos detestam, elementais e tantos outros. Desgraça poderá surgir se isso se espalhar e chegar ao conhecimento deles. E, se essa guerra se levantar, podemos enfrentar um ou outro, mas não temos força para lutar contra todos. Eles anseiam por nossa queda como um dragão anseia por caos.

– Mas as narrativas que nos contam sobre esses elos do passado diziam que eles recebiam os cuidados dos magos que conheciam a tal ordem cronológica da criação. E hoje eles não existem mais. Como filhos de camponeses, agricultores ou seja lá de quem forem, poderão se tornar uma ameaça se não conhecem nada a respeito? Talvez a família inteira esteja apenas se escondendo por medo. Para não entregar a criança, decidiram se isolar – disse Vasko.

— Ainda assim é um risco. Como eu disse, boatos correm. E não podemos controlá-los – disse Elric. – Notícias assim se espalham como fogo em campo de palha no verão.

— Então vamos chamar o conselho da Ordem e dar um fim nisso antes que acabe tomando proporções gigantescas – propôs Roysealba.

— Desculpe-me, minha rainha, mas penso que essa não é a melhor estratégia no momento – contrapôs de imediato Elric. – Veja bem: se convocarmos o conselho da Ordem, mais boatos podem surgir, e controlá-los será ainda mais difícil.

— O que você sugere então, conselheiro? – perguntou Roysealba.

— Como ainda não temos informações suficientes sobre os tais jovens que se escondem na Floresta Baixa do Leste e contamos somente com especulações baseadas nos relatos de seis cavaleiros, acho eu que... – dizia Elric, quando foi interrompido por Temur.

— O que você quer insinuar sobre meus homens? – perguntou ele, bravo, agarrando e puxando o conselheiro pelo colarinho.

— Acalme-se, acalme-se, primeiro-chefe dos cavaleiros – pediu Vasko, ficando entre eles. – Esse não é um comportamento adequado aqui! Respeite o conselheiro.

Depois de acalmar Temur, Vasko pediu que Elric retomasse de onde parou.

— Como eu ia dizendo... As informações que nós temos ainda são poucas para tomarmos qualquer decisão precipitada. Vejam bem: primeiro temos a questão da tentativa de envenenamento do rei, que acabou causando um grande alvoroço em nosso povo e que ainda aguarda conclusões concretas. Em breve teremos o eclipse e ficaremos na escuridão por três dias. Conhecemos o nosso povo, que é supersticioso. Se inflamarmos mais esse fogo com tal informação, ele pode acabar causando um colapso no reino, e nenhuma coroa será capaz de controlá-lo.

— Você tem razão, conselheiro – concordou Vasko. – Essa informação deve ser mantida aqui até que as coisas se acalmem. O conselho da Ordem pode esperar um pouco. Podemos trabalhar com a informação que temos e buscar mais detalhes de maneira segura, para não levantarmos boatos.

Roysealba andava em círculos, escutando e analisando tudo o que os outros falavam; porém, pelas expressões faciais, logo se notava que não estava nem um pouco confortável com o rumo da conversa.

– Não concordo. Devemos eliminar a fruta podre antes que todo o resto seja danificado – declarou ela. – Boatos podem se levantar? Deixe que se levantem. O importante é eliminar a fonte que os fez jorrar; uma vez eliminada, ficará somente o boato. E boatos não vencem guerras.

– Mas, minha rainha, uma situação como essa não é vista há séculos. Barahankin e Viriato, que fazem parte do conselho agora, são dois caprichosos. Podem acabar piorando a situação. Boatos podem não vencer guerras, mas ajudam a criá-las. E, uma vez criada a guerra, dificilmente será possível voltar atrás – recomendou Elric. – Não existe um reino forte o suficiente que não tenha esperado a hora certa de atacar. O truque mais esperto para vencer o inimigo é deixar que ele pense que não é detectado; isso o levará para o alvo desejado. Não podemos nos deixar levar por emoções precipitadas, pois é algo que pode acabar se voltando contra nós, nosso reino e nosso povo.

Roysealba estava bufando como um touro bravo que não queria ser domado. Se o que a incomodava eram os argumentos do conselheiro, ou o fato de que pela primeira vez estava perdendo o controle da situação, não sabiam dizer.

– E o que você sugere? Como devemos agir? – perguntou ela ao conselheiro. Arrogância em cada palavra. – Vamos ficar passivos diante de uma possível ameaça que cresce ao leste?

– Sim. Quero dizer, não! Na verdade, eu não sei. Esta é uma situação nova para mim; talvez em alguns dias eu consiga idealizar um plano – respondeu Elric. – Mas a primeira coisa que devemos fazer é controlar os homens que nos trouxeram essa informação e evitar que ela se espalhe. Talvez, quando o eclipse passar, eu já tenha algo em mente.

– Não está certo. Precisamos de um plano agora. Eu não vou ficar dias esperando você idealizar um, conselheiro – discordou novamente a rainha de longos cabelos brancos e olhos escuros. – E, se o plano não chegar hoje, amanhã mesmo mandarei tropas de mil homens para aquelas terras, mas encontrarei esses dois, nem que eu tenha que derrubar todas aquelas árvores!

Os homens se entreolharam. Difícil era argumentar com a rainha quando ela já tinha planos elaborados em sua cabeça. Por mais que parecessem precipitados, ela dificilmente voltava atrás.

– Minha rainha, eu tenho uma sugestão, se Vossa Majestade me permitir – manifestou-se Temur.

– Então me diga, chefe dos cavaleiros.

– Eu sugeriria mandar um grupo de doze cavaleiros amanhã para lá, mas a informação que eu passaria aos homens seria a de que deveriam capturar os cúmplices de Amice e trazê-los para o nosso reino. Dessa forma, teremos os dois que criaram esse infortúnio e não levantaríamos suspeitas ou possíveis boatos, já que estaríamos enviando um número bem pequeno de cavaleiros, mas o suficiente para capturar os jovenzinhos e o restante de sua família. Saindo amanhã, estarão adentrando a floresta já no último dia do eclipse, o que pode nos dar vantagem. Se esses camponeses forem como a maioria, que evita sair de casa nesses dias, então serão como coelhos presos em suas próprias tocas.

Roysealba pensou no que Temur acabara de sugerir. Um breve silêncio se fez enquanto ela discutia consigo mesma. Até que tornou a falar:

– Gostei de sua sugestão, chefe dos cavaleiros. Ajoelhe-se diante de sua rainha. – A rainha ordenou e o homem cumpriu. – Por se mostrar um homem astuto e de pensamentos rápidos, acabo de o nomear conselheiro real – disse ela ao empunhar a espada do cavaleiro e tocar-lhe o ombro. – A partir de hoje, tomará o lugar que era de Kazimir, tornando-se meu novo conselheiro-mor. Mas, antes de assumir o seu novo posto, faça aquilo que sugeriu. Mande os doze cavaleiros para a floresta com a falsa informação de que deverão capturar os cúmplices da criada. E que me tragam todos! Não me importa se mortos ou vivos – exceto a menina. Porém, que venha com a boca amordaçada. Não quero sua língua solta espalhando medo por onde passar. Agora, vá.

Aquela foi a última ordem. Ninguém mais falou após o cavaleiro partir para cumprir o que havia sido firmado com a rainha. E ela fez o mesmo: abandonou Elric e Vasko no salão sozinhos. Assim que sumiu de vista, os dois discordaram de suas atitudes precipitadas.

– Agora o que nos resta é esperar e torcer para que essa atitude não nos cause mais problemas – disse Elric a Vasko.

– Qual é a necessidade de trazer a garota para cá? – disse Vasko, irritado. – Interrogatório? Julgamento? Acho que esse não é o feitio da rainha com os larápios de fora de nossos domínios. De alguma forma essa garota lhe despertou interesse. Só não sei dizer qual.

– Eu não estou em posição de levantar qualquer tipo de suspeita contra a minha rainha, ainda mais perante o senhor, meu rei. Mas eu sei que vossas majestades vêm passando por uma tempestade cinzenta há tempos, e essa tempestade vos afasta da margem com a mesma velocidade que vos afunda. Então, se eu posso vos dar um conselho, seria para tomar cuidado. Fique sóbrio – disse Elric.

– Espere, conselheiro. – Pegou-o pelo braço antes que ele saísse. – Você suspeita de alguém? Suspeita de para quem Amice estava trabalhando?

– Sim, mas é melhor esperar a traidora ser encontrada e trazida até nós para o revelar – disse ele. – Somente ela pode apontar o culpado e nos tirar de uma possível escuridão.

– Você não fala porque tem receio de que possa lhe custar caro. Mas eu, como rei, posso falar, e acredito que seja a mesma pessoa que anda em seus pensamentos – disse Vasko. – Eu já vinha desconfiando há dias, e acredito que você também. Suspeito de que a minha companheira esteja por trás disso, para se livrar de mim. Eu sou um fardo tão pesado assim?

O conselheiro olhou para os lados para certificar-se de que realmente estavam sozinhos e disse:

– Esse pensamento me ocorreu e até vos peço perdão por isso. Ela é vossa rainha, assim como o senhor é o rei dela. Então, tive que descartar essa possibilidade, porque não fazia sentido. Vossa Majestade conhece as nossas leis: um rei ou uma rainha não podem governar sozinhos. Os dois precisam existir para governar juntos. Se o senhor morresse naquele dia, ela teria que se unir a outro homem. – O conselheiro chegou mais perto e falou ainda mais baixo: – O senhor acredita que nossa rainha o esteja traindo com outro, a ponto de querer tirar Vossa Majestade de seus planos? Porque, se isso acontecer e for provado, ela perde a coroa e o senhor assume como o primeiro em uma nova linha de sucessão, já que não tiveram filhos, podendo excomungá-la e, assim, unir-se a outra moça, que viria a ser uma futura rainha de nosso reino.

– Não, você está correto em descartar essa possibilidade, ela é fria. Não se deita comigo e acredito que não sinta prazer nisso. Só se satisfaz com o seu ouro e a sua coroa. Como você disse, o melhor agora é esperar e torcer para que essa atitude não nos traga mais problemas, já basta os que temos de resolver.

Os dois encerraram ali a conversa e cada um foi para um lado. Porém, Vasko, enquanto andava em passos calmos rumo a seu aposento, refletia e levava consigo o que o conselheiro acabara de dizer. No caminho, chegou até a jogar fora, em um pé de planta dourada, o resto do vinho que carregava. Era hora de parar de beber aquele vinho fraco e qualquer outro que pudesse aparecer.

No dia seguinte, como fora ordenado, os doze cavaleiros partiram para a Floresta Baixa do Leste, acreditando na falsa missão. Logo em seguida, em um evento formal, Temur foi nomeado o novo conselheiro. Deixou de usar a armadura pesada e brilhante e passou a usar vestes mais leves e compatíveis com o cargo. Mark foi promovido a primeiro-chefe dos cavaleiros; Hob, a segundo; e Didadibor, a terceiro. Assim se formava uma nova ordem de chefes cavaleiros do Reino Dourado.

Auriél, agora Hob, o Perdido, segundo chefe dos cavaleiros, um rapaz grande de olhos azuis, cabelos e barba escuros, fingiu por tanto tempo ser outra pessoa que aos poucos foi se esquecendo de quem era: o irmão da pequena Laura. E ambos fugiram do Vilarejo Rosmarinus Azuis para salvar suas vidas. Se aquilo era mais um de seus truques para proteger a irmã, só quem poderia dizer era ele, mas estava tão moldado àquele novo modo de ser que raramente se lembrava da irmã e do que havia passado antes de chegar ali. Mas preferia assim. Sabia o que ela era e por que não pensava nela – nem sozinho consigo mesmo. O seu paradeiro era uma incógnita para ele. Em geral, lembrava-se do que havia passado quando viu a insígnia dos antigos anões mineradores de Randel no braço dourado do Rei Vasko. As lembranças surgiam atropelando tudo, fazendo-o até desviar o olhar da insígnia diante de tamanho incômodo.

Finalmente, o eclipse chegou, deixando o dia avermelhado. As muralhas de rocha branca e as paredes do grande castelo de Mahabá pareciam ter sido pintadas de sangue. O grande pilar dourado, constituído de expressões humanas entrelaçando-se e formando um obelisco de horror, no centro da praça, refletia a luz avermelhada. Quem olhasse para ele agora podia imaginar o fogo do passado ainda vivo. Ali, naquele lugar, dezenas de pessoas haviam sido executadas como praticantes de magia e de leitura, queimadas vivas em praça pública. Os primeiros reis decretaram, por lei, que todo praticante de atos possivelmente mágicos ou de interesse pela escrita e interpretação desta fossem queimados com seus livros. Depois dessa lei, todos foram proibidos de praticar leitura. Somente os reis, seus filhos e seus conselheiros tinham permissão para tal. A ordem vinha do medo de que o conhecimento adquirido pudesse levantar interesse pelos elos do passado.

"Esses homens que praticam a escrita e a leitura, sobre os quais se tenha demonstrado que conspiraram contra a segurança de nosso reino, serão castigados e corrigidos como merecem pelas mais severas leis."

18 Brincadeira de mau gosto?

O dia rubro se estendeu e pouco movimento se via. No segundo dia, foi do mesmo jeito. Aquelas ocasiões eram pavorosas para o povo de Mahabá, que permanecia em suas casas o dia inteiro, como num clima de inverno; se saíssem de casa, seria somente por extrema necessidade, como para pegar água em um poço mais próximo, sempre evitando ouvir o som do fundo, que se parecia com gemidos horrendos ecoando pelas cisternas abaixo. Até mesmo saíam atrás de alguma coisa para somar à refeição, em algum mercado que ousasse estar aberto na praça.

Dentro do castelo não era diferente. Pouco se via o rosto de alguém nos corredores. As refeições dos reis eram geralmente levadas até seus aposentos.

Naquele segundo dia, era fim de tarde e o grande anel de fogo ainda se sustentava no céu. Depois de terminar o seu jantar mais cedo, Vasko, que não bebia havia dias, decidiu dar um gole num vinho que tinha guardado entre suas coisas. Esse gole se transformou em dois, três, quatro... Até que esvaziou totalmente a garrafa de madeira e metal dourado. Sua vista ficou logo cansada e turva. Largou a garrafa seca e se jogou na cama. Já estava prestes a cair no sono quando foi surpreendido por figuras encapuzadas de preto que o tiraram da cama, tampando sua boca e o deixando sem chance alguma de gritar ou pedir socorro. Como estava confuso devido ao vinho, não soube dizer de onde vieram ou quantos eram, mas foram o suficiente para imobilizá-lo.

Logo depois de amordaçarem sua boca, cobriram sua cabeça com uma espécie de saco de pano tão escuro quanto as vestes que usavam. Vasko notou que estava sendo levado para algum lugar que não saberia dizer onde. Só sentiu que foi jogado dentro de alguma espécie de carruagem, com mãos e pés amarrados – e, pelo encontro de corpos que sofreu lá dentro, parecia haver mais alguns na mesma situação que ele. A carruagem então partiu: virava para a direita e para esquerda; descia e subia; balançava grosseiramente. Quem estivesse guiando tinha pressa de chegar aonde quer que fosse. Nada se ouvia. Nenhuma conversa. Apenas os gemidos de quem estava sendo levado.

Algum tempo depois, a carruagem parou. Novamente foi agarrado e puxado para fora. Levado arrastado pelo colarinho e posto em algum lugar de joelhos, os gemidos dos que o acompanhavam lá dentro também o seguiram nesse percurso. O silêncio se mantinha, mas agora era possível escutar o relinchar de mais cavalos. Quando finalmente teve o saco de pano retirado, pôde se situar. Vasko e mais oito homens estavam de joelhos em círculo em meio a uma abertura na floresta de pinheiros. Nos seus joelhos, o chão tocado era arenoso e plano e, à frente, mais além do bosque, podia-se ver o pontudo, rochoso e branco pico de uma alta montanha que, agora, devido ao eclipse, estava avermelhado como sangue. De quando em quando, o farfalhar do vento frio fazia o círculo de fogo que havia diante deles dançar, lançando faíscas para o alto. Dentro desse círculo havia outro, formado por frutas de diversas espécies e de aparência apetitosa. No centro dos dois círculos, uma figura altiva de capuz vermelho usando uma máscara dourada com a estampa de um rosto de serpente de longos chifres.

Ao observar os homens que estavam ali ajoelhados com ele, Vasko pôde reconhecer as faces uma por uma. Uma delas era de Elric, o conselheiro; as outras seis eram os rapazes que haviam voltado da Floresta Baixa do Leste trazendo o relato do que encontraram lá.

Fazendo parte daquilo tudo havia oito cavalos deitados ao chão com suas patas amarradas e outras figuras de capuz vermelho empunhando espadas direcionadas ao pescoço de cada um dos ajoelhados. Dessas figuras, podia-se ver o rosto, já que não usavam nenhum tipo de máscara para tampá-lo. Foram logo reconhecidos: eram cavaleiros de Mahabá, homens do antigo primeiro-chefe dos cavaleiros, parados com as espadas afiadas e reluzindo à luz vermelha do eclipse anual – nada cortês. Seus olhos estavam totalmente brancos e suas expressões eram frias; pareciam estar em uma espécie de transe.

Outra figura surgiu, alta, magricela e de cabelos vermelhos, permanecendo parada fora do círculo. Era Amice, a serviçal que havia desaparecido: ela havia guiado a carruagem até ali. Logo depois, outra figura se revelou: um homem de rosto fino e olhos claros. Era Temur, o novo conselheiro. Seus olhos não estavam brancos como os dos demais, nem sua expressão era de transe. Fora ele, com a ajuda de outro cavaleiro em transe, que os havia raptado.

– Sejam bem-vindos ao meu encontro – finalmente disse a figura de capuz vermelho, a voz abafada devido à máscara. – Estava esperando por vocês.

Ninguém disse nada, mas esboçavam no rosto pavor e se entreolhavam, imaginando todo tipo de coisa confusa que conseguissem.

– O que está acontecendo aqui? É algum tipo de brincadeira de mau gosto? – perguntaram-se.

Olhavam para Amice e Temur; eles, porém, não retribuíam o olhar. Miravam fixamente apenas a figura no centro do círculo.

– Não tenham medo. Apreciem com entusiasmo. Tirem o temor de suas faces – continuou. – Hoje vocês poderão ser verdadeiramente úteis para o nosso reino. Então, alegrem-se, sintam-se horados e, pela primeira vez, valorosos. O portal está aberto, só é preciso passar.

Vasko – e talvez a metade dos homens ali ajoelhados – já desconfiava de quem era a pessoa por debaixo da longa capa vermelha e da máscara dourada. Aqueles movimentos e jeito de falar eram inconfundíveis. Então, finalmente, depois de alguns minutos, Vasko se manifestou:

– Quem é você, criatura escondida por trás da máscara? – perguntou ele com os olhos fixos na figura; ela e o fogo à sua frente refletiam-se em seus olhos arregalados. – O anfitrião não vai nos dar as boas-vindas enquanto esconde o rosto? Ou vai?

A figura parou de gesticular movimentos suaves com o braço, como se dançasse com o fogo, e direcionou-se a Vasko, porém sem sair de dentro dos círculos que a cercavam.

– Você quer saber quem eu sou? – perguntou a figura. – Pois bem, Rei Vasko, mas eu não vou lhe dizer quem eu sou. Eu vou lhe dizer quem eu fui e o que me tornei.

O círculo de fogo, antes dourado, começou a ficar obscuro, mas tão vivo quanto antes. Quando a figura começou a dizer as primeiras palavras, a fuligem que escapava das chamas entrou pelas narinas dos prisioneiros, invadindo suas mentes e fazendo-os compartilhar lembranças que não eram deles, mas que tinham relação com tudo o que ouviam.

– Eu fui fracasso, eu fui medo, eu fui desgosto. Nascida sem voz e sem sucesso, o farelo da monarquia, o vômito de meu pai. Fui aquela que não tinha escolhas, aquela que nasceu incapaz. A estrela que não brilha, a água que não sacia a sede. Fui a espada que o cavaleiro descarta, o conselho que ninguém acata. Fui a criatura que ninguém espera, a sobra que se descarta. Fui o herdeiro que não se quer, a mulher nascida, fui o infortúnio dos planos traçados.

Todos voltaram de imediato da viagem de lembranças assim que a figura diante deles parou de falar. Mas algo terrível ainda ecoava dentro de suas mentes: choro de criança. Rejeição paterna. Abraços negados. Palavras ditas para machucar. Choros reprimidos. Revolta.

Estavam tontos e ofegantes; pareciam ter acabado de emergir de um mar profundo. Buscavam por ar puro, arregalando os olhos e tossindo sem parar. Por fim, depois de um tempo, restabeleceram-se.

– Querem saber quem eu sou agora? – voltou a falar a figura altiva de capa e capuz vermelhos. – Pois eu vou lhes dizer!

Sua máscara dourada, com longos chifres que apontavam para o céu, começou a se afastar de seu rosto de forma sobrenatural, sem que ninguém a tocasse. Levitou até ficar acima de sua cabeça como uma coroa flutuante, revelando um rosto fino e pálido; olhos grandes e escurecidos como carvão.

– Sou a grande mulher. Portadora de tudo que me pertence e de tudo o que me pertencerá. Sou a chave que abrirá portas, a ponte que guiará ao destino final. Sou a lua nova, sou o fogo negro que aqui habita. Sou o fruto na árvore prestes a alimentar. Sou amada, companheira e serva de bom grado. Sou a vingança que anda nas sombras; eu sou a regente da morte e da vida. Detentora do sangue que transforma impureza em riqueza, e das coisas ocultas. Sou o mel que adoça a boca e o fel que a amarga. Eu sou Roysealba, a rosa branca, futura rainha das nações!

Ali estavam todos em círculo diante da rainha de Mahabá, que revelara por fim seu rosto. Seus cabelos brancos – agora vermelhos por conta da luz do eclipse – já podiam ser vistos caindo sobre os ombros. Temur e Amice esboçavam um sorriso malicioso fora do círculo, observando tudo como dois cães de guarda.

– O que significa isso? – disse Elric, confuso. – Que lugar é este? O que é tudo isso? Por que nos trouxe para cá? E o que aconteceu com a minha mente? Que imagens eram aquelas?

– Eram as minhas lembranças – respondeu Roysealba. – As minhas terríveis lembranças da vida miserável que eu levava. Excluída por quem deveria me amar e não me amou. Filha de reis que não me esperavam e que não me desejavam. Excluída por ser mulher e desprezada por não atender aos malditos planos traçados. Mesmo sendo a primeira filha, a primogênita, fui tratada como um mero erro. Vivendo às sombras de quem deveria me reverenciar.

Um silêncio se fez logo em seguida. Os homens ajoelhados tornaram a se entreolhar. Em seus pensamentos, coisas angustiantes começaram a lhes ocorrer.

– E não fique confuso, Elric – continuou ela. – Mas, se ficar, não há problema. Logo vai passar. Vou continuar agora de onde eu parei e espero que não me façam mais perguntas que me desviem do real propósito de estarem aqui, ajoelhados diante de mim. Não é fácil ter que preparar tudo isso sem levantar suspeitas do meu povo! Por isso os trouxe para cá, cada um de vocês. Escolhidos a dedo. Na verdade, o plano inicial era outro, mas, devido aos acontecimentos recentes, tive que me adaptar.

As chamas obscuras voltaram a ficar douradas, deixando as faces dos prisioneiros rosadas de horror. Depois de um breve silêncio, Vasko disse:

– Foi você, não foi? – perguntou. – Foi você que tentou me envenenar, com essa outra aí. Provavelmente estava escondida sob sua proteção, por isso ninguém a encontrou. E o pobre Kazimir acabou morrendo em meu lugar.

Roysealba deu uma gargalhada sombria, acariciando os longos chifres da máscara dourada que ainda flutuava sobre sua cabeça.

– O tolo do Kazimir iria morrer de uma forma ou de outra. Estaria hoje aqui em seu lugar se não tivesse morrido naquele dia. Eu já estava perdendo a compostura com vocês três. Um rei inútil e dois conselheiros velhos que fingem me respeitar. Só os mantive na posição porque ainda precisava conhecer um pouco mais dos assuntos secretos que tratavam com meu irmão – disse ela. – A diferença é que, se você estivesse morto, eu culparia Barahankin e estaria invadindo as terras dele agora, mas, como eu disse, os planos mudaram. Mudaram inesperadamente. Tenho outros interesses no momento, como a garota de cabelos negros e pele alva que se esconde na Floresta Baixa do Leste.

– A garota que monta em leões? Você está armando tudo isso para capturá-la? – indagou Elric. – E o que vai nos abrigar a fazer? Rezar até a morte para que os homens que enviamos para lá voltem com ela? É isso?

– Não seja tolo, velho – foi a resposta mordaz. – Você está diante da regente da morte e da vida. Da detentora do sangue que transforma impureza em riqueza e das coisas ocultas. Não sou uma simples rezadeira. Trouxe-os aqui para fazer o mesmo que fiz quando planejei a morte de meu irmão Grosda e de sua rainha Aldrea e não deixei vestígio algum, nem levantei suspeitas que pudessem me incriminar e me excomungar do trono, que é meu por direito. Então, não me julguem. Fiz apenas o que deveria ser feito... Claro, não posso negar que tive sorte naquele dia. A rainha infértil conseguiu segurar o filho no ventre, mas não conseguiu salvá-lo da morte. Que triste para o nosso povo, que perdeu seus reis em um dia de má sorte.

Os homens ficaram estupefatos com o que tinham acabado de ouvir, porém não compreendiam ainda como ela conseguira tal feito. Que cavaleiros a tinham ajudado a armar contra seus próprios rei e rainha? Quem eram esses traidores?

– Acho que você está um pouco confusa, Roysealba. Se eu morrer, você se torna ilegítima, até que se una novamente a outro – disse Vasko. – Você conhece as leis antigas de nosso povo. Elas não podem ser mudadas.

– Não sou uma inútil estúpida como você. Sei das leis e as conheço muito bem, e melhor que você – retrucou. – Já tenho meu futuro rei aqui comigo. E, diferentemente do que fez você, vamos desbravar terras muito além das nossas e conquistar tudo o que pudermos. Você foi apenas uma peça fácil para meus planos e sempre soube disso, não é mesmo? Pois então! Temur vai exercer o seu papel de rei, e tenho certeza de que não vai me causar tanta tribulação e cansaço mental como você me causa. Não é mesmo, Temur?

– E o que vai dizer ao nosso povo sobre a morte do rei? Já pensou nisso? – perguntou Vasko. – Não se precipite em suas atitudes. Eu sempre estive ao seu lado! Você sabe que eu sou de confiança! Amo você. Eu me uni a você por amor, mesmo sabendo que não me amava mais!

Roysealba novamente deu uma gargalhada sombria. O círculo de fogo pareceu aumentar, acompanhando a euforia desdenhosa.

– Você é tão desprezível, Vasko! – escarneceu ela. – Acha mesmo que eu me importo com amor? Com o seu amor por mim? Você não passa de um aproveitador, um bêbado inútil que não serve nem para se defender! Usa um braço de metal que ainda tem mais valor que você. Já estou cansada da sua voz, da sua presença. Tudo em você me enoja. A única coisa que quero agora é o seu sopro, e vou tirar proveito dele para os meus fins. Finalmente você vai ter me feito algo de útil nesta vida.

– Você está completamente maluca – exprimiu Vasko. – Para falar a verdade, sempre foi! Eu é que fui muito paciente com você, sua víbora albina! Você se acha a mais competente e mais habilidosa, mas não passa de uma mísera coitada, sozinha e sem paz consigo mesma!

– TAMPEM A MALDITA BOCA DESSE HOMEM! – explodiu de raiva a rainha.

Temur obedeceu, levando novamente as mordaças na mão para tampar a boca do rei. O homem de capa e capuz vermelho em transe que o ameaçava com a espada se afastou para que Temur pudesse amordaçá-lo; porém, naquele momento, Vasko rapidamente se levantou de alguma forma, deixando as amarras caírem no chão. Talvez ele já as viesse serrando com o braço de metal enquanto debatia com a rainha; as que prendiam seus pés estavam no mesmo estado. Logo depois de se levantar, deu um empurrão com o lado esquerdo do ombro no homem de vermelho, fazendo-o cair longe, e correu em direção à escuridão da floresta, sumindo de vista e deixando para trás os gritos de Roysealba.

– PEGUE-O! PEGUE-O! NÃO DEIXE QUE FUJA! PEGUE-O!

Temur partiu no encalço do rei, sumindo na escuridão.

— Maldito! Maldito! Bêbado traiçoeiro! – resmungava a rainha, com os olhos bem maiores e obscuros que de costume.

Depois de algum tempo, Temur voltou – para o dissabor de Roysealba, sozinho.

— Eu o perdi – disse ele, ofegante. – O desgraçado sumiu no bosque e se escondeu como um rato se esconde do gato! Deve ter se metido em algum buraco. Posso mandar procurá-lo se a senhora quiser.

— Eu o quero morto! Ele pode se tornar um problema para os meus planos. Mas agora preciso de você aqui. Deixe-o. Vamos procurá-lo quando terminarmos. Não podemos perder mais tempo. Está na hora de mandarmos estes homens para o submundo – esbravejou ela, fazendo movimentos desorientados, tornando o círculo de fogo ainda mais vivo.

— Para o submundo? – perguntaram-se os homens ajoelhados.

— O que é isso, maluca? – indagou Elric. – Algum tipo de espetáculo macabro? Quem é você, criatura monstruosa? Liberte-me agora! Eu exijo ser liberto! Você não é normal! Não passa de uma delirante desalmada que não fala coisa com coisa! Vamos, liberte-me agora!

Elric continuou exigindo ser liberto; os outros, também ajoelhados, suplicavam a mesma coisa. Roysealba não dava a mínima para o falatório deles, até que se irritou e ordenou que suas bocas fossem novamente amordaçadas – de preferência, bem forte.

— Que se inicie agora o ritual da morte – disse ela, tornando a tampar o rosto com a máscara dourada.

Antes de iniciar o ritual, ela voltou os olhos para o lugar vago onde Vasko estivera, pensou por alguns segundos e ordenou, friamente, que Temur colocasse Amice no lugar do fugitivo. A serviçal se desesperou e suplicou para não ser usada. Tentou até fugir, como o rei, porém foi agarrada pelos cabelos por Temur, que, com a ajuda do outro homem em transe, amarrou as pernas e os braços dela para trás. Amice, antes com um sorriso malicioso, agora chorava com a boca amordaçada, ajoelhada, fechando o círculo novamente.

– Eu não posso pôr tudo a perder, você sabe. Preciso combater aqueles homens com um número maior de cavaleiros assolados – explicou Roysealba para Amice. – Além do mais, mesmo que você tenha se mostrado de confiança durante esses anos, ainda é uma traidora. E em traidores não confiamos de verdade. Então, mostre que está do meu lado e fique aí parada.

Roysealba deu um sinal com a cabeça para que o soldado de vestes vermelhas, que antes intimidava Vasko com a espada no pescoço, assumisse novamente o seu posto, colocando a espada no pescoço da nova vítima, em pé, por trás dela.

Logo o vento começou a mudar.

Ficou ainda mais frio.

As árvores, iluminadas pela luz avermelhada do eclipse, pareciam fazer uma dança macabra. O fogo voltou a ficar escurecer. O chão plano e arenoso abaixo deles parecia tremer de forma inexplicável; sons perturbadores soavam como risadas invisíveis ora distantes, ora ao lado. Os cavalos, amarrados como os homens, arregalavam os olhos e relinchavam como se estivessem vendo coisas que os olhos humanos não fossem capazes de ver. Os poucos corvos por ali demonstravam se deliciar com o que viam; pareciam dar risadas do espetáculo macabro. Seus pequenos olhos escuros reluziam a chama, que chegava a dançar dentro deles.

Com toda certeza Vasko não ficaria ali perto para ver o que estava acontecendo. Era provável que já estivesse a quilômetros, correndo desembestado sem olhar para trás, sem rumo e para bem longe.

Depois de um tempo, Roysealba começou a falar em uma língua que, certamente, ninguém ali conhecia. Era tão antiga quanto os primeiros mandamentos: a língua falada logo depois da alvorada da existência, falada por todos antes das divisões dos reinos. Primeira língua escrita e compreendida pelas raças, que, com o passar dos séculos, foi esquecida e amaldiçoada. Nessa língua, ela dizia assim:

– Vinde a mim, carne e força que dorme. Escuta-me e vos levantai ao meu convite. Vinde a mim em meus mistérios ocultos e inexplicáveis.

Vinde a mim vossos corpos fétidos e exauridos pelo tempo para que encontrem o refrigério. Vinde a mim porque encontrará vossa perversidade, e assim será gerado o vosso retorno. Recebei o sopro de vida pelo intermédio da dor. Vinde a mim, vós que fazeis rota com a morte. Afastai-vos do abismo escuro, guiai-vos pela chama negra. Levantai-vos vós que sucumbis na perversa sepultura. Vinde a mim porque eu sou a chave que abre portas e fecha destinos. Selai o vosso espírito ao meu, a futura rainha das nações!

E, no chão, com um golpe de espada desferido no pescoço profundamente, todos os prisioneiros estavam mortos. Em seguida, os homens, ainda em transe, golpearam-se e caíram ao chão. Os seis cavalos amarrados também foram golpeados um a um por Temur. As frutas do círculo, antes apetitosas, estavam agora apodrecidas e cheias de vermes.

Então surgiu uma tenebrosa névoa escura e sua essência sinistra embalava-se, formando obscuras e sinuosas espirais, dançando como serpentes envolvendo todos. Logo depois transformou-se em várias espécies daquilo que pareciam ser cavaleiros, montados em cavalos ou não. Agitavam-se de uma maneira imaterial e produziam uma espécie de som, de gemidos indescritíveis, ora de apelo, ora de gritos sem sentido.

Tendo assim falado, a obscuridade misturou-se à Roysealba, logo depois desaparecendo em um piscar de olhos, transformando-se na escuridão da floresta, deixando apenas a rainha e Temur ali sozinhos. Nem os corpos dos mortos se viam mais.

– Está feito – disse ela, retirando a máscara dourada de longos chifres.

Temur foi até seu encontro, passando por cima daquilo que fora um círculo de fogo e um de frutas sadias.

– E o que acontece agora? – perguntou. – Para onde os corpos deles foram levados?

– Neste momento, estão sucumbindo, descendo os degraus do submundo, sendo levados para o mais profundo desespero – respondeu ela.
– E, em troca, os meus cavaleiros fétidos estão emergindo para executar aquilo que ordenei. Afastando-se do abismo escuro, da perversa sepultura

que os aprisionou no dia da queda do Rei Oculto. E, agora, guiados pela chama negra, capturarão a menina que fala com leões e a trarão para mim.

– Essa parte você não me contou – disse Temur. – Então, pelo que imagino, enviar os meus homens para lá não servirá de nada, não é mesmo?

A rainha deu uma risada baixa e sórdida. Depois, disse:

– Esqueça os homens que você mandou para lá! Acha mesmo que eu iria confiar meus planos nas mãos de alguns deles? Existem situações que demandam um olhar específico e preciso, Temur! Se você quer ser um bom rei ao meu lado, precisa aprender isso. Não perca tempo imaginando coisas que não interessam, para não se privar de experimentar coisas mais interessantes.

– Bom... Sendo assim, aprenderei. Como você já enviou esses outros cavaleiros, hoje mesmo vou mandar um mensageiro para que traga os meus homens de volta. É um gasto de ener... – dizia ele quando foi interrompido por Roysealba.

– Não seja tolo, Temur! Esqueça esses homens! Quando eles cruzarem com os cavaleiros que enviei para lá, montados em seus cavalos breus, criaturas tormentosas de Crulon, encontrarão a morte. Não somente eles, mas todos que cruzarem o seu caminho. A única que eles trarão com vida para mim será a garota – disse ela.

– Então você está me dizendo que mandei aqueles homens para a morte? Por que não me disse antes? Se fosse assim, teria mandado homens mais fracos para essa emboscada! – disse ele. – E ainda os mandei montados em bons cavalos de batalha! Maldição!

– Isso pouco me importa agora – declarou Roysealba. – Prepare logo a carruagem e me leve de volta para o castelo. Tenho outras situações para resolver. Ainda temos mais um dia de eclipse e um fugitivo para capturar e matar!

– Maldito aleijado, quase ia me esquecendo dele – praguejou Temur. – Por onde será que esse rato sem braço deve estar? Em que buraco neste bosque ele se meteu? Está tão escuro agora que vai ser ainda mais difícil encontrá-lo. Será como procurar uma concha no oceano. A uma hora dessas, se estiver correndo sem parar, deve estar muito longe ao norte! Não acredito que deva ter descido; caso contrário, vai parar nas margens do Grande Rio Divisor. Mas, se o bêbado for corajoso o suficiente para descer, vai parar às margens do rio e ficar por ali. E agora o que eu faço? Como vou comunicar a sua fuga para os homens que o caçarão?

Roysealba fez silêncio, pensando no que o conselheiro acabara de dizer. Se tudo tivesse saído como ela planejara, não estaria tendo agora esse aborrecimento. Seguiu para a carruagem sem dizer nada, até que:

– Por ora, o que nos resta é dizer que ele enlouqueceu. Essa informação é o suficiente para os homens que mandará para capturá-lo – disse ela. – Com certeza, quando esse maldito for capturado, vai contar tudo o que nos viu fazer e dizer. Dado como louco, vão duvidar de suas palavras; mesmo assim, ainda será difícil; então dessa vez mande homens menos valiosos para capturá-lo, caso tenhamos que nos livrar de todos. Não quero que nosso exército tenha mais perdas. Além do mais, capturar um aleijado desarmado não demanda tanta habilidade assim.

– É exatamente isso que vou fazer, minha rainha – disse ele. – Se tivermos sorte, traremos Vasko de volta ao castelo em dois dias no máximo.

– Quem disse que é para trazê-lo de volta ao castelo? – perguntou ela, voltando a se enraivecer. – Não seja tolo. Eu ordeno que você o capture e o mate onde quer que ele esteja! Não quero voltar a ver a face daquele homem, nem sentir o seu cheiro novamente. Entendeu?

– Mas, minha rainha, como eu vou acompanhar os homens na caçada se agora eu sou o conselheiro? Essa é uma missão que deve ser executada por um dos chefes dos cavaleiros. Se eu for, pode acabar levantando suspeitas ou boatos – disse Temur. – Não podemos nos esquecer de que logo eu serei rei e, se eu estiver relacionado à morte do Rei Vasko, mesmo diante da inverdade de que ele está louco, pode acabar escorrendo de nossas mãos o controle de tudo.

– MALDITO BÊBADO. AMALDIÇOADA SEJA A SUA ALMA E O SEU DESTINO! – vociferou Roysealba, seus olhos voltando a ficar grandes e umbrosos.

Houve um silêncio logo depois. Temur não ousou dizer mais nada. Só se ouvia o revoar dos corvos, que, assustados com os gritos odiosos, partiram dali. Logo depois, ela tornou a falar, mais calma:

– Maldito seja esse homem, atrapalhando tudo o que eu faço. Sempre foi um entrave, um fardo pesado nas minhas costas!

– Quem devo mandar então, majestade? – perguntou Temur. – Posso sugerir Mark ou Hob. São os melhores dos três, mais experientes. Para falar a verdade, entre os dois, ainda prefiro Hob, o Perdido. É muito esperto e tem os olhos ágeis como os de um falcão; nada escapa de suas vistas. Se mandá-lo rumo ao norte com dois ou três homens, tenho certeza de que vão encontrar o rei em breve. Posso enviá-lo amanhã mesmo e digo que o rei fugiu enlouquecido e desvairado, supostamente envenenado por algum tipo de alucinógeno em sua bebida.

– É uma boa proposta, porém ainda podem acabar trazendo-o para cá – disse ela.

– Pois deixe que tragam. Eu me encarrego de terminar o serviço. Nem que eu o jogue da janela da torre mais alta do castelo – declarou ele. – Um bêbado enlouquecido não é o primeiro a se jogar para a morte. Esqueceu-se de seu pai?

Eles se entreolharam com ardileza e terminaram ali a conversa. Subiram na carruagem e partiram rumo ao castelo. Para trás, ficaram no chão apenas as marcas daquilo que foi o ritual da morte.

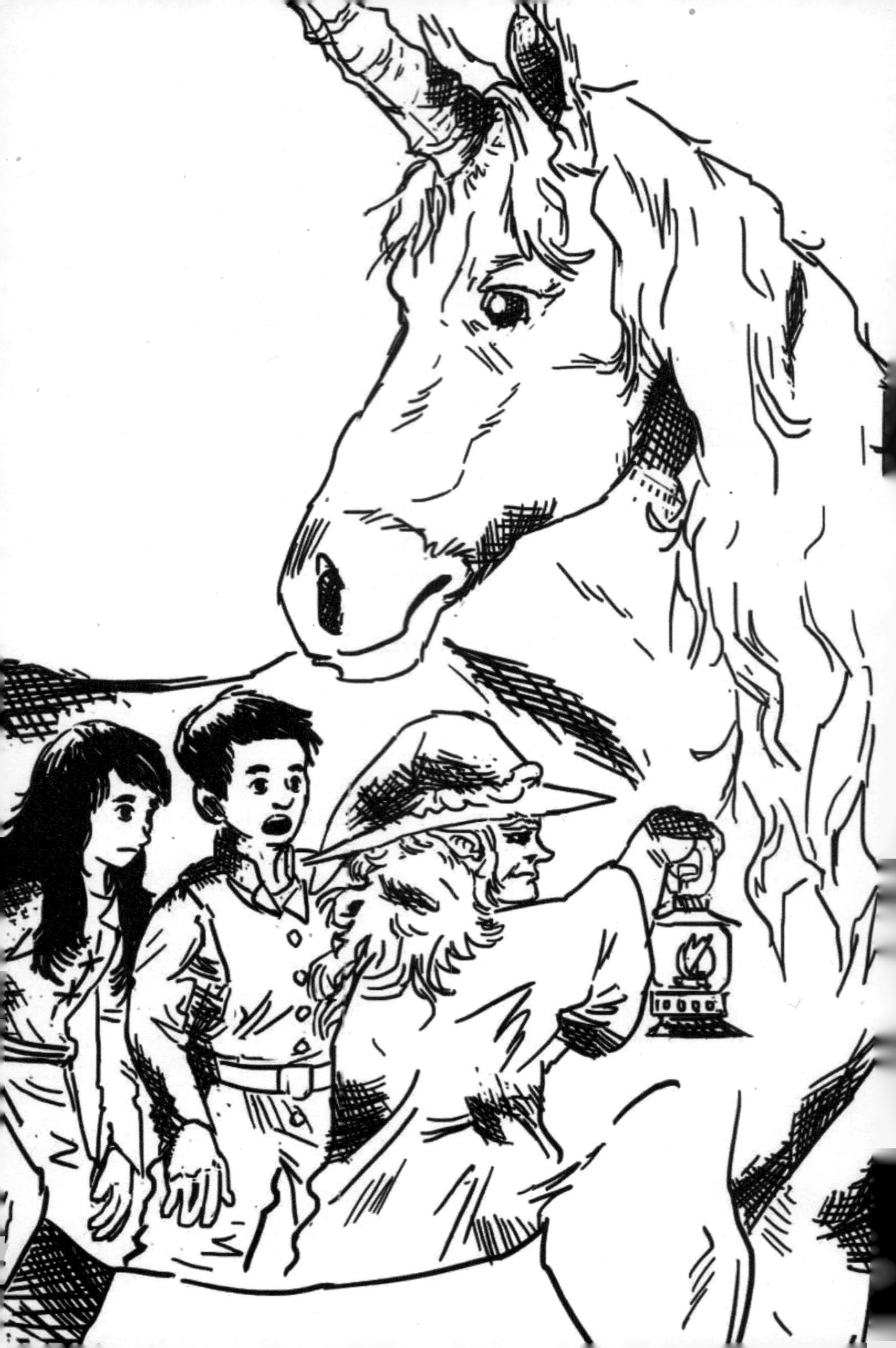

Parte sete

Ataques e surpresas

19 Preparativos para a Dança dos Corpos

Os dias que antecederam a prestigiada Dança dos Corpos foram bastante vertiginosos e um tanto inquietantes no coração da Floresta Baixa do Leste. Mas não deixaram que os jovens Laura e Adrian abandonassem os treinos de espadas com o mestre dos centauros, Angus.

Claro que, depois do ocorrido, quando os jovens foram surpreendidos por cavaleiros do reino dourado, todos tiveram que se comportar com mais atenção e cuidado, afinal de contas não se sabia como o inimigo estava reagindo ao que havia acontecido. Uma fina linha de expectativa ainda segurava o pêndulo da esperança. "Quem sabe os cavaleiros não fossem julgados como loucos, ou até mesmo mortos por heresia?" – Abraminir contava com a incredulidade de seus reis.

Por aqueles dias, Laura, na companhia do mago, fez algumas poucas visitas aos leões brancos, em Sácrapa, a pedido dos clãs, que desejavam a mesma bênção dada pela jovem aos noivos centauros. Cinco novos clãs se formaram, três provindos do clã Dalibor e dois do clã Hadovan, mas somente os de Dalibor aceitaram com entusiasmo as bênçãos. Os outros dois até as receberam, mas com certa apreensão; herdaram a preocupação de Hadovan. Contudo, esses sentimentos não diminuíam a curiosidade que tinham sobre a garota. Os novatos, que conheciam as narrativas sobre ela através dos leões mais velhos, eram ainda mais curiosos; olharam-na atentamente quando a viram chegar montada em um belo equino de pelagem branco-porcelana ao qual ela chamava de Lith. Crina iluminada, uma fêmea que pertencia à Brúhild. A égua um dia foi entregue por Abraminir a seus cuidados, havia ajudado e sido muito útil no resgate das crianças e em tantas outras aventuras, antes mesmo dessas.

– Suas bênçãos aquecem o nosso coração e fortalecem a nossa esperança – disse Dalibor, o leão de juba espessa e olhos azul-celeste.

Laura, que ainda não era uma perita no assunto, improvisava com argumentos e ferramentas que tinha ao alcance. Com a ajuda sutil de Abraminir, conseguia desenvolver-se de forma engenhosa.

– Com o tempo você vai aprender a arte – disse Abraminir. – Aprenda a usar as suas experiências para encorpar a sua fala: aquilo que já viveu, está vivendo e futuramente viverá. Sempre se lembre de quem você é e de por que está aqui.

– Não existem maneiras mais espontâneas para facilitar problemas difíceis? – perguntou ela enquanto caminhavam pelo vale dos leões brancos. – Para falar a verdade, não é difícil; só é estranha a maneira como eles depositam toda a esperança em mim. É notável que são mais fortes que eu, mais velozes e mais impressionantes, sem dúvida. Olhe esses dentes, essas patas enormes. Eu sou apenas uma garota que consegue compreendê-los. Mesmo com a minha espada e o meu arco na mão, não tenho chance alguma contra um exército. Quero protegê-los, mas ainda me sinto inútil.

– Laura, deixe-me lhe dizer uma coisa – falou Abraminir, direcionando seu olhar viajante e claro ao dela e ajoelhando-se. – É muito fácil morrer na guerra. Já vi muitos amigos no passado morrerem por causa dela e por ela. E se torna mais difícil se manter vivo dentro dela quando não se tem um propósito. Todos esses leões vivem uma guerra há anos e morrem sem nenhuma causa, caçados e assassinados, mas hoje eles têm uma causa pela qual vale a pena lutar. Quando você entra em batalha por um propósito, aí tudo terá valido a pena. Você é a futura rainha dos leões, futura imperatriz das nações, a única capaz de trazer paz novamente a estas terras e reorganizar aquilo que se confundiu. Você é a escolhida pela Estrela do Renascimento! Mas, antes de tudo, sabe por que os leões a estimam? Porque eles sentem que você é um deles, e de fato é! O sangue deles corre em suas veias de uma forma inexplicável e só o Criador é capaz de nos trazer essa luz de entendimento. Todos os leões, inclusive aqueles que no princípio hesitaram por medo, veem você como a dominante de todos os clãs, como uma filha que eles têm o dever de proteger do inimigo.

– Eu quero muito fazer tudo isso valer a pena, Abraminir... Por eles, por vocês e pelos meus pais, que deram a vida por mim – disse ela. – Quando eu fui surpreendida aquele dia por aqueles cavaleiros na companhia de Adrian, eu aprendi da forma mais real possível que ainda somos muito fracos. E aqueles homens usando armaduras prateadas e armas bem superiores às nossas eram apenas a farpa de uma árvore e, mesmo assim, me assustaram. Eu fiquei perdida. Parecia que eles tinham roubado tudo o que eu havia aprendido. E se for sempre assim? E se eu não for forte o bastante para confrontar alguém quando essa hora chegar?

— Nada provoca mais danos ao corpo do que uma mente confusa – declarou Abraminir. – Seu corpo paralisou porque sua mente havia paralisado antes, o que é uma reação natural que pode ser revertida se for aprendida e corrigida. Saiba alimentar a sua mente para que seu corpo não adoeça por ela. O mandamento da coruja! O que você passou naquele dia servirá como uma experiência que você aprendeu em uma aula da vida real, e tenho certeza de que, na próxima vez que você estiver em uma situação como essa, vai se comportar de uma maneira totalmente diferente, porque vai corrigir os erros que cometeu. E, tendo consciência disso, não colocará o seu corpo novamente naquele estado.

A conversa se encerrou ali. Já era quase fim de tarde quando começaram a se despedir dos leões e decidiram voltar para a Floresta Baixa do Leste. Tinham ainda muita terra pela frente. No caminho, enquanto Laura ia despedindo-se dos últimos leões, como Sula, Dalibor, Hiram, Hamo, Gália e os outros convidados para a Dança do Corpos, que aconteceria no último dia do eclipse, Abraminir catava ervas de diversas espécies e enchia os sacos de pano que carregava consigo.

— É muito importante a presença de vocês – disse ela. – Sei que nem todos poderão ir, já que não podemos chamar tanta atenção, mas os poucos que forem serão afetuosamente esperados por mim e por todos que estarão lá. Sem falar que teremos a presença das ninfas. Brúhild me contou que elas têm o cheiro da flor mais rara que possa existir. São sábias, gentis e muito bondosas. E, com sorte, vou ganhar um presente valioso.

Laura esperava esse dia com muito entusiasmo. Não via a hora de ele chegar e, quem sabe, possivelmente, ser presenteada com alguma coisa que pudesse a ajudar a destampar o seu caldeirão de questões, cuja principal era o paradeiro do irmão.

E então partiram, sob um céu esmaecido e alaranjado, deixando para trás as figuras dos leões, que agora os observavam sumindo ao longe, aos poucos ficando menores dentro do imenso vale de árvores de troncos e galhos retorcidos, em formações rochosas de tons amarelados e acinzentados que subiam e desciam.

Velozes em seus cavalos, Abraminir, montado no alazão ruano, ao qual Laura chamava de Forth, o Incansável, e Laura, em Lith, a Crina Iluminada, cavalgaram a noite inteira sob as estrelas que se erguiam no céu. Quando passaram pelos domínios rochosos dos lobos, nada aconteceu. Aqueles lobos novos sabiam muito bem quem era o velho. Com toda certeza tinham ouvido falar do que ele era capaz e o observaram de longe com olhares nada amigáveis. Entre eles estava o mesmo lobo que um dia causara um ferimento grave em Sula; esse mesmo lobo mirava Laura com um olhar ainda mais repugnante.

Ao passar por ali, Laura sentiu até um arrepio, algo diferente e nada bem-intencionado. Comentou isso com Lith. Não gostava daquela passagem, já que havia sido ali que Sula quase morrera para salvar a sua vida. Aos seus olhos e ouvidos, nada se via e nada se ouvia, a não ser rochas e o barulho dos cascos dos cavalos na trilha. *Quem estiver nos observando está em profundo sigilo,* pensava ela.

Depois da longa viagem e com poucas paradas para se alongar ou comer alguma coisa, enfim chegaram ao destino, sob o sol de um novo dia. Laura, exausta, partiu para o seu quarto, desejando sua cama como nunca. Aquela foi a primeira viagem longa que fizera depois da que havia feito nos braços de seu irmão, ainda recém-nascida. Abraminir até comentou que essa viagem longa e com paradas rápidas fazia parte de um possível ensaio, uma espécie de treinamento para as longas viagens que estariam por vir.

– Tão cedo assim? – disse Laura. Em seguida, riu.

– É para isso que essas viagens longas servem!

Abraminir piscou para ela e sorriu de volta.

Naquele dia, foram recebidos por Brúhild e Adrian, que haviam preparado um belo e farto almoço, montado sobre a mesa redonda de madeira na sala onde costumavam fazer as refeições; mas, devido ao cansaço, tudo só foi degustado pelos dois viajantes no fim da noite.

No dia seguinte, Laura relatou a Adrian tudo o que havia feito em Sácrapa, ali nas margens de um fino córrego que desaguava em um lago adiante, enquanto os dois enchiam potes feitos de barro com a água que seria servida no dia da Dança dos Corpos.

– Cinco novos clãs? – repetiu Adrian. – Isso é bom! Os números estão aumentando. Fortalecem a nossa causa. Claro que ainda temos o problema com as armas muito inferiores. Lembra as armas que aqueles cavaleiros usavam, não lembra? Nossa, só de pensar no brilho que elas tinham me arrepia a alma. Um corte feito por aquelas espadas deve durar meses para sarar – isso se não decepar.

– É, você tem razão – concordou Laura, terminando de encher o quarto pote. – Aquelas armas eram muito bem-trabalhadas; as armaduras também.

– Torço para que nunca tenhamos que os enfrentar – disse ele com o pensamento longe, jogando para fora a água do gargalo.

– Preste atenção, está jogando a água fora – repreendeu Laura. – Ou você quer ficar aqui o dia inteiro enchendo potes? Olhe, ainda temos muitos para encher.

– Desculpe, desculpe, eu me perdi em meus pensamentos – enrubesceu-se de vergonha.

À medida que iam enchendo os potes, colocavam-nos em uma espécie de carro de mão feito em madeira. Os dois levavam os potes um de cada vez, revezando a tarefa, até o local pré-decorado às margens da Grande Árvore-Mãe, onde seria realizada a celebração.

– E os leões? Virão para a Dança dos Corpos? – perguntou Adrian, tornando a puxar assunto depois de um tempo.

– Nem todos os leões poderão vir. Você sabe que, devido às circunstâncias, não podemos chamar atenção, assim como também não é seguro deixar Sácrapa vulnerável sem seus dominantes, mas Sula virá acompanhada de mais alguns. Só por uma noite. Partirão antes mesmo do próximo dia chegar – respondeu ela.

Depois de terem enchido todos os potes e os levado para o local pré-decorado, subiram para a casa no topo da árvore para experimentar as vestes que usariam no dia da celebração. Brúhild fez os últimos ajustes em seus corpos, como moldes vivos. Naquele dia eles não tiveram treinos de espadas. A mestiça precisava de ajuda para finalizar a decoração.

A roupa de Laura era um vestido longo azul-claro, com mangas compridas, cheio de detalhes e desenhos típicos da cultura dos duendes, com botões que desciam do pescoço até a barra. O vestido acompanhava um calçado no mesmo tom e um cinturão com pedras muito reluzentes, ambos muito bem-trabalhados.

A roupa de Adrian lembrava muito a de Abraminir, cheia de panos, mas sem firula. Parecia uma espécie de túnica em tons de cinza e azul, mais escura que a de Laura. Também contava com um cinturão com detalhes em metal e um calçado no mesmo tom.

Os dois não estavam acostumados a usar aqueles tipos de roupas, cheias de panos finos e que, de certa forma, impediam seus movimentos.

– Esqueçam a espada. Com essas roupas não vão usar nada além de um belo sorriso e as boas maneiras que lhes ensinei – disse Brúhild, contente ao vê-los usando as roupas. – Estão magníficos! Será um dia maravilhoso. Venha ver, Abraminir, como ficaram as roupas neles! Olhe que coisa mais linda!

Abraminir concordou de imediato com os elogios da mestiça. Em seguida, apressadamente pegou um pequeno frasco que guardava entre outros dentro de um livro falso, o que fez Buraqueiro, a coruja, levar um susto e voar resmungando.

– Neste frasco há essência de flor de cerejeira com notas de jasmim e algodão, presente que recebi de uma antiga amiga feiticeira – disse ele, entregando para Laura o curioso pequeno frasco. – No dia em que ela me entregou, disse-me que não seria para mim, mas para outra pessoa que eu iria conhecer e proteger na minha jornada futura. Disse ainda que eu deveria entregar a essa pessoa no dia em que ela se apresentasse como uma dama importante. E aqui está você agora, linda e jovem.

– Obrigada, Abraminir! O cheiro é muito agradável. Acho que nunca senti cheiro como este – agradeceu ao receber o presente, com um sorriso no rosto. – Se os perfumes das ninfas forem tão bons quanto este, então quero senti-los todos. Vou abraçá-las uma por uma! Quero sentir cada um. An... Podemos abraçar, não podemos?

– Abraçar as ninfas? – perguntou-se Brúhild e pensou por um tempinho. – Bom, isso me escapou! Eu nunca abracei uma ninfa. Geralmente se cumprimenta sem muito contato físico. É melhor evitar abraços, Laura. Laura? Laura?

Se Laura escutou o que Brúhild disse, ninguém ali saberia dizer. Ela estava tão empolgada que voltou para o quarto levando seu presente e deixando a mestiça falando sozinha.

Naquele mesmo dia, restando pouco tempo para o primeiro dia do eclipse, os quatro finalizaram as decorações com a ajuda dos centauros. Enfeitaram as árvores com lindos e finos tecidos que caíam como bandeiras e se balançavam com o vento sutil. O chão aos arredores foi enfeitado por flores de diversas espécies e cores, cobrindo as ervas rasteiras como um lindo tapete. Os potes cheios de água, agora combinados com frutinhas e raízes, davam sabor de festa. Mesas e cadeiras de madeira decoravam o ambiente, formando um círculo. No meio, o amontoado de troncos secos trazidos por Abraminir, agora ordenados em pirâmide, que seriam usados para fazer a fogueira da chama viva.

Finalmente o eclipse chegou, deixando o dia vermelho-rubro. Os topos das árvores, antes verdes, recebiam agora um tom avermelhado, e quem olhasse de longe imaginava uma grande floresta em chamas. No primeiro dia, ninguém desceu. Resguardaram-se, a pedido de Abraminir. Exceto Buraqueiro, a coruja, que revoara ao comando do mago, carregando uma substância flamejante para acender a fogueira.

No segundo dia, foi da mesma forma: seus afazeres se limitavam ao interior da casa na árvore, ou ao topo dela, para admirar o anel de fogo e ouvir memórias contadas por Brúhild e Abraminir contidas em uma espécie de diário de aventuras. Eram histórias sobre a fuga dos duendes durante a guerra dourada – uma delas, chamada "O encontro dos abandonados", era a que eles mais gostavam de ouvir. Havia também a da queda do Rei Oculto, entre tantas outras que foram vividas por Abraminir ainda novo.

20 O presente tão esperado por Laura

O último dia do eclipse chegou, e junto dele os convidados tão esperados. Um era Thodromil, o mago do norte, montado em seu cavalo altivo e acinzentado. Os dois vinham do lado mais inabitado do Vale do Tamanho. Era um homem de longas barbas e cabelos escuros que parecia ser mais novo que Abraminir. Outro mago, um pouco mais velho que o primeiro, esse de barba branca e mais curta, longo chapéu pontudo, chegou logo em seguida, do oeste. Montado em seu cavalo, Mag-Lennor, velho amigo de aventuras de Abraminir, chegou acompanhado de outros dois jovens garotos que resgatara no mesmo dia que Laura e Adrian haviam sido resgatados, ao quais chamava de Trínio e Álito. Irmãos gêmeos nascidos em um pequeno povoado, Calohán, que, apesar da distância, era regido por Barahankin.

Era a primeira vez que Laura e Adrian conheciam jovens com a mesma idade deles, e vice-versa. Logo ficaram amigos. Perceberam, conversando, que tinham muitas experiências em comum. Também haviam perdido os pais por não os terem entregado: foram mortos por cavaleiros do comando de Barahankin. Os pais foram denunciados pelos vizinhos algum tempo depois, mas, antes que a Ordem ou os cavaleiros pudessem levá-los, foram salvos pelo mago. Com ele, estavam aprendendo a arte da magia: eram iniciantes na feitiçaria.

Logo em seguida, chegaram alguns centauros, entre eles Angus e Slava, o Protetor da Adaga de Bronze. Sula, acompanhada de mais alguns leões e leoas, um de cada clã, surgiu logo na sequência.

Todos se reuniram aos poucos ao redor da grande fogueira que dançava no centro. Outros convidados de Abraminir chegavam de minuto a minuto: gnomos, vindos de reinos amigos; fadas, que chegavam dançando no ar, brilhantes, por todos os lados; e alguns poucos anões, que traziam ainda mais comida, bebida e presentes feitos por eles mesmos para todos, principalmente para Laura. Todos ficavam encantados em conhecê-la.

– É uma honra conhecer a verdadeira e única soberana, filha da Estrela do Renascimento! A herdeira que nos colocará de volta nos caminhos do Criador – disse Hanhif, o cabeça dos anões desordeiros de Randel.

Laura também ficava muito empolgada em conhecer todos aqueles seres. Suas narrativas eram muito interessantes; sempre tinham uma boa história para contar para ela e Adrian. Todos bebiam e comiam nas fartas mesas enquanto riam e conversavam. Se o sol estivesse todo à mostra, aquele momento já seria o entardecer.

De repente, um clarão azul cintilante surgiu por entre as árvores; um clarão que não ofuscou os olhos de ninguém, mas, por alguns momentos, foi suficiente para afastar a vermelhidão do eclipse. Da luz surgiram cinco figuras femininas que caminhavam sem tocar o chão, flutuando ao som de uma voz celestial. Surgiram leves e delicadas, personificando-se a cada passo dado. Eram as ninfas tão esperadas por Brúhild e Laura.

— Desculpem a demora! Os caminhos já não são tão seguros — disse a ninfa de pele alva e brilhante, cabelos e olhos claros, à frente das outras quatro.

Laura ficou encantada com o que viu. Como eram belas e perfumadas, fez questão de passar novamente a sua essência de flor de cerejeira, com notas de jasmim e algodão.

Depois de terem sido recepcionadas por Abraminir, dirigiram-se para os outros convidados até chegarem à Laura.

— Eu sou Miritsa. É uma honra conhecê-la pessoalmente! — disse a ninfa dos cabelos e olhos claros à Laura.

— Eu sou Laura, filha de Albertus e Ag... — dizia ela quando foi interrompida pela ninfa de forma delicada.

— Sim, eu sei quem você é, Laura. Filha da Estrela do Renascimento, elo dos leões, nascida no Vilarejo Rosmarinus Azuis, irmã caçula de Auriél — Sorriu Miritsa. — Você é tão linda quanto sua mãe!

Laura tomou um susto com o que a figura bela de pele cintilante acabara de dizer.

— Como você sabe? Você conheceu minha mãe e meu irmão? — indagou ela.

— Não os conhecia, mas estou conhecendo neste exato momento. Posso ver todos aqueles que já a tocaram um dia na vida; vejo os rostos deles estampados no seu. Seu passado está aberto para mim.

— Impressionante — exclamou Laura e não conseguiu dizer mais nada. Um pipocar de pensamentos lhe ocorria.

Naquele momento, Adrian surgiu na companhia dos dois novos amigos, Trínio e Álito.

— E você, jovem rapaz? Oh, sim, você é Adrian! Nascido... — Miritsa parou. Fitava o garoto de um jeito diferente, como se o que visse nele lhe tirasse a fala; era inesperado para aquele momento. Depois que o examinou por um tempo, retomou a falar: – Você conhece o seu passado, garoto? Sabe quem é você?

– Deixemos certos assuntos para horas mais apropriadas, Miritsa – sugeriu Abraminir. – Teremos muito tempo para conversar, mas antes é chegada a hora do cântico da Dança dos Corpos. Venham todos! Coloquem suas capas brancas e as máscaras e vamos cantar!

Laura, que pensou ser o centro das atenções, percebeu que mais alguém fazia parte dele, por mais que ele nem tivesse percebido – ou simplesmente ignorado.

Então todos, formando um grande círculo ao redor da grande fogueira, começaram a fazer uma dança de roda cantando o cântico da Dança dos Corpos e usando suas máscaras animalescas e capas brancas. Cantavam assim:

Quando no céu os corpos se unirem,
É chegada a hora da reunião.
O fogo vivo traz sua mensagem,
Esclarecendo a ocasião.
Limpe sua vista, purifique a morada,
Que habite em você toda luz sagrada.
A dança celeste desperta com vida,
fortalece os meios e traz sabedoria.

São dois corpos unidos dançando três dias,
Encantando a todos,
Está prosperando magia.

Olhe para cima e não perca nada,
Não vai durar mais que uma passada.
Então venha para mim, vá para você,

Tudo o que se encontre no meio da dança.
Venha para ele, venha para nós,
Tudo aquilo que o seu olhar alcança.

Oh, grande coroa acima,
Onde vai buscar essa magia?
Tão poderosa e doce, com seu talento contagia.

Tu és bela, tu és tudo,
Repleta de bondade e de encantos.
Tu és forte, tu és justiça,
Cura a alma e cessa os prantos.
A dança celeste desperta com vida,
Fortalece os meios e traz sabedoria.
São dois corpos unidos dançando três dias,
Encantando a todos,
Está prosperando magia.

Me ensine a ser incógnita como tu,
Mostre-me o caminho para dançar neste fogo.
Queime minhas dúvidas e me condene no teu corpo.
Quero dançar contigo, me leve ao teu encontro.

O fogo ao centro agora tomava formas animalescas, que dançavam inflamando ainda mais as chamas, deixando todos alegres e maravilhados. Pássaros enormes se desvencilhavam da fogueira e revoavam entre eles.

– É o espírito do Criador – diziam. – Ele está conosco.

Algum tempo depois da cantoria, os magos, Miritsa, Slava e os chefes dos outros convidados reservaram-se em uma mesa para debater alguns assuntos sobre o aparecimento dos cavaleiros do reino dourado naqueles domínios – ou, como os magos costumavam dizer, cavaleiros do Toco do Formigueiro. Miritsa também mencionou movimentos sombrios que estariam surgindo no norte havia um bom tempo: uma força maligna que apodrecia tudo o que tocava. Thodromil mencionou as novas armas usadas pelos homens do reino de Barahankin, o Desalmado. Começaram a usar gigantes, levados do Vale do Tamanho, fazendo seu reino tão poderoso quanto o de Mahabá.

Discutiram por horas novas estratégias de como levar Laura até o trono de rocha rubra que foi forjado na alvorada da existência por raios e relâmpagos descidos dos céus. Outros assuntos eram tão secretos que quase não se ouvia som algum. Nessas ocasiões, Laura notava certos olhares sutis por cima dos ombros para Adrian.

Depois da reunião dos mestres, todos voltaram a se reunir para comer, beber, contar histórias e cantarolar canções. Os gnomos eram os mais inquietos: corriam por debaixo das mesas e por entre as pernas dos centauros, arremessando frutinhas.

Depois de um tempo, Miritsa chamou Laura em particular. Foram para um lugar mais tranquilo e sentaram-se em uma raiz grossa de árvore, distante o suficiente para não serem interrompidas pelas travessuras dos gnomos.

— Eu não posso ler seus pensamentos, Laura — disse Miritsa. — Mas posso sentir os seus desejos e, de certa forma, posso compreendê-los.

Laura permaneceu calada, apenas ouvindo o que ela dizia. Sua voz era doce e calma.

— Você ainda vai conhecer muitas coisas. Sabe disso, não sabe? — continuou a ninfa. — Muitas poderão decepcioná-la, fazê-la chorar ou lhe causar raiva, mas também muitas a farão feliz e grata. Porém, o mais importante de tudo que você vai aprender será aquilo que escolher guardar no seu coração. Então, eu lhe digo: sempre guarde dentro dele amizade, amor, confiança e lealdade. Porque são essas coisas que valem a pena quando em algum momento da vida nos sentimos perdidos.

— E saudade de alguém? Podemos guardar saudade? – perguntou Laura, ainda que tímida.

— Claro que pode – respondeu Miritsa. – Se quer conhecer o seu futuro, precisa conhecer o seu passado, e muitas vezes ele é saudade. Sente falta de alguém em especial?

— Sim, de muitos! – respondeu ela. – Por mais que não lembre seus rostos, ou o toque de seus abraços, sinto falta. Sinto falta de minha mãe, de meu pai e do meu irmão! Meus pais, eu sei que não verei mais; mas, meu irmão, ainda tenho esperança de um dia encontrar. Sinto que ele deve estar em algum lugar por aí, perdido sem saber voltar.

— Essa é uma certeza que eu não posso lhe dar, Laura – declarou Miritsa. – Só os caminhos futuros de ambos podem cruzar vocês dois novamente.

Miritsa tirou de um dos bolsos uma espécie de corrente fina de ouro com um pendente pequeno e transparente em formato esférico que emitia uma luz azul suave.

— Este é um presente para você, Laura – disse ela. – Este colar se chama Emerginiscência, feito por ninfas do passado, as primeiras botões de rosa, nascidas no solo mais fresco e alimentadas pela seiva da árvore mais antiga e doce – completou e colocou o colar no pescoço da garota. – Esse colar tem o poder de trazer de volta memórias contidas em objetos tocados por aqueles de quem você quer se lembrar.

Laura não poderia ter ficado mais feliz. Finalmente o presente que tanto aguardou! E era mais do que podia imaginar. Não se conteve: deixou a timidez de lado, deu um abraço forte em Miritsa e, logo em seguida, pediu desculpas pelo contato.

— Não se desculpe – disse ela, com um sorriso. – Tudo o que você pensa em dizer e não sabe como, em um abraço você diz tudo.

— Muito obrigada, Miritsa! Era tudo o que eu mais queria! – declarou Laura, abraçando a ninfa, agora sem receio de estar sendo invasiva. – Se o meu irmão estiver por aí, com este colar poderei ter ao menos uma chance maior de encontrá-lo.

– Sim, de alguma forma ele poderá ajudar você, mas deixe-me lhe dizer como usá-lo – mencionou ela, ao terminarem o abraço. – Quando estiver usando o colar e tocar em objetos que um dia foram tocados pela pessoa de quem deseja se lembrar, o colar vai lhe mostrar a lembrança que aquele objeto tem da pessoa que você conhece; ou seja, se você tocar duas vezes no mesmo objeto, será sempre a mesma lembrança em um espectro que só você poderá ver. É como se você e o objeto compartilhassem um amigo em comum. Lembre-se: ele mostra o passado; não o confunda com o presente. Você poderá achar que a pessoa está com você, presente e ao seu lado, e acabar ficando dependente deste colar, então sugiro que tire do pescoço e use-o somente quando for necessário. Guarde-o com cuidado, para que não caia em mãos maliciosas.

– Não se preocupe, eu vou guardar em segredo – prometeu. – Não vou perdê-lo. Este colar é a chave para as portas que eu tanto procurei abrir!

Laura colocou o colar para dentro da roupa, escondendo-o na gola do vestido.

– Estou muito ansiosa para experimentar – confessou Laura. – E sei até por onde começar! Será que ele era mais baixo ou mais alto que eu? Brúhild me disse que ele tinha 12 anos quando veio para cá. Eu tenho 13. A diferença não deve ser tão grande! Será que ele se parece mais com o meu pai ou com a minha mãe?

– Tenho certeza de que, quando você o vir, as aparências e o tamanho serão o menos interessante. O que vai gostar mais de sentir será a presença de uma memória que um dia foi vivida.

Laura não se conteve, estava ansiosa. Levantou-se. Deu um último abraço em Miritsa e correu rumo ao seu quarto, agradecendo pelo presente, até sumir de vista. Passou pelos convidados, desviando-se deles como obstáculos. Foi chamada por Brúhild, que queria apresentá-la a alguém, porém a garota não deu a mínima. Não ouvia mais nada, devido a tanta ansiedade. Passou pela fresta da Grande Árvore-Mãe e subiu pela escada em caracol, levantando a barra do vestido para não tropeçar. Subia os degraus de dois em dois, com os olhos brilhando e um sorriso no rosto.

Quando finalmente chegou ao quarto, depois de ter corrido tanto, parou diante do ampliador ocular no centro do quarto, recuperando o fôlego, que só agora lhe fazia falta. Com o batimento mais estabilizado, tornou a colocar o colar para fora, acendeu alguns lampiões para iluminar o ambiente escuro e ficou parada. Pôs-se a tocar na pequena esfera do colar. Não sabia nem como nem por onde começar. Por mais que tivesse ouvido Miritsa e prestado atenção em tudo o que dissera, esqueceu-se, de tanta ansiedade.

Então, depois de um tempo, fechou os olhos e, acariciando o pingente, sussurrou o nome do irmão.

A luz suave e azulada que a forma esférica emitia começou a ficar mais intensa nos pequenos e pálidos dedos da garota conforme ela sussurrava e o acariciava. Ficou ali naquela posição por alguns segundos, até que tornou a abrir os olhos. Estava pronta. Era hora de conhecer as maravilhas da Emerginiscência. Em passos leves, aproximou-se do grande objeto à sua frente, moldado em madeira e cobre, parecendo um cilindro apoiado em um tripé que apontava para uma pequena abertura na janela, direcionado ao céu.

Quando por fim deu o primeiro toque, suavemente, com a ponta dos dedos, levou um susto e pulou para trás. Um espectro azulado, magricela, um pouco menor que ela, passou ao seu lado. Era um espécime que exalava uma leve cortina de fumaça, como a que sai de um incenso, porém com formas bem claras. Produzindo uma espécie de música celestial, a figura correu de uma ponta à outra do quarto. Era o espectro de um garoto que carregava uma expressão de curiosidade no rosto; admirava o tal ampliador ocular de forma minuciosa. Logo depois, o menino sumiu da mesma forma que apareceu, em uma nuvem de fumaça sutil e leve, retornando ao pingente.

Laura ficou impressionada e com os olhos marejados de lágrimas – não pela forma mágica como uma cena antiga havia se formado diante dos seus olhos, mas por ter visto pela primeira vez os traços daquilo que pareceu ser o seu tão querido irmão. Levou alguns segundos até retornar a se aproximar do ampliador ocular e tocá-lo outra vez, mas, agora, foi de mão cheia, mais curiosa que antes. E novamente uma cena se fez diante dos seus olhos: um espectro azulado, magricela, um pouco menor que ela, movimentava o grande objeto para observar os astros. Mas os movimentos que ele fazia não alteravam em nada o objeto no presente. A cena seguia normalmente, deixando Laura ainda mais admirada.

Por mais que não pudesse especificar o tom da pele, dos olhos ou do cabelo, já que tudo era azul, podia ver e se impressionar com cada traço do rosto, das roupas e das expressões curiosas que o garoto fazia quando levantava a face sorrindo, por provavelmente ter visto alguma coisa no céu que lhe causou encanto. E ele sumiu como antes, na nuvem sutil e leve.

Laura mal deu espaço suficiente para que a cortina azul retornasse quando voltou a se aproximar do ampliador ocular, tocando-o em outra parte e formando uma nova cena. O espectro azulado e magricela de seu irmão agora limpava o grande objeto e parecia conversar com alguém, porém esse não surgia na cena; mas, pelos olhares que o garoto lançava, parecia ser alguém do seu tamanho. Talvez fosse Brúhild que estivesse ali com ele conversando no passado, imaginou Laura. E de fato era; no entanto, a mestiça não apareceu porque as lembranças se limitavam apenas àqueles de quem desejássemos lembrar. Novamente a cena se desfez, a fumaça retornou para o pingente.

Laura passou um bom tempo ali, vendo o espectro de seu irmão. Havia cenas que se repetiam, já que os lugares tocados por ele no passado não eram tantos assim. Começaram a ficar escassas, mas isso não frustrava o deslumbre da garota. Algumas vezes tentou tocar o rosto dele, as mãos, os ombros, mas seus dedos apenas o atravessavam, deformando a cena. Não sentia nada, a não ser um ar gelado.

A garota ficou tão introspectiva em suas experiências, que não ouviu quando Adrian adentrou a casa da árvore chamando seu nome.

– Laura? Laura? – chamou ele. – Os convidados já estão indo embora. Não vai se despedir deles? As ninfas já foram! Mag-Lennor, Trínio e Álito acabaram de partir. Onde você se meteu?

Laura, que enfim atendeu aos chamados de Adrian, respondeu, levando-o para o quarto.

– O que você está fazendo aqui? Está passando mal? – perguntou ele ao entrar no quarto. – Ninguém vê você há um bom tempo. Os convidados já estão se despedindo e indo embora sem falar com você, já que não a encontram. O que é isso em seu pescoço? Não tente esconder, eu já vi.

– Já vou descer. Desculpa – disse, atrapalhada. O olhar curioso do menino a deixou sem escapatória. – Está bem! Está bem! Vou lhe contar, mas precisa guardar segredo. É um presente de Miritsa, a ninfa.

Ela mostrou para ele o colar de corrente fina e dourada com seu pingente pequeno e transparente, com o formato esférico que emitia luz azul. Sem tirar do pescoço, disse tudo o que o colar era capaz de fazer e tudo o que ela já havia visto. O garoto ficou encantado com cada palavra e feliz por ela ter recebido o presente que tanto queria.

Uma batalha, três forças

21

Depois de um tempo falando sobre as maravilhosas cenas para Adrian, ainda ali no quarto, eles foram interrompidos por ruídos escandalosos que vinham de baixo; rugidos, estrondos e palavras confusas seguidas de um frequente tilintar de metal.

— O que está acontecendo lá embaixo? Que barulhada é essa? — perguntou Laura.

— Provável que seja mais algum cântico, um pouco mais fervoroso — supôs Adrian. — Deve ser algum cântico de despedida ou de encerramento. Vamos descer e ver o que é.

— Não seja bobo, Adrian! Está acontecendo alguma coisa lá embaixo, e não é cântico. Os leões estão dizendo alguma coisa, mas ainda não consegui compreender. Pelos rugidos fortes, coisa boa não é!

Deixe-me dar uma olhada – disse Laura, dirigindo-se até uma das janelas redondas para checar o que acontecia.

Não viu nada daquela janela do quarto. Aquele não era um bom ponto: havia muitos galhos robustos de numerosas folhas que atrapalhavam a visão. Então correu até uma das janelas da sala redonda, abrindo-a com um empurrão só. Quando se curvou de modo que pudesse ver alguma coisa que acontecia lá embaixo, foi puxada de volta pela parte de trás da gola do vestido por Buraqueiro, que entrou pela mesma janela com uma velocidade tão surpreendente, que quase derrubou a garota.

– Fiquem aqui os dois! Não desçam! – ordenou a coruja, ofegante, ao pousar em uma mesinha ali mesmo, sobre uns livros, batendo as asas de forma alarmante.

– Por quê? O que está acontecendo, Buraqueiro? – perguntou Laura.

– Estamos sendo atacados! Cavaleiros do reino dourado estão entre nós – disse a coruja. – Fiquem aqui! Não desçam por nada! Entenderam?

Laura ficou aterrorizada com o que ouviu. Da mesma forma ficou Adrian, embora não tivesse entendido nada que a coruja disse.

– Apaguem as luminárias e tranquem as janelas! Tentem não chamar atenção! Vou descer e ajudar! – instruiu Buraqueiro, que logo em seguida voou pela mesma janela por onde entrou.

– O que houve? O que houve? O que a coruja disse que te fez ficar com essa cara? – perguntou Adrian.

– Estamos sendo atacados! – respondeu ela. – Aqueles cavaleiros voltaram. Estão aqui, estão lá embaixo!

– PELO CRIADOR! – exclamou Adrian. – O que vamos fazer? E se subirem aqui? Estamos encurralados! Minha nossa! Minha nossa!

– Venha, vamos fazer o que Buraqueiro mandou: apagar todas as luminárias e fechar as janelas. Me ajude! Depressa! – pediu ela.

Então os dois começaram a trancar tudo e a apagar as luzes, deixando o ambiente escuro e meio avermelhado devido à luz do eclipse que entrava pelas frestas e pelo vidro, mesmo que ainda fraca. Depois de terem corrido por todos os lados trancando tudo que fosse janela e apagando as luminárias, voltaram para a sala redonda e sentaram-se no chão, próximos da saída que dava acesso à escada em caracol. Pensaram que ali era o melhor lugar para ficar, já que era a única passagem para uma possível fuga.

Novos barulhos ainda mais aterrorizantes começaram a surgir logo em seguida. Pareciam batidas de asas gigantes misturadas com sibilos. Esses sons agudos faziam os ouvidos dos garotos ficarem irritados, levando-os a tampá-los com as mãos. Os estrondos, provavelmente de feitiços lançados por Abraminir, Brúhild ou algum outro mágico, ficaram ainda mais fortes – tão fortes, que faziam a casa inteira estremecer, coisa que nunca havia acontecido antes, nem sob o mais forte vento ou a mais dura tempestade.

Sem nenhum esforço ou intenção, algo inesperado para aquele momento aconteceu. Laura, ao levar a mão à porta redonda para se certificar de que ela não estava destrancada e de que nenhum inimigo estava subindo por ela, fez o colar da Emerginiscência manifestar o seu poder. O espectro azulado e magricela de seu irmão tornou a aparecer em uma nova cena, que somente ela conseguia ver. Por um momento, os sons aterrorizantes que vinham lá de fora ficaram distantes, como se o vento os levasse embora. Apenas a música celestial invadia seus ouvidos. Naquela situação, seu irmão surgiu carregando um bebê no colo com uma expressão amarga e, depois de um tempo, seguiu direto para o quarto de Adrian.

Não foi preciso muito esforço para ela perceber de quem aquele bebê se tratava. Era ela mesma, envolta em panos nos braços de seu irmão. E também não foi preciso esforço para que ela o acompanhasse: levantou-se e o seguiu, deixando Adrian e ignorando os pedidos dele para ela não sair de onde estava.

Adrian não entendeu nada. Tentou agarrá-la pelo vestido, mas ela não deu a mínima. Estava novamente introspectiva, mergulhada na cena que somente ela conseguia ver. Até que ele se meteu em sua frente, fazendo-a perder de vista o irmão.

– O que você está fazendo? Para onde está indo? – perguntou ele, aborrecido.

– Eu... Eu... Eu... – Não conseguia completar nenhuma frase só queria ver para onde o espectro ia.

Adrian deu uma sacudida em Laura para fazê-la despertar e voltar sua atenção ao que estava acontecendo. Foi uma boa sacudida: Laura tornou a se achar dentro dos acontecimentos presentes.

– Desculpe-me – pediu ela. – Eu me vi, Adrian. Eu estava nos braços do meu irmão. Ele me trouxe para cá do jeito que Brúhild me contou, enrolada em panos de mesa, recém-nascida, no dia em que perdi meus pais.

Os olhos de Laura se encheram de lágrimas; ela estava sentindo uma emoção profunda. Adrian, mesmo irritado com ela, abraçou-a calorosamente e disse:

– Eu entendo você. Sei como sente falta do seu irmão. Mas será que não dá para você ter essas visões uma outra hora?

– Perdão! Não foi intencional – disse ela. – Quando eu toquei na porta, ele surgiu, e eu não pude me conter.

– Tudo bem, Laura. Vamos voltar para lá. As coisas não estão boas no momento, temos que ficar atentos. Para falar a verdade, acho melhor a gente trocar de roupa. Essas aqui não são muito boas para uma eventual fuga – sugeriu.

– É, você tem razão. Vamos nos trocar rapidinho, mas sem acender nada. Não podemos chamar atenção – concordou.

Os dois foram cada um para seus aposentos, porém isso não durou nem meio segundo, pois, quando entraram nos cômodos, foram surpreendidos por um enorme estrondo vindo da sala redonda. Ao correrem para lá, a fim de ver o que ou quem estava por trás daquilo, tomaram um grande susto. Uma criatura grotesca, com três ou quatro metros de altura e o dobro de largura, asas, olhos negros e dentes enormes invadiu o local, destruindo o teto. Se foi arremessada ou caiu ali de propósito, não saberiam dizer, mas com toda certeza gostou muito de estar ali quando viu os dois. A criatura medonha era um grande morcego, feio e fétido; nas costas, trazia um cavaleiro que o montava como quem monta um cavalo.

Naquele cenário de guerra sob o eclipse anular e os destroços daquilo que fora uma sala confortável, a criatura grasnou para eles como um corvo faminto e o cavaleiro de armadura de metal escuro e enferrujado, tão fechada que mal podiam identificar seu rosto, empunhou sua espada. Apontando para os dois, disse alguma coisa para a criatura, e eles não conseguiram entender, já que o homem parecia ter a voz cansada e fraca.

Após receber aquilo que parecia ter sido uma ordem, o medonho morcego avançou na direção deles com a boca aberta, deixando ainda mais à mostra os grandes e pontudos dentes. Laura e Adrian correram para dentro do dormitório da garota e trancaram a porta logo em seguida, usando seus corpos como peso contra ela. A criatura do outro lado chegou dando cabeçadas e arranhava a porta furiosamente, forçando a entrada. De quando em quando, conseguia colocar para dentro seu nariz tenebroso ou a ponta das grandes garras. E foi em um momento desses, quando a criatura colocou o nariz para dentro, que foi golpeada por Laura, assim que conseguiu alcançar sua espada de treino. Levou um golpe tão profundo, que acabou levando junto a espada, encravada em um dos buracos do nariz, emitindo berros de dor.

Foram somente alguns segundos para que a criatura voltasse a forçar sua entrada, agora ainda mais furiosa do que antes. Os garotos estavam perdendo o confronto quando outro estrondo se ouviu. Estavam diante de outro morcego gigantesco e grotesco, como o primeiro. Esse outro aparecera em uma das janelas do dormitório, trazendo um cavaleiro nas costas, que também forçava a entrada. Estavam definitivamente encurralados. Não havia mais espadas que pudessem alcançar ou passagens secretas que pudessem usar. A situação não estava nada boa – sem falar no cheiro ruim de coisa podre que tomara conta do lugar. Nem toda essência de flor de cerejeira com notas de jasmim e algodão que Laura havia recebido seria capaz de dar conta de tanta podridão.

De repente, a criatura que forçava a entrada pela porta parou, mas os barulhos continuaram. Eram ruídos de batalha. Alguém havia chegado para salvá-los, e esse alguém lutava bravamente contra o inimigo.

– Desçam! – uma voz estrondosa ordenou aos jovens.

Os garotos abriram a porta e abandonaram o dormitório. Era Buraqueiro, a coruja. Estava cem vezes maior: destroçou o morcego e o cavaleiro – que, provavelmente mortos, foram arremessados para fora da casa.

Os dois partiram e desceram pela escada em caracol enquanto Buraqueiro enfrentava a outra criatura, que forçou tanto sua entrada pela janela do quarto, a ponto de ter conseguido entrar.

Ao descerem ligeiros pelas escadas, encontraram ao final Brúhild, que subia os degraus para encontrá-los.

– Pelo Criador! Vocês estão bem? – perguntou ela, ofegante.

A mestiça estava suja e com leves escoriações, sinal de que estivera no meio da batalha.

– Sim, estamos, está tudo bem – disseram os dois.

– Graças ao Criador! – exclamou. – Agora vamos! Depressa! Desçam por esta passagem. Ela nos levará a um lugar seguro entre os corredores da antiga mina. Vamos! Rápido!

Assim que passaram pela passagem secreta, que ficava atrás do último degrau da escada em caracol, os dois desceram por outra escada, esta vertical de madeira e mal-acabada, que terminava no corredor de pedra da antiga mina.

Assim que Laura tocou no corrimão lateral – novamente, e sem nenhum esforço ou intenção –, o colar da Emerginiscência manifestou seu poder. O espectro azulado e magricela do irmão de Laura tornou a aparecer em uma cena, somente para ela. Os sons aterrorizantes que vinham lá de cima ficaram distantes; apenas a música celestial invadia seus ouvidos. Nessa nova cena, seu irmão surgia descendo aquela mesma escada mal-acabada, apressado, como se fugisse de algo, com uma luminária na mão. Agitado, correu até sumir de vista.

Adrian, ao ver a expressão de Laura, soube muito bem o que havia acabado de acontecer. A garota repetiu a expressão de poucos minutos antes, lá em cima, quando vira o espectro do irmão na sala.

– Você o viu de novo, não foi? – perguntou ele.

– Sim... Sim... Eu... Ele... – gaguejava a garota, sem conseguir completar uma só frase.

– Acho melhor tirar isso, Laura! – sugeriu. – Não é seguro. Você fica toda embasbacada toda vez que ele aparece!

– Tirar o quê? Quem aparece? Do que estão falando? – perguntou Brúhild ao chegar ao fim da escada, encontrando-os ali.

Eles se entreolharam. Adrian pensou em dizer sobre o colar, mas lembrou-se de que Laura, quando lhe mostrou, pediu que guardasse segredo. Assim o fez. Desconversaram logo em seguida.

– Parem de conversa boba os dois. Venham, depressa. Temos que sair daqui – disse Brúhild ao perceber que não responderiam nada do que ela havia perguntado.

Antes de partirem, Brúhild tirou de um buraco falso que havia nas encostas da escada três lampiões que, com um toque de sua varinha, acenderam. Entregou um para cada e ficou com o último.

– Vamos, sigam-me – instruiu ela. – Abraminir me pediu que tirasse vocês daqui em segurança, então falem menos e corram mais.

Partiram por entre o corredor de rochas. Corriam ligeiros. Mais corredores e túneis se abriam e, diante desses, grutas grandes e pequenas. Brúhild parecia conhecer bem aquele lugar e, apesar de pequena, era a mais rápida. Suas perninhas se movimentavam duas vezes mais.

As roupas que os dois usavam em nada ajudava. Laura tinha que correr segurando com uma mão o lampião e com a outra a barra do vestido, para que não a fizesse tropeçar.

De quando em quando, encontravam no caminho restos de ferramentas, alguns objetos – como colheres, copos de ferro ou até mesmo chaleiras amassadas ou não –, além de restos de roupas cobertas por poeira, que não passavam de trapos agora.

– E os outros? Onde estão Abraminir, Sula, centauros, anões, gnomos, fadas? Não vão fugir também? – perguntou Laura enquanto corriam.

– Estão lutando bravamente lá em cima contra cavaleiros fedidos e horrendos que surgiram logo depois dos outros cavaleiros – respondeu ela, sem olhar para trás. – Uma batalha entre três forças. E que o Criador nos ajude nessa guerra.

Depois de terem corrido sem parar pelos corredores de rochas, viram-se diante de uma ponte de madeira erguida sobre um tenebroso, escuro e imenso abismo, que os levaria até outra ponta que dava acesso a outro corredor. O abismo era tão profundo, que não se conseguia ver o fim. Não se via nada nem para baixo, nem para cima.

Mas, antes mesmo que pudessem começar a atravessar, um estrondo se ouviu – tão forte que pedaços de rochas começaram a cair, mas por sorte nenhum danificou a ponte. Eles se protegeram em um corredor ali perto. Porém, quando acharam que havia acabado, outro estrondo se ouviu e novos pedaços de rochas começaram a cair. Esses, sim, desestabilizaram a ponte.

Ninguém sabia dizer que forças estavam fazendo aquele estrago. E de repente ouviram um grasnado vindo do corredor de onde haviam acabado de sair. Laura e Adrian conheciam muito bem aquele som.

– Arrombaram a passagem! – exclamou Brúhild.

Pela primeira vez viram pavor no rosto da meio-duende e meio-anã. Logo em seguida, mais um som diferente começou a ecoar, juntando-se ao das goteiras que caíam e aos grasnados sibilantes. Não ecoava, mas ficava cada vez mais forte e se ampliava. Em questão de segundos, viram-se envoltos em uma fumaça escura de morcegos menores.

– VAMOS! – gritou Brúhild, correndo em direção à ponte, agarrando os dois pelos braços e largando seu lampião.

Puxados por ela em meio à fumaça de morcegos que não passava, começaram a atravessar a ponte. Quanto mais avançavam, pior ficava. No caminho havia tábuas soltas e podres que dificultavam a passagem.

Enquanto corria, Laura podia jurar ouvir os morcegos dizerem coisas do tipo: "Lá vem ela"; "Lá vem a morte".

Embora se movimentassem cautelosos sobre a ponte para não correrem o risco de pisar em nenhuma tábua solta, era inevitável que isso viesse a acontecer. Laura chegou a ficar dependurada duas vezes, e foi em uma dessas que deixou seu lampião cair. Com a queda do objeto, pôde perceber que lá embaixo havia água. Não era possível saber a quantidade ou a profundidade, mas ficou mais tranquila em saber que, caso caísse, não encontraria rochas ao final da queda.

– Tomem cuidado. Pisem nas mesmas tábuas que estou pisando – recomendou Brúhild.

Assim fizeram. Seguiram os passos da mestiça, que ia à frente. Adrian vinha em seguida, carregando o último lampião; Laura logo atrás. A ponte comprida e velha era levemente estreita, afinal foi feita para anões mineradores, que provavelmente tinham o costume de andar enfileirados por ali.

Já estavam no meio do caminho quando um novo estrondo se ouviu – tão forte que fez a ponte balançar. Por sorte, nenhuma rocha caiu sobre suas cabeças. E finalmente o grasnado sibilante revelou-se, saindo de um dos corredores. Era um grande morcego, novamente com um cavaleiro montado sobre ele.

A criatura medonha avançou e os cercou como um abutre cerca seu almoço. O cavaleiro montado nas costas do bicho erguia sua espada, instigando a criatura para avançar a todo momento. Ora voando sobre suas cabeças, ora apoiando-se em uma parte da ponte para impedir a passagem dos três, ela se aproximava dando seus horrendos grasnos.

– Para trás, criatura pestilenta – disse Brúhild, empunhando sua varinha e mirando-a na direção do bicho.

Estalidos de cor púrpura começaram a sair da ponta da varinha de Brúhild, atingindo não só o cavaleiro, mas também o morcego. Eram tão luminosos, que podia se ver com mais clareza o lugar onde estavam. Nesses flashes de luz, estátuas de grandes unicórnios memorizados nas rochas surgiam dando a dimensão e a riqueza daquele lugar.

– Entregue a criança! – disse o cavaleiro, com sua voz murcha e rouca.

Agora ele afastava-se em voos rápidos para longe dos feitiços lançados pela mestiça, até cessarem e ele aproximar-se novamente.

– Afaste-se de nós – esbravejou Brúhild. – Você não levará nada.

Logo em seguida, novos estalidos de cor púrpura avançaram sobre ele, que revoava para sair do alcance. Vez ou outra era acertado em cheio por um dos feitiços, o que o fazia rodopiar no ar. Foi em um desses rodopios que Brúhild conseguiu realizar uma grande façanha. Quando viu uma oportunidade, pediu que Adrian lançasse na direção da criatura o seu lampião. Ao mesmo tempo, ela apontou sua varinha e disse em alto e bom tom:

– Inflandeia!

Um clarão enorme e avermelhado se formou – tão forte que fez os garotos fecharem os olhos. Uma explosão de chamas envolveu o inimigo, que se debateu no ar, desorientado; para a má sorte dos três ali embaixo, aquela bola de fogo caía em suas direções. Ligeiros, conseguiram recuar e se livrar de serem esmagados e tostados. Porém, a grande bola em chamas, que gritava furiosa e desorientada, caiu sobre a ponte velha, fazendo-a desmoronar de vez. Agora, todos caíam abismo abaixo.

Com uma forte pancada, afundaram nas águas geladas e escuras daquilo que parecia ser um imenso poço. Mergulharam um bom pedaço com a queda, o suficiente para saberem que aquele poço seria bem profundo. Ao emergirem, nadaram até encontrar uma área sólida que subia como degraus de rochas que terminavam em um lugar plano. Somente os três; nenhum sinal do cavaleiro ou de sua montaria alada. Provavelmente havia afundado, derrotado de vez.

22 Rumo às brisas distantes

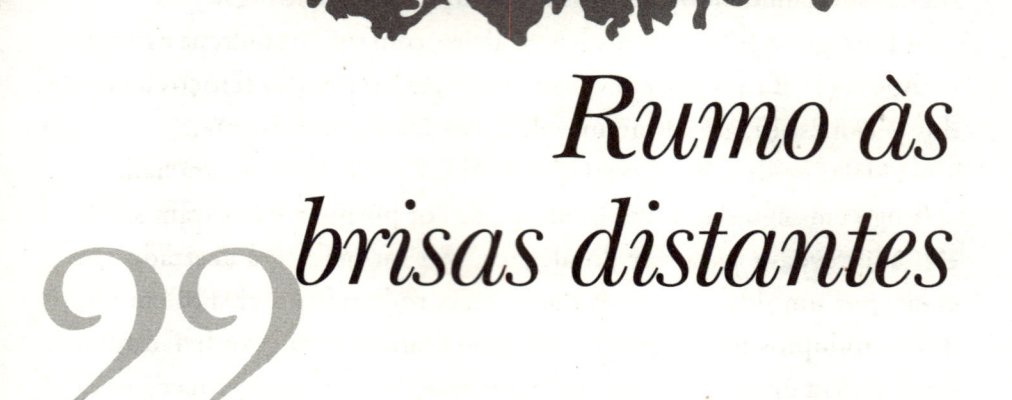

— Rápido, saiam da água! – instruiu Brúhild, chegando ao fim do degrau. – E afastem-se das margens. Essas águas mortas e geladas não são confiáveis.

A mestiça, a primeira a sair do poço, logo se pôs a ajudar os garotos, que sentiam dificuldade de subir os degraus devido às roupas molhadas – as mesmas que antes eram leves e belas, e que agora haviam se tornado pesadas demais.

— Estão todos bem? Estão machucados? – perguntou Brúhild aos garotos, já em superfície.

— Sim, estou bem – respondeu Laura, mais preocupada com o colar escondido em seu pescoço do que com qualquer ferimento que pudesse ter adquirido.

— Está tudo bem comigo também – disse Adrian.

O lugar estava muito escuro. Não tinham mais nada em mãos que pudesse iluminar o ambiente, e os únicos lampiões haviam sido perdidos ao longo do caminho. A mestiça achou melhor não conjurar nenhum floco luminoso. O melhor era evitar serem vistos.

– Vamos por aqui. Sigam-me. Pode estar escuro, mas conheço essas passagens – disse Brúhild. – Meu único olho saudável pode não ajudar no momento, mas com os toques de minhas mãos posso fazer isso.

Assim fizeram. Seguiram Brúhild por entre separações de rochas ainda mais estreitas, abandonando aquela imensidão de águas funestas e sinistras. Seguiram-na até que chegaram diante de uma fenda profunda formada na rocha, a qual terminava na borda de um penhasco escuro e traiçoeiro. Diante deles, a noite limpa e estrelada. O eclipse já se encerrara. Abaixo, um vale imenso, plano e de poucas árvores. E, lá no fundo, a léguas de distância, figuras pálidas de colinas rochosas.

– Vamos descer. Mas com cuidado. Olhem bem onde estão pisando. Uma queda daqui é morte na certa – disse Brúhild.

Em fila, seguiram com cautela a mestiça pela escada de rochas íngremes, tomando sempre cuidado para não escorregarem ou se desequilibrarem. As roupas cheias de panos de nada ajudavam; tornavam-se agora um fardo. Vez ou outra, as escadas ficavam tão curtas, que eles tinham que se espremer contra o paredão de rocha para não correrem o risco de escorregar e cair para a morte. Todo cuidado era pouco.

Enfim tocaram o chão. Deram uma olhada para cima e, lá de baixo, os dois puderam ver quão íngreme e alto era aquele paredão de rochas.

– Onde estão? – sussurrou Brúhild, olhando para os lados como se procurasse alguém.

– O que está procurando? Para onde vamos agora? – perguntou Laura.

– Shhhh! Fale baixo – disse Brúhild. – Aqui não é mais seguro, precisamos falar baixo.

Os dois foram puxados pela mestiça para se esconderem atrás de um velho letreiro de madeira e arbustos.

– Para onde vamos agora? – tornou a perguntar Laura, agora com a voz mais baixa.

– Angus virá para nos levar até um lugar seguro – explicou Brúhild. – Na verdade, ele já deveria estar aqui. Será que aconteceu algo? Pelo Eterno, não! Espero que não tenha acontecido algo ruim.

Permaneceram ali abaixados por alguns minutos. Laura tornou a tocar no colar para certificar-se de que ele estava ali, pendurado no pescoço e guardado entre os tecidos húmidos do vestido.

Finalmente dois vultos surgiram à frente deles, vindos do lado sul do paredão de rochas, esgueirando-se como se também se escondessem de algo ou alguém. Foram aproximando-se cada vez mais.

– Psiu? Psiu? – sibilou um dos vultos.

– Psiu, psiu – proferiu Brúhild em reposta.

Os dois vultos se aproximaram e enfim os rostos foram reconhecidos: eram de fato Angus e Lith, a Crina Iluminada.

– Vamos depressa – ordenou Brúhild, novamente puxando os dois e correndo ao encontro do centauro e da equina branco-porcelana.

Ao se encontrarem, o desejo era de passar ao menos um pequeno tempo num abraço, perguntar sobre os outros, saber se estavam bem, porém o momento não permitia. Trocaram apenas olhares afetuosos. Laura subiu nas costas de Lith, enquanto Adrian e Brúhild subiram na de Angus.

– Diga para ela me seguir agora – disse Angus à Laura, referindo-se à equina, soltando as rédeas e passando-as para a garota. – Vamos depressa, que o caminho é longo.

E logo partiram na noite pesada e estrelada, deixando para trás o paredão de rochas escuras.

Velozes em campo aberto, rumo às brisas distantes, à frente deles o grande vale se abria cada vez mais. Algum tempo depois, ao darem uma olhada para trás, já longe o suficiente, puderam ver o que parecia ser uma coluna de fumaça que se erguia no topo da muralha, oriunda de algum tipo de queimada ou explosão. Involuntariamente, pararam espantados diante daquilo.

– Quanta desgraça. Que o Criador nos ajude – disse Brúhild, paralisada.

Nas expressões estampadas no rosto de todos havia uma mistura de medo e impotência.

– Vamos, não podemos ficar aqui – disse Angus, com a voz embargada.

E novamente seguiram-no velozes, afastando-se daquilo que parecia se revelar o pior cenário de guerra.

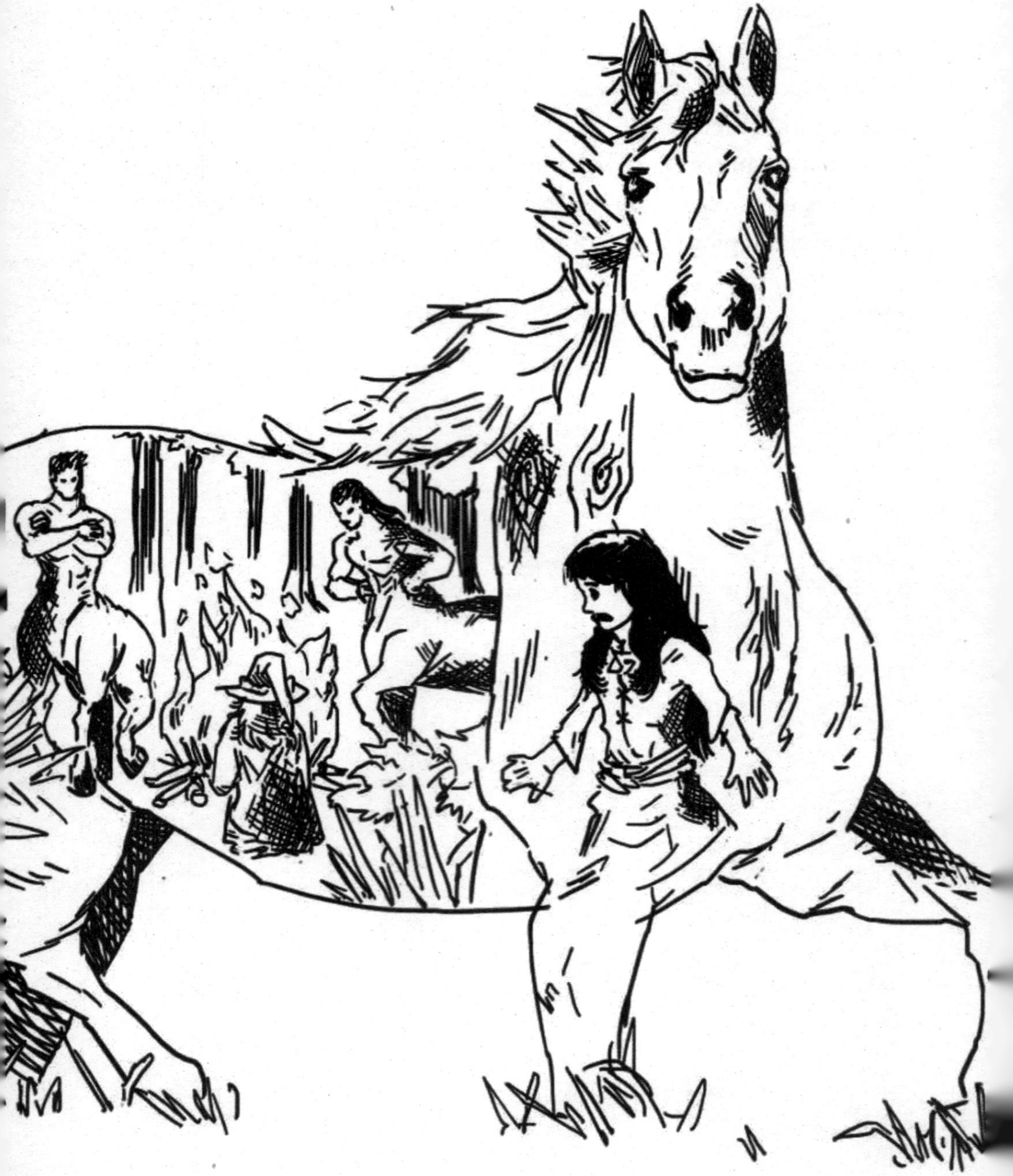

Parte oito

Luto na jornada que se inicia

23 Laura não se contém

O sol despertava sozinho. Depois de três dias fazendo sua dança com a lua e deixando todo o espaço avermelhado, ele voltava a iluminar a Terra Brava como antes. As roupas dos três já haviam secado no corpo, e nos bolsos não havia nada que pudessem comer ou beber. A grama ainda estava úmida. A neblina aos poucos ia debandando devido aos raios de sol que surgiam no horizonte. Os garotos não sabiam dizer quando, mas adormeceram nas costas daqueles que os carregavam e, se tiveram algum sonho durante esse tempo, dificilmente foi agradável. Laura foi a primeira a acordar, devido a uma contração involuntária que quase a fez cair de cima de Lith.

Depois de um bom tempo cavalgando pelo vale que parecia nunca acabar, decidiram caminhar em passos mais tranquilos, o que facilitou o sono dos garotos.

— Tive um sonho confuso — falou Laura aos bocejos, voltando a sentar-se e readquirindo sua posição de cavaleira.

— Pelo susto que levou e que me deu, coisa boa não deve ter sido — disse Lith. — Os momentos recentes também de nada ajudam. Confundem as nossas cabeças, fazendo-nos ter bons ou maus sonhos. Mas me conte: com o que você sonhou? Que sonho foi esse que assustou você e que quase a fez cair aí de cima?

— Não foi um sonho ruim — respondeu ela. — Foi um sonho confuso, apenas. Uma mistura de lembranças recentes que se confundiram. Sonhei com meu irmão correndo pelos corredores de rochas da antiga mina por onde passamos. Sonhei com ele também me carregando no colo ainda bebê.

Laura contou à Lith o sonho que tivera. Os sonhos, na verdade, eram as lembranças daquilo que ela havia visto graças ao colar da Emerginiscência e que acabaram sendo revividas enquanto dormia; porém misturaram-se, confundindo o passado com o presente, como se o irmão estivesse com ela durante todo o seu percurso na fuga.

— Eu compreendo que não passou de um sonho, no entanto ainda não entendi como você se lembraria disso, Laura. Como saberia que seu irmão andou por aquelas minas? — indagou Lith. — Alguém lhe contou sobre isso? Você nunca mencionou para mim esses detalhes quando costumávamos conversar sobre seu irmão.

— Ninguém me contou, Lith — respondeu ela. — Assim como eu, ninguém saberia desses detalhes. Ele esteve naquele lugar tenebroso, dentro daquela mina que mais parece um labirinto, de onde dificilmente se consegue sair... E se ele não teve a mesma sorte que eu? E se ele se perdeu lá dentro e acabou morrendo de fome ou de sede por entre aqueles corredores? Ou, pior, caiu naquele poço funesto sem saber nadar! Será que meu irmão sabia nadar? Não me lembro de ter ouvido algo sobre isso.

— Acho melhor você me contar desde o início, Laura — disse Lith. — Você está atropelando as coisas. Reorganize suas lembranças. Tem alguma coisa que quer me contar?

Laura tinha muito apreço por Lith, então não conseguiria mentir ou esconder dela qualquer segredo que fosse. Mesmo que Miritsa tivesse pedido que ela não contasse a ninguém sobre o presente, evitando, assim, que ele caísse em mãos erradas, era difícil manter segredo de Lith.

Enquanto os três caminhavam à frente com alguns metros de distância, Laura seguia logo atrás, contando tudo para Lith. Contou sobre o colar e sobre o poder que ele ofertava para quem o usasse; falou também sobre as lembranças que vira do irmão e de como foi bom poder ver o rosto dele.

— Quando eu o recebi, fiquei tão feliz! Era tudo o que eu mais queria, mas agora me deixou mais confusa. Como vou saber se ele saiu com vida ali de dentro? Essa será uma resposta que talvez eu nunca consiga ter. Ou seja, voltei para o ponto de onde parti.

— Não veja dessa forma, Laura — disse Lith. — Seja grata pelo presente de ter visto o rosto do seu irmão, uma coisa naturalmente impensável de acontecer. Você sempre quis saber como ele era, não é mesmo? Além do mais, viu com seus próprios olhos o amor e o carinho que ele tinha por você. Eu sempre lhe contei sobre isso, mas agora você pôde ver. Se ter remexido nisso foi bom ou não, eu não sei. Só você conhece seus pensamentos e só você sabe o que deve fazer com eles. Mas ouça o conselho desta amiga que lhe tem muito apreço: sugiro que guarde só os momentos bons que viu. Não se alimente com pensamentos tristes ou duvidosos.

Laura ficou em silêncio por alguns segundos.

— Existem coisas que, às vezes, é melhor deixar como estão; podem acabar piorando quando se remexe demais — concordou, Laura. — Se ele conseguiu sair vivo de lá, por que não me procurou? Ele me procuraria. Eu sei que procuraria.

A conversa com final amargo se encerrou ali. Seguiram pelo vale por horas. As bocas já estavam secas de tanto caminhar. Quanto mais caminhavam, mais o vale se abria diante deles. O pasto agora era seco; poucas árvores no caminho e raros pequenos lagos para se refrescar ou matar a sede. Ao leste, somente as figuras de montanhas a léguas de distância.

Finalmente, quando o sol já estava na sua posição mais alta, eles avistaram um aglomerado de árvores verdes e frutíferas: eram macieiras abarrotadas de maçãs verdes e suculentas; poucas ainda estavam carregadas de flores. O cheiro doce invadia seus narizes, deixando o lugar agradável e mágico. Um paraíso em meio ao nada.

– É a fronteira do Vale das Camélias, que fica além desse corredor de macieiras que nos dão as boas-vindas – disse Angus. – Vamos fazer uma parada e nos alimentar.

Assim fizeram. Sob as sombras das macieiras tiveram o seu ansiado desjejum. Comeram maçãs atrás de maçãs. E ali perto passava um fino afluente onde puderam lavar os rostos, as mãos e matar a sede.

Partiram novamente e voltaram a cavalgar velozes. Algum tempo depois, já ficavam para trás as macieiras; voltavam a viajar em campo aberto, porém bem diferente daquele que havia antes da fronteira, onde só havia pasto seco. Esse campo era mais parecido com um bosque. A grama era mais verde, cheia de árvores de todos os tipos e tamanhos, arbustos e, de quando em quando, córregos aos arredores. Depois de um tempo, já haviam passado dali e as árvores começavam a rarear entre os dois lados, tornando possível ver o céu mais limpo e azul. Entre a divisão de árvores, a luz do sol penetrava e iluminava a relva, que parecia um tapete; à medida que seguiam, o tapete se alargava ainda mais.

À frente já viam as tais árvores de camélia que davam o nome para o vale. Estavam floridas, repletas de flores grandes e de cores vivas.

Finalmente chegaram ao Vale das Camélias. O lugar era dominado por centauros filhos de Abner, o Defensor da Luz, e governados por Slava, o Protetor da Adaga de Bronze. Moradas erguidas em barro e pedra se espalhavam por todos os lados e os telhados eram de galhos secos. Não existiam portas ou janelas, apenas buracos por onde eles entravam e saíam. Havia fogueiras constantemente alimentadas entre uma casa e outra para que aquecessem e iluminassem à noite. Para todo lado que se olhava, havia jovens grupos de centauros participando de lutas como as que Laura e Adrian praticavam com os seus amigos nas aulas de espadas de Angus. As mesas de pedra e madeira estavam sempre cheias de frutas e potes com água. Quanto mais adentravam o vale repleto de centauros de todos os tamanhos e formas, mais tinham noção do quanto aquela comunidade era grande.

– Chegamos – disse Angus. – Uma pena não ser em um bom momento, mas sejam bem-vindos ao meu lar, lugar onde eu nasci e cresci.

Os centauros paravam seus afazeres para ver o grupo passar. Alguns cochichavam, outros apenas observavam curiosos.

– O que Angus está fazendo aqui? Onde está Slava? – perguntaram-se.

Depois de terem caminhado o suficiente dentro dos domínios dos centauros, pararam diante da maior morada que havia ali. Era parecida com as demais, no entanto, suas paredes eram pintadas de branco, o que a diferenciava de todas. Era tudo bem rústico. E foi de dentro dela que saiu um centauro de pelagem escura, olhos castanhos e corpo robusto.

– O que estão fazendo aqui? – perguntou o centauro com sua voz grave. – Aconteceu alguma coisa? Onde está Slava?

– Tudo será explicado, Meldri, o Direto – respondeu Angus. – Nada será desprezado, por mais que isso me atormente.

A expressão de Angus não foi das mais serenas. Havia melancolia, sentimento que ficou perceptível a todos.

– Mas, antes, preciso de um lugar para os nossos convidados inesperados descansarem – continuou o centauro.

Meldri de imediato dispôs um lugar para que Laura, Brúhild, Adrian e Lith pudessem ficar. Era um aposento parecido com os demais, de barro e pedra. Dentro havia amontoados de palha, que pareciam ninhos, para que pudessem descansar e dormir. A pouca iluminação era oriunda da fogueira que havia no centro, cercada por um círculo cavado no chão, com uns quatro dedos de água para que o fogo morresse caso ousasse se estender.

A noite enfim caíra, e os quatro permaneceram ali. Alimentaram-se das frutas e da água que chegaram por meio de alguns gentis centauros. Não se sabe se levavam os alimentos até eles por educação ou pelo simples fato de estarem curiosos para ver o elo do século. Nada foi dito a respeito da garota, mas os fuxicos já haviam se levantado. No período em que estiveram lá dentro, pouca coisa foi conversada. Brúhild evitou falar sobre o que havia acontecido. Se Laura lhe fazia alguma pergunta sobre os ataques da noite anterior, ela logo desconversava. Provavelmente não queria preocupá-la.

Depois de um tempo ausente, Angus reapareceu no aposento dos foragidos e chamou Brúhild para que ela o acompanhasse.

– E nós? Vamos ficar aqui? – perguntou Laura.

– Perdoe-me, Laura, mas são assuntos importantes que teremos que debater a noite inteira – disse ele. – Melhor que durma e reponha a sua energia. É provável que amanhã cedo você precise dela. Sua jornada não esperará mais. Acredito que ela começa agora. Então, durma.

Os dois partiram e foram seguidos pelo olhar curioso de Laura até sumirem dentro do grande aposento onde foram recebidos por Meldri, o centauro que havia ficado no comando devido à ausência de Slava.

– Eu não vou conseguir dormir sem saber o que aconteceu e o que está acontecendo – resmungou Laura.

Adrian e Lith se entreolharam e, mesmo sem se entenderem, concordavam de alguma forma e tinham a mesma opinião, porém apenas Lith disse alguma coisa.

– Faça aquilo que o mestre centauro disse, Laura. Ele pediu para você ficar aqui, não foi? Bom, foi o que pareceu para mim. Você precisa descansar. A viagem até aqui foi longa demais e provavelmente não será a última que teremos. Já andei por lugares tão distantes no passado, que um lugar para descansar, ou sequer cochilar, era raridade. Então aproveite e durma.

– É, eu sei. Mas preciso saber o que se passa. Ainda não tenho uma informação concreta sobre Sula, Abraminir e os outros – disse ela. – E parece que Brúhild está me evitando, ignorando a mim e ignorando as minhas perguntas. Você viu como ela desconversa e muda de assunto?

– Eu não vi nada e você sabe muito bem disso – respondeu Lith. – Você está borbulhando pensamentos nebulosos na sua cabeça há horas, sentada aí. Faça igual a mim: deite-se para dormir. Amanhã é um novo dia. E, acredito eu, minha pequena amiga, que nunca mais voltaremos para o lugar de onde viemos, então é bom que aprenda a conseguir dormir em qualquer lugar. Porque, se essa jornada não começar amanhã, começará logo em breve.

Lith deu as costas para Laura como se quisesse forçar o encerramento da conversa, tal qual fizera Brúhild diversas vezes. A equina de pelugem branco-porcelana afundou a face na palha e ignorou Laura, que a cutucava querendo continuar questionando. Mas não teve jeito, foi ignorada. Adrian já dormia desfalecido sobre seus amontoados de palha. O garoto estava tão cansado, que mal conseguia fechar a boca. Roncava pesado.

Ignorada pelos três, Laura ficou sozinha com seus pensamentos, que não a deixavam pregar os olhos. Virava no ninho de um lado para o outro e, de quando em quando, puxava o colar de dentro da gola e pensava no nome do irmão ou o sussurrava. Logo em seguida tocava no chão, nas paredes, nas jarras com água. Quem sabe ele não tivesse passado por ali? A essa altura, depois da cena da escada da mina, ele poderia ter andado por qualquer lugar inesperado.

Algum tempo se passou e o sono não vinha. Laura não se conteve. Ao dar uma olhada para fora do abrigo, com intenções ardilosas, notou que o movimento de centauros por ali diminuíra. Provavelmente já haviam se recolhido. Alguns, que pareciam guardas, rondavam com lanças nas mãos. Ao pescar uma oportunidade, ela não hesitou. Sorrateira, avançou na direção do grande aposento branco. Aproveitando as mesas de pedra que estavam por todos os lados para servir de abrigo, ela conseguiu arrastar-se de uma em uma até chegar ao ponto desejado, onde Brúhild e Angus haviam entrado. E, ligeira, pulou para dentro sem ser vista por nenhum dos guardas.

Lá dentro, havia colunas de barro e pedra que se erguiam e sustentavam aquilo que parecia ser um segundo andar, porém não havia escadas para subir. Viam-se fogueiras parecidas com aquela que estava por todos os cantos do aposento onde ela estivera; ali parecia um grande salão, sem cadeiras para se sentar ou ninhos de palha para deitar-se. Ao avançar um pouco mais, começou a ouvir as vozes que ecoavam ali dentro e, esgueirando-se por detrás das colunas, conseguiu chegar até um ponto onde finalmente viu e ouviu com clareza os três conversando.

– Eles chegaram de surpresa; é possível que tudo tenha sido premeditado – dizia Brúhild. – O ataque deles era provável, só não esperávamos que fosse tão rápido, ainda mais em uma data da qual eles têm horror, o eclipse. Chegaram primeiro os cavaleiros do Toco do Formigueiro. Os desprezíveis não tiveram piedade de ninguém, nem dos jovens centauros que costumavam treinar com Laura e Adrian. Os dois foram os primeiros a morrer. Em meio às celebrações, não devem tê-los notado chegando.

Laura não conseguiu segurar as lágrimas quando ouviu sobre a morte dos seus amigos centauros. Atônita com a tragédia, colocou a mão sobre a boca para abafar o sofrimento. Chorava em silêncio atrás da coluna.

– De imediato dei ordens para que outro guerreiro irmão fosse chamar ajuda, enquanto eu continuei lutando – disse Angus a Meldri, com a voz amargurada. – Os outros irmãos centauros chegaram, vindos de nossos domínios, no lado leste da floresta, logo depois. Porém, muito sangue já havia sido derramado rapidamente. Estávamos em desvantagem; diversos companheiros tinham voltado para casa, dando a celebração como encerrada. E, para nossa má sorte, novos cavaleiros surgiram por todos os lados, montados em seus cavalos escuros e criaturas voadoras. Esses seres fétidos de natureza abominável não tinham relação com o primeiro grupo que havia chegado. Tudo se transformou em caos. Em um único campo de batalha, três grupos se enfrentavam.

Laura ficou ainda mais preocupada com tudo o que estava ouvindo. O que será que havia acontecido com o restante de seus amigos? Ela estava quase saindo de trás da coluna para perguntar.

– Abraminir, com a ajuda do mago Thodromil, direcionou suas forças e sua atenção para os cavaleiros fétidos, já que eles eram bem mais fortes e tão impiedosos quanto os outros – disse Brúhild. – Eu já os tinha visto no passado. Não sei de onde eles vêm, mas surgem com o propósito de levar Laura com eles. Foram os responsáveis pela morte dos pais dela no dia em que a salvamos. Então, depois de um tempo, em meio à batalha, Abraminir me pediu para trazer Laura e Adrian para cá com a ajuda de Angus, já que estávamos aos poucos sendo derrotados. Sem que eles percebessem, fui atrás dos dois. Na fuga por entre as antigas minas dos anões mineradores de Randel, porém, ainda fomos alcançados por um que, de alguma forma, deve ter encontrado a passagem e forçado-a até conseguir entrar. Com a ajuda de Adrian, pudemos abatê-lo.

– Pela adaga de bronze! – exclamou Meldri, com uma expressão assombrada. – Jovens centauros mortos de forma covarde, isso é uma infelicidade. Morreram sem honra! Sem chance de se defender! Malditos sejam esses homens. Quantos mais morreram em batalha?

– Não sabemos o total de perdas – respondeu Angus. – Assim que Brúhild foi atrás dos dois jovens para trazê-los para cá, Abraminir já havia me pedido que levasse sua equina branco-porcelana ao encontro deles nas encostas da mina por outro caminho. Enquanto estive lá, vi vários irmãos morrerem e matarem. Os leões que estavam ali lutaram bravamente ao nosso lado, derrubando os cavaleiros de seus cavalos. Anões lutaram com seus martelos; gnomos e fadas ajudaram como podiam. A batalha continuou árdua na floresta. Éramos poucos e não esperávamos pelo ataque, então isso deu vantagem para eles e suas armas. Só saberemos o total de perdas quando Abraminir e Slava trouxerem os sobreviventes. Ele pediu que não voltássemos para lá por nada. Aquele lugar já não é seguro e provavelmente não voltará a ser.

– Pelo Eterno! Pelo Criador! – exclamou, novamente assombrado, Meldri. – As sombras se alastram de forma rápida. Precisamos agir da mesma forma ou teremos de nos acostumar a ficar fugindo, e esse não é o comportamento de um guerreiro centauro. Além do mais, fomos tolos em esperar o elo do século se tornar crescida. O mal não dorme ou descansa. A jornada é agora!

A reunião dos três se encerrou ali. Ao final, concordaram em manter os jovens dentro dos abrigos o máximo possível e evitar falar do que havia acontecido para não causar algum tipo de temor. Esperariam o líder Slava e Abraminir para decidirem o que seria feito. Somente eles teriam autoridade para tal, e então os três fariam o que fosse ordenado. Enquanto isso, nem a morte daqueles de quem eles tinham ciência seria velada.

Brúhild, quando voltou para o aposento onde os garotos e a equina haviam ficado, sentiu a ausência de Laura, mas a garota conseguira voltar para lá antes que ela saísse para procurá-la. Novamente sem ser vista por ninguém.

– Onde você estava? – perguntou a mestiça.

– Fui comer alguma coisa, mas já vou voltar a dormir! – respondeu secamente, sem ao menos olhar nos olhos de Brúhild. Não queria que ela percebesse que estivera chorando.

24 Golpe de espada fatal

No dia seguinte, o sol mal se levantou e eles foram acordados por uma agitação que vinha de fora. Como os aposentos não tinham portas, era impossível não se incomodar com todo aquele alvoroço. Ao saírem para ver o que se passava, foram levados por uma marcha de centauros dirigindo-se à entrada do vale.

Figuras amigas surgiam, iluminadas pelo tom cor-de-rosa do alvorecer, caminhando por aquele mesmo tapete de relva por onde haviam passado no dia anterior e por entre o corredor de árvores de camélia. Surgiu Abraminir, montado em seu alazão ruano, ao qual Laura chamava de Forth, o Incansável. Ao lado dele, caminhava Slava, o grande centauro de pelugem perolada, longa crina e um porte graúdo, carregando pendurada no peito sua tão famosa adaga de bronze. Com eles, outros poucos centauros, anões, gnomos, fadas e alguns leões. À medida que iam aproximando-se, era possível notar o quanto estavam marcados pela batalha. Sujos e feridos, foram recebidos com a devida consideração. A amargura tomara conta do Vale das Camélias. Os saudáveis cuidavam dos feridos nos dias que se sucederam.

Naqueles dias dolorosos, Laura ficou sabendo de uma perda que lhe tirara o chão. Uma perda que a levou a passar um dia inteiro chorando sozinha, reclusa por opção, longe de todos, tendo como companhia apenas os troncos de árvores, os quais abraçava com tanta força que dificilmente alguém conseguiria arrancá-la dali. Sula, a leoa que havia lutado contra lobos, amamentado-a como se fosse um de seus filhotes, confrontado clãs de leões que não a aceitavam e por quem tinha tanto apreço, lamentavelmente havia morrido em batalha. Morta por um cavaleiro fétido montado em seu cavalo, que desferira um golpe fatal de espada ao atingir suas costas. Todos sentiram a dor da garota. Sua perda era dura demais para alguém tão novo. Durante aqueles dias, por mais que muitos amigos quisessem falar algo que confortasse seu coração, sabiam que nenhuma palavra de aconchego seria capaz de amenizar sua perda. Então, respeitaram seu luto.

Depois que todos se recuperaram das marcas externas da batalha, ao pé de uma enorme fogueira às margens de um grande penhasco que parecia a proa de um barco, apontando para o mar que se alargava até sumir de vista, velaram seus mortos em um fim de tarde. Todos reunidos: centauros, homens, anões, leões, gnomos, fadas e aqueles que haviam chegado dias depois de receber as mensagens que lhes foram enviadas por Abraminir. Entre eles, Miritsa e as ninfas, Mag-Lennor e seus pupilos, os jovens Trínio e Álito.

Em coral, puxados pelo mago Abraminir, cantaram a canção do Descanso Celestial:

Descansa tua mente,
que se eleva sob o manto celeste.

Descansa.
Descansa teu espírito,
que agora retorna para o lugar de onde um dia nasceste.
Descansa.

Nos seios da paz nada vai te ferir.
Com honra cumpriste tua jornada aqui.
Nos seios da paz nada vai te atormentar.
Tua ascendência será lembrada em todo lugar.
Descansa,
porque tu serás recebido com honras e glórias.
Descansa.
Descansa,
porque agora serás parte bela das nossas memórias.
Descansa.

Nos seios da paz nada vai te ferir.
Com honra cumpriste tua jornada aqui.
Nos seios da paz nada vai te atormentar.
Tua ascendência será lembrada em todo lugar.
Descansa no eterno.
Descansa.

Aqui termina a primeira parte desta história. Laura, o elo do século, terá uma grande jornada pela frente ao lado dos seus companheiros para chegar ao trono forjado em rocha rubra e receber, como herdeira legítima, a Terra Brava.

Marcelo W. Amaral

grupo novo século

Compartilhando propósitos e conectando pessoas
Visite nosso site e fique por dentro dos nossos lançamentos:
www.gruponovoseculo.com.br

‹ns

- facebook/novoseculoeditora
- @novoseculoeditora
- @NovoSeculo
- novo século editora

gruponovoseculo.com.br

Edição: 1ª
Fonte: Garamond Premier